बस्ती

इंतज़ार हुसैन

रूपांतरकार

नम्रता बर्मन

अब्दुल मुग़नी

राधाकृष्ण पेपरबैक्स

पहला पुस्तकालय संस्करण
राधाकृष्ण प्रकाशन प्राइवेट लिमिटेड द्वारा
1982 में प्रकाशित

राधाकृष्ण पेपरबैक्स में
पहला संस्करण : 2001
चौथा संस्करण : 2025

राधाकृष्ण पेपरबैक्स : उत्कृष्ट साहित्य के जनसुलभ संस्करण

राधाकृष्ण प्रकाशन प्राइवेट लिमिटेड
जी-17, जगतपुरी, दिल्ली-110 051
द्वारा प्रकाशित

शाखाएँ : अशोक राजपथ, साइंस कॉलेज के सामने, पटना-800 006
पहली मंजिल, दरबारी बिल्डिंग, महात्मा गांधी मार्ग, प्रयागराज-211 001
1, अनमोल सोराबजी सन्तुक लेन, धोबी तलाव, मरीन लाइंस, मुम्बई-400 002
वेबसाइट : www.radhakrishnaprakashan.com
ई-मेल : info@radhakrishnaprakashan.com

बी.के. ऑफसेट
नवीन शाहदरा, दिल्ली-110 032
द्वारा मुद्रित

मूल्य : ₹299

BASTI
Novel by Intazar Husain

ISBN : 978-81-7119-620-3

असकरी साहब के नाम

इंतज़ार हुसैन

जन्म : 7 दिसम्बर, 1923, डिबाई, बुलंदशहर (उ.प्र.)।
1947 में पाकिस्तान गए और लाहौर में बसेरा। पाकिस्तान के शीर्षस्थ कथाकार।

शिक्षा : प्रारम्भिक और धार्मिक शिक्षा घर पर हुई। हापुड़ से हाईस्कूल किया, 1946 में मेरठ कॉलेज से उर्दू में एम.ए.।

पहली कहानी *क़य्यूमा की दुकान* अप्रैल 1948 में लिखी जो दिसम्बर 1948 में *अदबे-लतीफ़* में प्रकाशित हुई।

प्रमुख कृतियाँ : उपन्यास—*चाँद गहन, बस्ती, आगे समन्दर है, तज़्किरा* (नया घर); लघु उपन्यास—*दिन और दास्तान*। सम्पूर्ण कहानियाँ—*जनम कहानियाँ : खंड 1, क़िस्सा कहानियाँ : खंड 2*; कहानी-संग्रह—*गली-कूचे, कंकरी, आख़िरी आदमी, शहरे-अफ़सोस, कछुए, ख़ेमे से दूर, ख़ाली पिंजरा, शहज़ाद के नाम, एन अनरिटेन एपिक एंड अदर स्टोरीज़* (अंग्रेज़ी में अनुवाद); आलोचना—*अलामतों का ज़वाल*; यात्रा-कथा—*ज़मीन और फ़लक, नए शहर, पुरानी बस्तियाँ*; संस्मरण—*चराग़ों का धुआँ, दिल्ली जो एक शहर था*; जीवनी—*अजमले-आज़म* (हकीम अजमल ख़ाँ की जीवनी); अख़बारी कॉलम—*ज़र्रे*; अनुवाद—*घास के मैदानों में : चेखव, नई पौद : तुर्गनेव*, सुर्ख तमग़ा : *स्टीफ़न क्रेन* (उपन्यास); *नाव* (अमरीकी कहानियों का चयन); हमारी बस्ती : *थार्नटन वाइल्डर* (नाटक); फ़लसफ़ा की नई तश्कील : *जॉन डेवी* (दर्शनशास्त्र); माऊज़े तुंग : *स्टेवर्ट श्रेम*।

सम्पादन : *इंशा की दो कहानियाँ, हज़ार दास्तान*—रतननाथ सरशार।

पत्रकारिता : *दैनिक इमरोज़, आफ़ाक़, नवाए-वक़्त* और *मशरिक़* से सम्बद्ध रहे। अंग्रेज़ी दैनिक *डॉन* (कराची) में स्तम्भ-लेखन। साहित्यिक पत्रिका—*अदबे-लतीफ़* के सम्पादक रहे।

सम्मान : *बस्ती* के लिए पाकिस्तान के सबसे बड़े पुरस्कार *आदमजी एवार्ड* से सम्मानित। बाद में इस पुरस्कार को इंतज़ार हुसैन ने वापस कर दिया।

निधन : 2 फरवरी, 2016

मैं क़सम खाता हूँ इस शहर की

—क़ुरआन 30-91/1

1

जब दुनिया अभी नई–नई थी, जब आसमान ताज़ा था और ज़मीन अभी मैली नहीं हुई थी, जब दरख़्त सदियों में साँस लेते थे और परिंदों की आवाज़ में जुग बोलते थे, कितना हैरान होता था वह इर्द–गिर्द को देखकर कि हर चीज़ कितनी नई थी और कितनी पुरानी नज़र आती थी। नीलकंठ, खटबढ़िया, मोर, फ़ाख़्ता, गिलहरी, तोते जैसे सब उसके संग पैदा हुए थे, जैसे सब जुगों के भेद संग लिये फिरते हैं। मोर की झनकार लगता कि रूपनगर के जंगल से नहीं, वृंदावन से आ रही है। खटबढ़िया उड़ते–उड़ते ऊँचे नीम पर उतरती तो दिखाई देती कि वह मलका–सबा के महल में ख़त छोड़ के आ रही है और हज़रत सुलेमान के क़िले की तरफ़ जा रही है। और जब गिलहरी मुँडेर पर दौड़ते–दौड़ते अचानक दुम पर खड़ी होकर चक–चक करती तो वह उसे तकने लगता और हैरत से सोचता कि उसकी पीठ पर पड़ी यह काली धारियाँ रामचन्द्रजी की उँगलियों के निशान हैं। और हाथी तो हैरत का एक जहान था। अपनी ड्योढ़ी में खड़े होकर जब वह उसे दूर से आता देखता तो बिलकुल ऐसा लगता कि पहाड़ चला आ रहा है—यह लम्बी सूँड़, बड़े-बड़े कान पंखों की तरह हिलते हुए, तलवार की तरह ख़म खाए हुए दो सफ़ेद–सफ़ेद दाँत, दो तरफ़ निकले हुए। उसे देखके वह हैरान अन्दर आता और सीधा बी अम्माँ के पास पहुँचता।

"बी अम्माँ, हाथी पहले उड़ा करते थे?"

"अरे तेरा दिमाग़ तो नहीं चल गया है!"

"भगतजी कह रहे थे।"

"अरे उस भगत की अक़्ल पे तो पत्थर पड़ गए हैं। लो भला लहीम–शहीम जानवर हवा में कैसे उड़ेगा?"

"बी अम्माँ, हाथी पैदा कैसे हुआ था?"

"कैसे पैदा होता! मैया ने जना, पैदा हो गया।"

"नहीं बी अम्माँ, हाथी अंडे से निकला है।"

"अरे तेरी अक़्ल चरने तो नहीं गई है?"

"भगतजी कह रहे थे।"

"क़िस्मत–मारे भगत की तो मत मारी गई है। इतना बड़ा जानवर, हाथी

का हाथी, वह अंडे में से निकलेगा! निकलना तो बाद की बात है, उसमें समाएगा कैसे?''

मगर उसे भगतजी के इल्म पर बहुत एतिबार था। गले में जनेऊ, माथे पर तिलक, चोटी को छोड़कर सारा सिर घुटा हुआ। नोन-तेल की दुकान पर बैठे नोन-तेल भी बेचते जाते और रामायण और महाभारत में लिखी हुई हिकमतें भी सुनाते जाते। लड़के-बाले शोर मचा रहे हैं, ''भगतजी, डेढ़ पैसे की साँभर, भगतजी, धेले का गुड़।''

''बालको, रौल मत मचाओ। धीरज से काम लो,'' कहते-कहते साँभर तौलते, गुड़ देते और फिर वहीं से, जहाँ से छोड़ा था, सिरा पकड़ लेते, ''बालको, ब्रह्माजी ने यह देखा तो शेष से कहा कि देख शेष, धरती इस समय अधिक डाँवाँडोल है। तू वा की सहायता कर। शेष बोला, महाराज, वा को उठा के मोके फन पे रख दो, फिर वह टिक जावेगी। ब्रह्माजी बोले कि शेष तू धरती के भीतर चला जा। शेष ने धरती में एक छेद देखा। वा में सटक गया। धरती तले पहुँच के फन फैलाया और धरती को फन पे टिका लिया। कछवे ने यह देखा तो वा को चिन्ता हुई कि शेष की पूँछ तले तो पानी है। वा ने शेष की पूँछ तले जाके सहारा दिया। सो बालको, धरती शेषजी के फन पे टिकी हुई है। शेषजी कछवे की पीठ पे टिके हुए हैं। जब कछवा हिले है तो शेषजी हिलते हैं। जब शेषजी हिलते हैं तो धरती हिले है और भूचाल आवे है।''

मगर अब्बाजान ज़लज़ले की वजह कुछ और ही बताते थे। हकीम बन्दे अली और मुसीब हुसैन रोज़ उस बड़े कमरे में आकर बैठते जिसके बीचोंबीच झालरवाला पंखा लटक रहा था और ऊँची छत के बराबर चारों तरफ़ कँगनी बनी थी जहाँ किसी जंगली कबूतरों के जोड़े ने, किसी फ़ाख़्ता ने, किसी गुरसल ने अपना-अपना घोंसला बना रखा था। दोनों अब्बाजान से कितने मुश्किल-मुश्किल सवाल करते थे और अब्बाजान बिना वक़्त खोए क़ुरआन की आयतें पढ़कर और हदीसें सुनाकर सवालों के जवाब देते थे।

''मौलाना! अल्लाह तआला ने ज़मीन को कैसे पैदा किया?''

थोड़ा सोचना फिर जवाब, ''सवाल किया जाबिर बिन अब्दुल्लाह अंसारी ने कि क़ुर्बान हों हमारे माँ-बाप हुज़ूर पर से, ज़मीन को अल्लाह तबारक व तआला[1] ने किस शै से तरकीब दिया?[2] फ़रमाया, समुन्दर के फेने से। पूछा, समुन्दर का फेना किस चीज़ से बनाया? फ़रमाया, लहर से। पूछा, लहर किस चीज़ से निकली? फ़रमाया, पानी से। पूछा, पानी कहाँ से निकला? फ़रमाया, दाना-ए-मरवारीद[3] से। पूछा, दाना-ए-मरवारीद कहाँ से निकला? फ़रमाया, तारीकी से। तब कहा जाबिर बिन अब्दुल्लाह अंसारी ने कि सिद्दक़त या रसूलिल्लाह!''[4]

''मौलाना, ज़मीन किस चीज़ पर क़ायम है?''

---

1. कल्याणकारी व महान, 2. रचना की, 3. मोती, 4. ए अल्लाह के रसूल! आपने सच कहा।

फिर दम-भर के लिए सोचना। फिर उसी धीमे स्वर में जवाब, ''सवाल किया सवाल करने वाले ने कि क़ुर्बान हों या हज़रत मेरे माँ-बाप आप पर से। ज़मीन को क़रार किससे है? फ़रमाया, कोहे-क़ाफ़ से। पूछा, कोहे-क़ाफ़ के गिर्दा-गिर्द क्या है? फ़रमाया, सात ज़मीन। पूछा, सात ज़मीनों के गिर्द क्या है? फ़रमाया, अज़दहा। पूछा, अज़दहे के गिर्द क्या है? फ़रमाया, अज़दहा। पूछा, ज़मीन के नीचे क्या है? फ़रमाया, गाय जिसके चार हज़ार सींग हैं और एक सींग से दूसरे सींग तक का फ़ासला पाँच सौ बरस के सफ़र का है। ये सात तबक[1] ज़मीन के उसके दो सींगों पर टिके हुए हैं और मच्छर एक उस गाय के नथुनों के रू-ब-रू बैठा है कि ख़ौफ़ से उसके वह जुंबिश नहीं कर सकती। बस सींग बदलती है कि उससे ज़लज़ला[2] आता है। पूछा, खड़ी है वह किस चीज़ पर? फ़रमाया, मछली की पुश्त पर। तब क़ायल हुआ सवाल करने वाला और बोला, सिद्दक़त या रसूलिल्लाह!''

अब्बाजान चुप हुए। फिर बोले, ''हकीम साहब, इस दुनिया की हक़ीक़त बस इतनी है कि एक मच्छर गाय के नथुनों के रू-ब-रू बैठा है। मच्छर हट जए तो फिर दुनिया कहाँ होगी? तो हम एक मच्छर के रहमोकरम पर हैं, मगर नहीं जानते और ग़रूर करते हैं।''

रोज़ यही बातें, रोज़ यही कहानियाँ। जैसे भगतजी और अब्बाजान मिलकर उसके लिए कायनात रच रहे थे। ये बातें सुन-सुनकर उसके तसव्वुर में दुनिया की एक तसवीर बन गई थी। दुनिया तो ख़ैर पैदा हो गई, मगर उसके बाद क्या हुआ? रोईं बहुत बीबी हव्वा। पैदा हुए उनके आँसुओं से मेहँदी और सुरमा। मगर पेट से पैदा हुए हाबील और क़ाबील दो बेटे और अक़लीमा एक बेटी, चन्दे आफ़ताब चन्दे माहताब। ब्याह दिया बाप ने बेटी को छोटे बेटे हाबील से। तिस पर ग़ुस्सा खाया बड़े बेटे क़ाबील ने और पत्थर उठाके मारा हाबील को कि मर गया वह उससे। उठाई क़ाबील ने हाबील की लाश अपने काँधे पर और चक्कर काटा पूरी ज़मीन का। और गिरा जिस-जिस मुकाम पर ख़ून हाबील का, हो गई उस-उस जगह पर ज़मीन शोर[3]। तब सोच में पड़ गया क़ाबील कि करूँ क्या भाई की लाश का कि दुखने लगे थे लाश के बोझ से उसके कंधे। देखा उस घड़ी उसने दो कौवों को कि लड़ रहे थे आपस में और मार डाला एक ने दूसरे को। खोदी मारने वाले ने अपनी चोंच से ज़मीन और गाड़कर उसमें मक़तूल[4] को जा बैठा दरख़्त पर। तब अफ़सोस किया क़ाबील ने कि ऐ ख़राबी मेरी, न हो सका मुझसे इतना कि होऊँ बराबर कौवे के और करूँ दफ़्न अपने बिरादर को। दफ़्न किया तब भाई ने भाई को, कौवे की मिसाल पर। सो वह थी पहली क़ब्र कि बनी रू-ए-ज़मीन पर और था वह पहला ख़ून आदमी का कि हुआ आदमी के हाथों और था वह पहला भाई कि मारा गया भाई

1. पृथ्वी के खंड या लोक, 2. भूकम्प, 3. वह भूमि जो क्षार के कारण कृषि के योग्य न रही हो, 4. मृतक।

के हाथों—उसने पीले वरक़ों वाली वह किताब बंद करके अब्बाजान की किताबों की अलमारी में उसी जगह रख दी जहाँ से उठाई थी, फिर बी अम्माँ के पास पहुँचा।

"बी, अम्माँ, हाबील क़ाबील का भाई था।"

"हाँ बेटे, हाबील क़ाबील का भाई था?"

'फिर हाबील को क़ाबील ने क़त्ल क्यों किया?"

"गिरा ख़ून जो सफ़ेद हो गया था।"

उसने यह सुना और हैरान हुआ, मगर अब उसकी हैरत में हलका-हलका डर भी शामिल था, हैरत के तजुर्बों में ख़ौफ़ की पहली लहर। वह उठकर बड़े कमरे में गया जहाँ रोज़ाना की तरह हकीम बन्दे अली और मुसीब हुसैन बैठे अब्बाजान से सवाल कर रहे थे और जवाब सुन रहे थे। मगर उस वक़्त अब्बाजान दुनिया के आग़ाज़ से छलाँग भरकर दुनिया के अंजाम पर पहुँच चुके थे।

"मौलाना, क़यामत कब आएगी?"

"जब मच्छर मर जाएगा और गाय बेख़ौफ़ हो जाएगी।"

"मच्छर कब मरेगा और गाय कब बेख़ौफ़ होगी?"

"जब सूरज पच्छम से निकलेगा।"

"सूरज पच्छम से कब निकलेगा?"

"जब मुर्ग़ी बाँग देगी और मुर्ग़ा गूँगा हो जाएगा?"

"मुर्ग़ी कब बाँग देगी और मुर्ग़ा कब गूँगा हो जाएगा?"

"जब बोलने वाले चुप हो जाएँगे और जूते के तस्मे बातें करेंगे।"

"बोलने वाले कब चुप हो जाएँगे और जूते के तस्मे कब बातें करेंगे?"

"जब हाकिम ज़ालिम हो जाएँगे और रिआया ख़ाक चाटेगी।"

एक जब के बाद दूसरा जब, दूसरे जब के बाद तीसरा जब। जबों का अजब चक्कर था। जब जो गुज़र गए, जब जो आनेवाले थे। कब-कब के जब भगतजी को याद थे, कब-कब के जब अब्बाजान के तसव्वुर में रोशन थे। ऐसे लगता कि दुनिया जबों का बेअन्त सिलसिला है। जब, और जब, और जब—मगर अब तसव्वुर की डोरी अचानक से टूट गई। बाहर बुलन्द होते नारों का शोर अचानक अन्दर आया और उसकी यादों की लड़ी को तितर-बितर कर गया।

उसने उठकर दरीचे से झाँका और सामने वाले मैदान पर, जो कुछ दिनों से जलसागाह बना हुआ था, एक नज़र डाली और अनगिनत सिरों को गड्ड-मड्ड देखा। जलसा गर्म था, और अचानक नारे लगने शुरू हो गए थे। दरीचा बन्द करके फिर कुरसी पर आ बैठा था और किताब को उलट-पुलट करके देखना और जहाँ-तहाँ से पढ़ना शुरू कर दिया था। आख़िर सुबह के लिए लेक्चर भी तो तैयार करना था। मगर खिड़की बन्द हो जाने के बावजूद नारों का शोर सुनाई दे रहा था। घड़ी देखी, ग्यारह बज रहे

थे। जलसा अब शुरू हुआ है तो पता नहीं, ख़त्म कब होगा? कहीं फिर वही कल का चक्कर शुरू न हो जाए और रात की नींद हराम हो जाए! आजकल तो जलसों में यही होता है। गाली से शुरू होते हैं और गोली पर ख़त्म होते हैं। मगर कमाल है, वह अपने-आप पर हैरान होने लगा। बाहर जितना हंगामा बढ़ता जाता है, मैं अन्दर सिमटता जाता हूँ। कब-कब की यादें आ रही हैं। अगले-पिछले क़िस्से, भूली-बिसरी बातें। यादें एक के साथ दूसरी, दूसरी के साथ तीसरी उलझी हुई, जैसे आदमी जंगल में चल रहा हो। मेरी यादें मेरा जंगल हैं। आख़िर यह जंगल शुरू कहाँ से होता है? नहीं, मैं कहाँ से शुरू होता हूँ? और वह फिर जंगल में था। जैसे जंगल के अन्त तक पहुँचना चाहता हो, जैसे अपना शुरू तलाश कर रहा हो। अँधेरे में चलते-चलते कोई रोशन जगह आती तो ठिठकता, मगर फिर आगे बढ़ जाता कि वह तो उस घड़ी तक पहुँचना चाहता था, जब उसके शऊर ने आँखें खोली थीं, मगर वह घड़ी उसकी पकड़ में नहीं आ रही थी। जब किसी याद पर उँगली रखी तो उसके पीछे से यादों के दल-बादल मँडलाते नज़र आए। फिर वह यूँ चला कि उसकी याद के हिसाब से रूपनगर में सबसे पहले कौन-सा वाक़िआ हुआ था। मगर उस बस्ती का हर काम सदियों में फैला नज़र आया। दिन-रात का क़ाफ़िला वहाँ कितना आहिस्ता से गुज़रता था, जैसे गुज़र नहीं रहा, रुका खड़ा है। जो चीज़ जहाँ आकर ठहर गई सो बस ठहर गई। जब बिजली के खम्भे पहली-पहल आए थे और सड़कों पर जहाँ-तहाँ डाले गए थे तो यह कितना इन्क़िलाबी वाक़िआ नज़र आता था। पूरे रूपनगर में एक सनसनी दौड़ गई। लोग चलते-चलते ठिठकते, सड़कों के किनारे पड़े हुए लोहे के लम्बे खम्भों को हैरत से देखते।

''तो रूपनगर में बिजली आ रई ए?''

''हम्बे।''

''मेरे सिर की सूँ?''

''तेरे सिर की सूँ।''

दिन गुज़रते गए, हैरत कम होती गई। खम्भों पर गर्द की तहें जमती चली गईं। धीरे-धीरे उन पर उतनी ही गर्द जम गई, जितनी उन कंकरों की ढेरियों पर थी, जो किसी भले वक़्त में सड़कों की मरम्मत के लिए यहाँ डाली गई थीं, मगर फिर डालने वालों ने उन्हें फ़रामोश कर दिया और वे रूपनगर की गर्द में अटे लैंडस्केप का हिस्सा बन गईं। अब यह खम्भे भी उस गर्द में अटे लैंडस्केप का हिस्सा थे। लगता कि सदा से यहाँ पड़े हैं, सदा यहाँ पड़े रहेंगे। बिजली की बात आई-गई हो चुकी थी। रोज़ शाम पड़े लालटेन जलाने वाला कंधे पर सीढ़ी रखे, हाथ में तेल का कुप्पा लिये प्रकट होता और जगह-जगह लकड़ी के खम्भों पर टिकी और दीवारों की बुलन्दी पर ठुकी लालटेनों को रोशन करता चला जाता।

''हे री बसन्ती, संझा हो गई। दीया बाल दे।'' बसन्ती साँवली रंगत, भोली सूरत, माथे पर बिंदिया, मली-दली साड़ी, नंगे पैरों, थप-थप करती ड्योढ़ी पर

आती, ताक़ में रखे दीये में तेल-बत्ती डाल के जलाती और उलटे पैरों अन्दर चली जाती, बग़ैर उसकी तरफ़ देखे हुए कि वह अपनी ड्योढ़ी पर खड़ा उसे ताकता रहता। छोटी बज़रिया में भगतजी मैले-चीकट डीवट पर रखें दीये में एक पली कड़वा तेल डालकर उसे जलाते और समझ लेते कि उनकी दुकान में रोशनी हो गई है। उन्हीं की दुकान के आगे, नाली के आगे मटरू मशाल जलाकर खोमचे के बराबर गाड़ देता और थोड़ी-थोड़ी देर बाद आवाज़ लगाता, ''सोंठ के बताशे।''

मगर सबसे तेज़ रोशनी लाला हरदयाल सर्राफ़ की दुकान पर होती जहाँ छत में लटके हुए लैम्प की रोशनी दुकान से निकलकर सड़क पर थोड़ा उजाला कर देती। रोशनी की पूँजी इस नगर में बस इतनी ही थी। और यह भी कितनी देर! दुकानें एक-एक करके बन्द होती चली जातीं। ड्योढ़ियों के ताक़ों में झिलमिलाते दीये मन्दे होते चले जाते और आख़िर को बुझ जाते। फिर बस किसी-किसी नुक्कड़ पर लकड़ी के खम्भों पर टिकी लालटेन टिमटिमाती रह जाती। बाक़ी अँधेरा-ही-अँधेरा। यूँ उस अँधेरे में देखनेवाली आँखों को बहुत कुछ नज़र आता।

''बी अम्माँ, यह पिछली जुमेरात की बात है। दोनों बख़त मिल रहे थे। चौपाल के पास से गुज़री तो ऐसे लगा जैसे कोई औरत रो रई है। इधर देखा उधर देखा, कोई भी नईं। चौपाल के फाटक के पास एक काली बिल्ली बैठी थी। मेरा दिल धक से रह गया। मैंने उसे धतकार दिया। आगे जो गई तो ए मैं क्या देखूँ हूँ कि नीम वाली बौर की दीवार पे वही बिल्ली। मैंने फिर उसे धतकारा। वह दीवार से अन्दर कूद गई। आगे चलके ऊँचे कुएँ वाली गली से निकली तो ए बी अम्माँ, यक़ीन करियो फिर वही बिल्ली। लाला हरदयाल के चबूतरे पे बैठी ऐसे रो रई थी जैसे औरत रो रई हो। मेरा जी सन्न से रह गया।''

''अल्लाह बस अपना रहम करे,'' बी अम्माँ ने चिन्तातुर होकर कहा और चुप हो गईं। मगर रहम कहाँ? उसके दूसरे-तीसरे दिन शरीफ़न ने आकर दूसरी ख़बर सुनाई, ''ए बी अम्माँ! मुहल्ले में चूहे बहुत मर रये हैं।''

''अच्छा?''

''हाँ, मैं घूरे की तरफ़ से गुज़री तो देखा कि ढेरों मरे पड़े हैं।''

पहले चूहे मरे, फिर आदमी मरने लगे। बाहर से आती हुई आवाज़—राम-नाम सत्त है।

''अरी शरीफ़न! देख तो सही, कौन मर गया?''

''बी अम्माँ! प्यारेलाल का पूत जगदीश मर गया है।''

'हए हए! वह तो कड़ियल जवान था। कैसे मर गया?''

''बी अम्माँ, उसके गिलटी निकली थी। घंटों में चट-पट हो गया।''

''गिलटी? अरी कमबख़्त क्या कह रही है।''

“हाँ बी अम्माँ! सच कह रही हूँ। ताऊन...।”

“बस-बस, ज़बान बन्द कर। भरे घर में इस सत्यानासी बीमारी का नाम नहीं लिया करते।”

गिलटी जगदीश के निकली, फिर पंडित हरदयाल के निकली, फिर मिस्राजी के निकली। फिर लोगों के निकलती ही चली गई। जनाज़ा एक घर से निकला, फिर दूसरे घर से निकला, फिर घर-घर से निकला। बी अम्माँ ने और शरीफ़न ने मिलकर दस तक गिनती गिनी। फिर वे गड़बड़ा गईं। एक दिन में कितने घरों से जनाज़े निकल गए! शाम होते-होते गली-कूचे सुनसान हो गए। न क़दमों की आहट, न हँसते-बोलते लोगों की आवाज़ें। और तो और, आज चिरंजी के हारमोनियम की भी आवाज़ सुनाई नहीं दे रही थी, जो जाड़े, गरमी, बरसात रोज़ रात को बैठक में हारमोनियम को लेकर बैठ जाता और तान लगाता :

लैला-लैला पुकारूँ मैं बन में
लैला मोरी बसी मोरे मन में।

जब सुबह हुई तो बस्ती का रंग ही और था। कोई-कोई दुकान खुली थी, बाक़ी सब बन्द। कुछ घरों में ताले पड़ गए थे, कुछ में पड़ रहे थे। किसी घर के सामने बहली खड़ी थी, किसी घर के सामने इक्का। लोग जा रहे थे, नगर ख़ाली हो रहा था। नगर दो तरह से ख़ाली हुआ—कुछ नगर से निकल गए, कुछ दुनिया से गुज़र गए।

“बी अम्माँ! हिन्दू ज़्यादा मर रहे हैं।”

“बीबी, हैज़े में मुसलमान मरते हैं, ताऊन में हिन्दू मरते हैं।”

मगर फिर ताऊन ने हिन्दू-मुसलमान में फ़र्क़ ख़त्म कर दिय। कलमे की आवाज़ों के साथ निकलते हुए जनाज़े भी ज़ोर पकड़ गए।

“बहू! ज़ाकिर को रोककर रखो। यह बार-बार बाहर जाता है।”

“बी अम्माँ! यह लड़का मेरी नहीं सुनता।”

“अच्छा अब निकलके देखे, इसकी टाँगें तोड़ दूँगी।”

मगर किसी धमकी ने उस पर असर नहीं किया। ‘राम-नाम सत्त’ की आवाज़ आई और वह बाहर ड्योढ़ी पर। जनाज़ा जब गुज़र जाता तो सोगवार औरतें ईंधन सँभाले बैन करती हुई गुज़रतीं। उनके गुज़र जाने के बाद सड़क कितनी वीरान नज़र आती थी। शरीफ़न दौड़ी हुई आती और उसे पकड़कर ले जाती।

टख़-टख़ करती एक बहली आई और ड्योढ़ी के आगे आकर खड़ी हो गई।

“अरी शरीफ़न, देखें तो सही, इन क़यामत के दिनों में कौन मेहमान आया है?”

शरीफ़न गई और आई, “बी अम्माँ! दानीवर से मामूँ अब्बा ने बहली भेजी है। कहलवाया है कि सबको लेके निकल आओ।”

बी अम्माँ सीधी बड़े कमरे में गईं, जहाँ अब्बाजान सबसे अलग दिन-दिन-भर मुसल्ले पर बैठे रहते।

"बेटे नासिर अली! तुम्हारे मामूँ अब्बा ने बहली भेजी है।"

अब्बाजान थोड़ा रुके। फिर बोले, "बी अम्माँ! हुज़ूर रिसालत मआब ने फ़रमाया है कि जो मौत से भागते हैं वो मौत ही की तरफ़ भागते हैं।"

बहली ख़ाली आई थी, ख़ाली वापिस गई। और अब्बाजान ने चीनी की प्याली में ज़ाफ़रान घोला, क़लम पाक करके उसमें डुबोया और एक दबीज़ काग़ज़ पर बड़े-बड़े हरूफ़ों में लिखा :

"ली ख़मसतु उतफ़ी बिहा हर्रल वबाइल हातिमा अलमुहम्मद
वलफ़ातिमा वलहसन वलहुसैन या अली या अली या अली!"[1]

फिर यह काग़ज़ ड्योढ़ी पर जाकर फाटक पर चिपकाया और वापिस मुसल्ले पर आ बैठे।

डॉक्टर जोशी का शफ़ाख़ाने से निकलना और किसी के घर पर पहुँचना पहले एक वाक़िआ हुआ करता था। मगर अब तो डॉक्टर साहब वक़्त-बेवक़्त गले में आला डाले प्रकट होते—कभी इस गली में, कभी उस गली में। डॉक्टर साहब रूपनगर के मसीहा थे। कहने वाले कहते थे कि उनके मुक़ाबले का डॉक्टर दिल्ली के बड़े अस्पताल में भी नहीं है। लेकिन अब मसीहा का ज़ोर घट रहा था, मौत का ज़ोर बढ़ रहा था। ख़ुद डॉक्टर साहब की बीवी के गिलटी निकली और वह डॉक्टर के देखते-देखते प्राण छोड़ गई।

"डाक्टर की भी बीर मर गई।"

"हम्बे!"

भगतजी की दुकान पर बैठे लोग इससे ज़्यादा कुछ न कह सके। चिरौंजीमल वैद्य की विद्या और हकीम बन्दे अली की हिकमत से पहले ही हल्ले में एतिबार उठ गया था। अब डॉक्टर जोशी की मसीहाई भी अपना एतिबार खो बैठी। मौत अब एक अटल हक़ीक़त थी। मरनेवाले ख़ामोशी मे मर रहे थे। जनाज़ा उठाने वाले थके-थके नज़र आते।

वह ख़ुद कितना थक गया था! जनाज़ा गुज़र जाता और वह उसी तरह खड़ा रहता और ख़ाली सड़क को तकता रहता। उसके घर के सामने की सड़क अब कितनी वीरान नज़र आती थी! दुकानों और मकानों में आम तौर पर ताले पड़े थे। बसन्ती के घर के दरवाज़े में भी ताला पड़ चुका था। किसी-किसी दुकान का पट किसी वक़्त थोड़ा खुला नज़र आता, फिर जल्द ही बन्द हो जाता। वह बन्द दरवाज़ों, बन्द किवाड़ों और सूनी सड़क को देख-देखके थक जाता और शरीफ़न के तकाज़े से पहले ही वापिस अन्दर चला जाता, जहाँ एक ख़ामोशी-सी छाई रहती। अब्बाजान

1. महामारी को दूर करने की प्रार्थना।

सबसे अलग ज़िन्दगी और मौत के घेरे से बाहर मुसल्ले पर बैठे तसबीह फेरते रहते। बी अम्माँ पलँग पर बैठी कुछ सीती-पिरोती रहतीं। इक्का-दुक्का बात अम्मी से या शरीफ़न से। अब हैरत उनकी आँखों से रुख़सत हो चुकी थी। हैरत भी और ख़ौफ़ भी। दूसरी आँखो में भी अब न हैरत थी, न ख़ौफ़। महामारी को जैसे एक अटल हक़ीक़त के तौर पर सबने क़बूल कर लिया था। हाँ, मगर एक रोज़ बी अम्माँ सुबह को इस तौर जागीं कि बदन उनका काँप रहा था। उसी आलम में उन्होंने नमाज़ पढ़ी और देर तक सजदे में पड़ी रहीं। जब सजदे से सिर उठाया तो झुर्रियों-भरा चेहरा आँसुओं में तर-ब-तर था। फिर उन्होंने आँचल मुँह पर रखकर हलकी-हलकी आवाज़ के साथ रोना शुरू कर दिया। अब्बाजान ने मुसल्ले पर बैठे-बैठे ग़ौर से बी अम्माँ को देखा। उठकर क़रीब आए। "बी अम्माँ! क्या बात है?"

"बेटे, इमाम की सवारी आई थी।" रुकीं, फिर बोलीं, "ऐसी रोशनी जैसे गैस का हंडा जल गया हो। जैसे कोई कह रहा है कि मजलिस करो।"

अब्बाजान ने थोड़ा रुककर कहा, "बी अम्माँ! आपको बशारत[1] हुई है।"

बशारत की ख़बर शरीफ़न की ज़बानी घर-घर पहुँची। हर उस घर से, जिस में ताला नहीं पड़ा था, बीबियाँ आईं। मजलिस हुई[2] और बहुत रोना-धोना हुआ।

"ऐ बी अम्माँ! आपने कुछ सुना। नहूसत मारी बीमारी टल गई।"

"अरी सच कह!"

"हाँ बी अम्माँ! डॉक्टर जोशी ने बताया है।"

"अल्लाह, तेरा शुक्र है!" और बी अम्माँ की आँखों में फिर आँसू उमड़ आए। जब सजदे से उन्होंने सिर उठाया तो झुर्रियों-भरा चेहरा फिर आँसुओं में तर-ब-तर था।

बहलियाँ जिस तरह लदी-फँदी गई थीं, उसी तरह लदी-फँदी वापिस आईं। थोड़ी-थोड़ी देर बाद एक नया इक्का चर्रख़-चूँ करता आता और एक और ताला-लगा घर खुल जाता। बन्द मकान खुल रहे थे और घर के अन्दर के चीथड़े-गूदड़े बाहर ढेर लगाकर जलाए जा रहे थे।

अब शाम थी। दूर बसन्ती के घर के आँगन से धातु के छोटे-बड़े बरतनों की खनखनाहट साफ़ सुनाई दे रही थी। और मन्दिर से आती घंटियों की आवाज़ों के बीच एक पहचानी हुई आवाज़ सुनाई दी, "हे री बसन्ती, संझा हो गई, दीया बाल दे।" और बसन्ती पहले की तरह नंगे पैरों ड्योढ़ी पर आई, नए दीवे में नई बत्ती डालकर जलाई, वापिस जाने लगी थी कि सड़क पार करके वह उसके क़रीब गया, "बसन्ती!"

बसन्ती ने मुड़कर उसे देखा और मुसकराई।

"आ गई तू?"

---

1. सपने में मिले ईश्वरीय संकेत, 2. शियाओं में मोहर्रम के दिनों होने वाली बैठकें।

"हम्बे।"

वह और क़रीब आ गया। उसकी नंगी बाँहें हौले से छूते हुए नर्म मीठे लहजे में बोला, "आ, खेलें।"

बसन्ती ठिठकी। फिर एक साथ भड़की, "चल मुसल्ले के छोरे!" और भागकर अन्दर चली गई।

बसन्ती से झिड़की खाकर ख़ुशी में डूबा वह वापिस घर गया और देर तक अपनी पोरों में मिठास घुलती महसूस करता रहा।

बेआबाद घर फिर से आबाद हो गए थे और छोटी बज़रिया में फिर वैसी ही गहमागहमी थी। फिर भी जहाँ-तहाँ खाँचे नज़र आते और चेहरे यहाँ-वहाँ कम दिखाई देते। पंडित हरदयाल अपने घर के चबूतरे पर और मिस्राजी अपनी दुकान की मसनद पर कहाँ दिखाई देते? और जगदीश कहाँ था जो रोज़ रात को चिरंजी की बैठक में जाकर हारमोनियम सीखता था? पंडित हरदयाल के बेटे सोहन का घुटा हुआ सिर हफ़्तों ऐलान करता रहा कि वह बाप के सोग में है। मगर फिर सोहन के सिर पर बाल आते चले गए और छोटी बज़रिया के खाँचे भरते चले गए। फिर उतने ही लोग जैसे कोई कम नहीं हुआ है और वैसी ही रौनक़ जैसे यहाँ कोई घटना ही नहीं हुई। चिरंजी की बैठक में फिर भीड़ जमने लगी थी। आधी-आधी रात तक हारमोनियम बजता और गाने की आवाज़ दूर तक जाती :

रात-भर लैला पड़ी रहती है यूँ,
अपने पहलू में दबाए दर्दे-दिल।
दर्दे-दिल भी क्या कोई माशूक़ है,
जिसको देखो मुब्तिलाए दर्दे-दिल।

"चिरंजी साले! तेरे तो मज़े हो गए।"

"कैसे?"

"खम्भा तेरी बैठक के बिलकुल बराबर खड़ा हुआ है। साले तू तो अब बिजली की रोशनी में हारमोनियम बजाया करेगा।"

खम्भे जो कि एक ज़माने से गर्द में रुले-मिले पड़े थे, अचानक खड़े हो गए थे। लोग चलते-चलते ठिठकते, नज़रें उठाकर ऊँचे खम्भों को देखते और आने वाली नई रोशनी का तसव्वुर करके दंग रह जाते।

"कहवें हैं कि बिजली में बहुत रोशनी होवे है।"

"बस ऐसा समझ लो कि दिन निकला हुआ है।"

"भई अँग्रेज़ भी कमाल है।"

मगर मज़दूर खम्भों को खड़ा करके फिर नज़रों से ओझल हो गए। दिन गुज़रे, महीने गुज़रे, फिर वक़्त गुज़रता ही चला गया। खम्भे गर्द से अँटकर फिर लैंडस्केप का हिस्सा बन गए। लगता था कि गाड़े नहीं गए हैं, ज़मीन से उगे हैं। उड़ते-उड़ते

कोई फ़ाख़ता, कोई खटबढ़िया दम-भर के लिए किसी खम्भे पर उतरती, मगर शायद उसकी लोहे वाली सूरत से वेज़ार होकर जल्दी उड़ जाती। हाँ, कोई चील आ बैठती तो देर तक बैठी रहती। मगर चीलें ममटियों पर बैठना ज़्यादा पसन्द करती थीं। चौपाल की ऊँची ममटी पर जो चील आ बैठती, वह फिर बैठी ही रहती। लगता कि जुग बीत जाएगा और वह यहाँ से नहीं उड़ेगी। यह ममटी कुछ वक़्त के गुज़रने से पुरानी हुई, कुछ चीलों की बीटों ने इसे पुराना बना दिया। मगर बड़ी हवेली की बुर्जियाँ पुरानी होने से पहले ही टूट-फूट गईं। यह बन्दरों का कारनामा था। बात यह है कि जिस तरह चील हर ममटी पर नहीं बैठती, उसी तरह बन्दर भी हर मुँडेर पर नहीं दनदनाते। इस नगर की कुछ ममटियाँ चीलों को भा गई थीं, कुछ मुँडेरें बन्दरों को पसन्द आ गई थीं।

बन्दरों का अजब तौर था। आते ओ आते ही चले जाते। जाते तो इस तरह जाते कि कोठों पर तो क्या, करबला के पास वाली इमलियों पर भी नज़र न आते। छतें सुनसान, मुँडेरें वीरान। सिर्फ़ ऊँचे कोठों की टूटी-फूटी बुर्जियाँ यह याद दिलातीं कि यह ऊँचे कोठे कभी बन्दरों के फेरे में थे।

और उस शाम क्या हुआ था! गली से गुज़रते-गुज़रते उसे ऐसा लगा जैसे उसके सिर पर एक मुँडेर से सामने वाली मुँडेर पर कोई कूदा है। नज़र उठाई तो क्या देखा कि बन्दरों की एक क़तार मुँडेर-मुँडेर चली जा रही है। "अरे बन्दर," उसके मुँह से निकला और दिल धक-से रह गया। और दूसरे दिन जब वह सुबह सोकर उठा तो घर में और घर से बाहर शोर मचा हुआ था। आँगन में रखी हुई चीज़ें या तो टूट-फूट गई थीं या ग़ायब हो गई थीं। एक बन्दर अम्मी का दुपट्टा ले उड़ा था और सबसे ऊँचे वाले कोठे की मुँडेर पर बैठा उसे दाँतों में दबाकर लीर-लीर कर रहा था।

बन्दर जाने किस-किस बस्ती से किस-किस जंगल से चलकर आए थे। एक क़ाफ़िला, दूसरा क़ाफ़िला, क़ाफ़िले के बाद क़ाफ़िला। एक मुँडेर से दूसरी मुँडेर पर, दूसरी मुँडेर से तीसरी मुँडेर पर। भरे आँगनों में लपक-झपक उतरना, चीज़ों को उचक, यह जा वह जा। ननवा तेली ने चन्दा जमा करके चने खरीदे और गुड़ की एक भेली। पैंठ वाले तालाब में जाकर, जो कि बरसात के सिवा सारे बरस ख़ुश्क पड़ा रहता, चने बिखेरे, बीच में गुड़ की भेली रखी, साथ में छोटे-छोटे डंडे। बन्दर कूदते-फाँदते आए, चने अनाप-शनाप खाए, गालों में भर लिये। भेली पर लपके। एक भेली सौ बन्दर। फ़िसाद शुरू हो गया। डंडे तो मौजूद ही थे, देखते-देखते सब लट्ठबन्द हो गए। जिसने भेली उठाई उसी के सिर पर डंडा पड़ा।

बन्दरों ने दिनों-हफ़्तों धूमें मचाईं। अचानक हमला, लूटमार और अन्त में आपस में मारामारी, उसके बाद ग़ायब। छतें फिर सुनसान, मुँडेरें फिर वीरान। मगर जब बिजली आई थी, उन दिनों वे बस्ती में थे और मुँडेर-मुँडेर नज़र आते थे। खम्भे जो मौसमों के सितम सहते-सहते मंज़र में रुल-मिल गए थे, अचानक फिर ध्यान

का केन्द्र बन गए। मज़दूर लम्बी-लम्बी सीढ़ियाँ कंधों पर उठाए प्रकट हुए। खम्भों के ऊपरी सिरों पर सलीबी अन्दाज़ में सलाख़ें लगीं, सलाख़ों में सफ़ेद-सफ़ेद चीनी की-सी गुटके दुरुस्त हुईं। एक खम्भे से दूसरे खम्भे तक, दूसरे खम्भे से तीसरे खम्भे तक तार ताने गए और सड़क-सड़क खम्भों पर तार खिंचते चले।

फ़िज़ा में एक नए वाक़िये ने शक्ल अख़्तियार कर ली थी और परिंदों को पंजे टिकाने के लिए नए ठिकाने मिल गए थे। रूपनगर के परिंदे अब मुँडेरों और दरख़्तों की शाखों के मुहताज नहीं रहे थे। कौवे मुँडेरों पर बैठे काँय-काँय करते थक जाते तो वहाँ से उड़ते और किसी तार पर झूलने लगते। कोई नीलकंठ, कोई श्यामा चिड़िया, कोई धोबिन चिड़िया उड़ती-उड़ती दम लेने के लिए किसी तार पर उतर आती।

परिंदों की देखा-देखी एक बन्दर ने छोटी बज़रिया की एक मुँडेर से छलाँग लगाई और तारों पर झूल गया। दूसरे ही लम्हे वह पट्ट-से ज़मीन पर आ रहा। एक तरफ़ से भगतजी, दूसरी तरफ़ से लाला मिट्ठनलाल अपनी दुकान से उठकर दौड़े। हैरत और ख़ौफ़ से दम तोड़ते बन्दर को देखा। चिल्लाए, ''अरे कोई पानी लाओ!''

चन्दी ने लपक-झपक कुएँ पर जा डोल डाला, पानी भर के लाया और पूरा डोल बन्दर पर उँडेल दिया। मगर बन्दर की आँखें बन्द और बदन ठंडा होता चला गया।

आस-पास की मुँडेरों पर जाने कहाँ-कहाँ से बन्दर उमड़ आए थे और सड़क के बीच मरे पड़े हुए अपने-अपने साथी को देख-देखकर शोर मचा रहे थे। फिर गली-मुहल्लों से लोग दौड़े हुए आए और मरे हुए बन्दर को हैरत से तकने लगे।

''कौन से तार पे लटका था?''

''उस तार पे,'' चन्दी सबसे ऊपर वाले तार की तरफ़ इशारा करता।

''तो बिजली आ गई?''

''हाँ जी, आ गई। इधर आदमी ने तार को छुआ और उधर ख़त्म।''

दूसरे दिन फिर एक बन्दर तारों पर कूदा और धप्प-से ज़मीन पर आ रहा। फिर भगतजी और लाला मिट्ठनलाल लपककर वहाँ पहुँचे और फिर चन्दी पानी से भरा डोल लेकर दौड़ा, मगर बन्दर देखते-देखते ठंडा हो गया।

बन्दरों में फिर एक खलबली पड़ी। दूर-दूर की छतों से कूदते-फाँदते आए। बीच सड़क पर पड़े मुरदा बन्दर को एक वहशत के साथ देखा और बिसात-भर शोर मचाया।

बन्दर हार-थककर चुप हो चले थे। बहुत-से वापिस होने लगे थे कि एक मोटा-ताज़ा बन्दर पंडित हरदयाल की ऊँची-लम्बी मुँडेर पर दूर से दौड़ता हुआ आया। ग़ुस्से से मुँह सुर्ख़, बाल बदन पर तीरों की तरह खड़े हुए। खम्भे पर छलाँग लगाई, खम्भे को इस ज़ोर से हिलाया कि वह बोदे पेड़ की तरह हिल गया। फिर वह ऊपर चढ़ा और उसने पूरी ताक़त के साथ तारों पर हमला किया। तारों पर कूदते

ही लटक गया। घड़ी-भर लटका रहा, फिर अधमुआ होकर ज़मीन पर गिर पड़ा। भगतजी, लाला मिट्ठनलाल और चन्दी—तीनों ने फिर अपना-अपना फ़र्ज़ अदा किया। बन्दर ने पानी पड़ने पर आँखें खोलीं, बेबसी से अपने दर्दमन्दों को देखा और हमेशा के लिए आँखें बन्द कर लीं।

बन्दर छतों-छतों कूदते-फाँदते आए। लगता था कि सब सड़क पर उतर आएँगे, मगर बस वे मुँडेरों पर मँडलाते रहे, चीख़ते-चिल्लाते रहे। फिर एकदम से चुप हो गए, जैसे किसी ख़ौफ़ ने उन्हें आ घेर लिया हो। फिर मुँडेरें ख़ाली होने लगीं।

शाम हो रही थी। मोटा बन्दर अभी तक सड़क पर पड़ा था। आस-पास की किसी मुँडेर पर कहीं कोई बन्दर नहीं था। रूपनगर अपने तीन बन्दरों की भेंट देकर बिजली के ज़माने में दाख़िल हो गया और बन्दर ऐसे ग़ायब हुए कि हफ़्तों तक किसी मुँडेर, किसी छत, किसी दरख़्त पर कोई बन्दर दिखाई नहीं दिया। और तो और, काले मन्दिर के बड़े पीपल पर भी, जहाँ हर मौसम, हर दिनों में बन्दर शाख़-शाख़ उचकते-लटकते नज़र आते थे, सन्नाटा था।

रूपनगर का निर्जन बन उसी काले मन्दिर से शुरू होता था। दीवारों और गुम्बद पर इतनी काई जम गई थी और जमके काली पड़ गई थी कि पूरा मन्दिर काला-काला दिखाई पड़ता था। अन्दर-बाहर सब सुनसान, जैसे सदियों से यहाँ न शंख फूँका गया हो, न किसी पुजारी ने क़दम रखा हो। जितना ऊँचा मन्दिर था, उतना ही ऊँचा उसका पीपल जिसकी टहनियों पर सदा बन्दर झूलते रहते सिवाय उन दिनों के, जब उधर कोई लम्बी रस्सी जैसी दुम और काले मुँह वाला लंगूर आ निकलता कि उसको देखते ही बन्दर ग़ायब हो जाते। काले मन्दिर से आगे कर्बला थी कि साल में एक आशूर के दिन[1] के सिवाय वीरान दिखाई देती, जैसे सचमुच कर्बला हो। उससे थोड़े फ़ासले पर एक टीला, जिस पर इमारत के नाम एक बुर्जी खड़ी रह गई थी और क़िला कहलाती थी। आगे रावण-बन बिलकुल उजाड़, दूर तक मैदान-ही-मैदान, जिसके बीचोंबीच एक भारी बड़ का पेड़ खड़ा था। बस्ती से निकलकर बुन्दू और हबीब के साथ गरमी की दोपहरों में घूमता-फिरता जब वह इस तरफ़ आ निकलता और काले मन्दिर की सरहद को पार कर लेता तो उसे लगता कि वह किसी दूसरी दुनिया में दाख़िल हो गया है, किसी बड़े जंगल में जहाँ पता नहीं किस घड़ी किस जीव से मुठभेड़ हो जाए, और उसका दिल धक-धक करने लगता।

काले मन्दिर वाले, बन्दरों से आबाद पीपल से, गुज़रते-गुज़रते वह ठिठका। ''यार... !'' इससे आगे वह कुछ न कह सका।

''क्या है बे ?'' हबीब ने बेपरवाही से पूछा।

''आदमी,'' उसने डरी हुई आवाज़ में कहा।

''आदमी ! कहाँ ?'' हबीब और बुन्दू दोनों एकदम से चौंके।

1. जिस दिन वहाँ दफ़्न करने के लिए मोहर्रम लाए जाते हैं।

"वह।" उसने क़िले की तरफ़ उँगली उठाई, जहाँ एक अकेला आदमी चलता नज़र आ रहा था।

उस निर्जन बन में आदमी! क्यों? कैसे? आदमी ही है या...मगर मन में आदमी के होने का नहीं, जिन्न या भूत का ख़ौफ़ था। बस वे एकदम से उलटे पैरों भाग खड़े हुए।

बुन्दू तो उसी घर में रहता था कि शरीफ़न बुआ का पूत था। हबीब से याराना था। दोनों के साथ उसने कितनी आवारागर्दी, कितनी ख़ाक छानी थी मगर साबिरा के आने के बाद उसकी आवारागर्दी में फ़र्क़ पड़ता चला गया।

साबिरा, पहले तो वह सिर्फ़ उसका नाम सुना करता था, जब ख़ालाजान का ग्वालियर से ख़त आता और उसमें लिखा होता कि ताहिरा और साबिरा अच्छी हैं। सब सलाम कहती हैं। ख़ालाजान ग्वालियर में रहती थीं कि ख़ालूजान, जो बी अम्माँ के भतीजे थे, वहीं मुलाज़िम थे। मगर एक दिन तार आया ख़ालूजान के दुनिया से उठ जाने का। अम्मी ने रोटी पकाते-पकाते तवा उलट दिया और उठ खड़ी हुईं। बी अम्माँ बैन कर-करके रोईं।

बस उसके थोड़े ही दिनों बाद सामान और सवारियों से लदा-फँदा और चारों तरफ़ से चादर से तना हुआ इक्का घर के फाटक के मामने आकर रुका। अब्बाजान एक लम्बी चादर लेकर बाहर आए। एक कोना उसे पकड़ाया, एक कोना ख़ुद पकड़ा। एक तरफ़ से तो इस तरह परदा किया, दूसरी तरफ़ कोई आदमी चलता-फिरता नज़र नहीं आ रहा था। फिर इक्के का परदा उठा। ख़ालाजान उतरीं। ख़ालाजान के साथ दो लड़कियाँ, एक ताहिरा बाजी और दूसरी साबिरा जिसे ख़ालाजान सब्बो कहकर पुकार रही थीं। बस लगता था कि उसके बराबर की है।

पहले तो साबिरा उससे अलग-अलग रही। वह झेंपा-झेंपा-सा उससे दूर फिरता रहा, मगर कनखियों से उसे देखता रहा। फिर झिझकता-झिझकता उसके क़रीब आया, "आओ सब्बो, खेलें।"

"म्याँ ज़ाकिर," अब्बाजान दाख़िल होते हुए बोले, "लगता है कि आज भी ये लोग सोने नहीं देंगे।"

"जी," वह हड़बड़ाकर जंगल से निकला।

"म्याँ ये लोग जलसा कर रहे हैं या हुल्लड़बाज़ी कर रहे हैं!"

"अब्बाजान, आन्दोलनों में यही होता है। जोश में लोग बेक़ाबू हो जाते हैं।"

"क्या कहा, आन्दोलन? यह आन्दोलन है? बेटे, क्या हमने तहरीकें देखी नहीं हैं! ख़िलाफ़त आन्दोलन से बड़ा भी कोई आन्दोलन हुआ है? और मौलाना मुहम्मद अली, अल्लाह-अल्लाह! जब बोलते थे तो लगता था कि अंगारे बरस रहे हैं। मगर

मजाल है कि कोई बात तहज़ीब से गिरी हुई हो। ख़ैर वह तो मौलाना मुहम्मदअली थे, हमने तो कभी किसी रज़ाकार को भी तहज़ीब से गिरी हुई बात करते नहीं देखा। अँग्रेज़ को मुर्दाबाद कहा और बात ख़त्म कर दी।''

अब्बाजान चुप हुए। फिर जैसे यादों में खो गए हों। बड़बड़ाने लगे, ''बस उस बुज़ुर्ग से एक ही ख़ता हुई कि जन्नतुल-बक़ी[1] के मामले में इब्ने सऊद की हिमायत की थी। अल्लाह-तआला उसके इस गुनाह को माफ़ करे और उसकी क़ब्र को नूर से भर दे। बाद में वह ख़ुद भी उस हिमायत पे बहुत पछताए थे।''

वह दिल-ही-दिल में मुसकराया, अब्बाजान भी ख़ूब हैं। अभी तक तहरीके-ख़िलाफ़त के ख़वाब देख रहे हैं!

''और तुम क्या कर रहे हो?''

''ख़याल था कि सुबह के लिए लेक्चर तैयार करूँगा लेकिन...।''

''इस शोर में कोई काम हो सकता है?'' अब्बाजान ने बात काटते हुए कहा।

''हाँ, बहुत शोर है, मगर जलसा शायद आज जल्दी ख़त्म हो जाए। कल तो बाहर से आए हुए लीडरों की वजह से लम्बा खिंच गया था।''

''म्याँ, मुझे तो जल्दी ख़त्म होता नज़र नहीं आता,'' रुके, फिर बोले, ''हमारे ज़माने में भी जलसे होते थे। शोर होता भी था तो जलसे से पहले। बोलने वाला स्टेज पर आया और लोग अदब से बैठ गए। क्या तहज़ीब थी उस ज़माने की!''

फिर वह मुसकराया। अब्बाजान तहरीक-ए-ख़िलाफ़त के ज़माने से अभी तक बाहर नहीं आए हैं। मगर जब वह यूँ सोच रहा था तो उसे लगा कि जैसे वह भी अब्बाजान के पीछे-पीछे गुज़रे ज़माने में चला जा रहा है। क्या तहज़ीब थी उस ज़माने की! कभी कोई ऊँची आवाज़ में बोला तो अब्बाजान ने फ़ौरन टोका। ''म्याँ, हम ऊँचा नहीं सुनते।'' और कभी ताहिरा बाजी ने तेज़ लहजे में बात की तो बी अम्माँ ने टोका, ''अरे लड़की, तेरे गले में क्या फटा बाँस रखा है!'' और जब सावन-भादों की तरंग में ताहिरा बाजी ने सहेलियों के साथ लम्बे-लम्बे झोटे लिये थे और ऊँची आवाज़ में हँसी थीं तो बी अम्माँ ने फ़ौरन टोक दिया था, ''बेटी, ये क्या ठीकरे फूट रहे हैं!'' सावन-भादों, झूला, गीत—पक्की नीम की निबोली...।

''अच्छा, हम चलते हैं। नींद तो आएगी नहीं,'' यह कहते हुए अब्बाजान वापिस जा रहे थे, ''और अब तुम भी आराम करो।''

उसने उनकी बात सुनी-अनसुनी की। एक दूर की आवाज़ उसे अपनी तरफ़ खींच रही थी :

पक्की नीम की निबोली, सावन कब-कब आवेगा।
जीवे मोरी माँ का जाया डोली भेज बुलावेगा।

ताहिरा बाजी अपनी सहेली के साथ कितने लम्बे-लम्बे झोटे ले रही थीं और

1. मदीने का क़ब्रिस्तान।

साबिरा कितनी हसरत से उन्हें देख रही थी। उसी आन बावर्चीख़ाने से ख़ालाजान की आवाज़ आई, ''ताहिरा!''

''जी।''

''बेटी! कब तक झूला झूलोगी? कड़ाही पे आके बैठो। थोड़ी फुलकिएँ पका लो।''

ताहिरा बाजी के चले जाने के बाद वह सब्बो के पास आया, ''सब्बो आओ, झूला झूलें।''

जब वह साबिरा के साथ लगकर झूले में बैठा तो लगा कि नरमी उसके अन्दर उतर रही है, घुल रही है। जी चाह रहा है कि बस इसी तरह झूलता रहे, मगर साबिरा घड़ी में तोला घड़ी में माशा। ''हम तेरे साथ नहीं झूलते।'' वह अचानक झूले से उतर पड़ी।

''क्यों?'' वह हक्का-बक्का रह गया।

''बस, नहीं झूलते।''

वह हैरान और उदास खड़ा रहा। फिर आहिस्ता-आहिस्ता उसके क़रीब पहुँचा।

''सब्बो!''

''हम तुझसे नहीं बोलते।''

साबिरा को जब वह किसी तौर मना न पाया तो वह उदास-उदास वहाँ से चला। यूँ ही उसका रुख़ ज़ीने की तरफ़ हो गया। ज़ीना चढ़कर वह ऊपर खुली छत पर पहुँच गया। छत कच्ची थी और चूँकि मेह को बन्द हुए देर हो चुकी थी, इसलिए मिट्टी जम गई थी। जेब से चाकू का वह टूटा हुआ फल निकाला, जो पेंसिल बनाने के लिए जेब में रखा करता था। जमी हुई मिट्टी पर नोक को इस तरह चलाना शुरू किया जैसे शकरपारे काट रहा हो। थोड़ी देर में साबिरा भी भटकती हुई वहीं आ पहुँची। बड़े ध्यान से उसे शकरपारे काटते देखती रही। मगर अब वह अपने काम में मसरूफ़ था। साबिरा की तरफ़ कोई ध्यान नहीं दिया। शकरपारे बनाते-बनाते जब जी भर गया तो अपने लिए उसने एक नई मसरूफ़ियत पैदा कर ली। जहाँ मिट्टी ज़्यादा ख़ुश्क हो गई थी, वहाँ उसने मिट्टी को कुरेदा। थोड़ा गड्ढा बन गया तो अपना एक पाँव उसमें रखा और कुरेदी हुई सारी मिट्टी उस पर जमा दी। फिर आहिस्ता से अपना पाँव निकाल लिया। मिट्टी की एक खोह-सी बन गई। साबिरा बड़े ध्यान से देखती रही। फिर बोली, ''यह क्या है?''

''क़ब्र,'' उसने साबिरा की तरफ़ देखे बग़ैर बेतअल्लुक़ी से जवाब दिया।

''यह क़ब्र है?'' साबिरा ने हैरत से पूछा।

''हाँ।''

हैरत से क़ब्र को देखती रही। फिर बोली इस तरह कि लहजे में गरमी आ गई थी, ''ज़ाकिर, हमारे लिए भी क़ब्र बना दे।''

''ख़ुद बना ले,'' उसने रूखा-सा जवाब दिया।

साबिरा उसकी तरफ़ से मायूस होकर अपनी क़ब्र आप बनाने का जतन करने लगी। मिट्टी बहुत सारी खुरची। खुरची हुई जगह में अपना नंगा पाँव रखा। फिर उस पर खुरची हुई मिट्टी को जमाया। फिर धीरे-धीरे पाँव निकाला। पाँव निकालते ही मिट्टी की छत गिर पड़ी। वह उसकी नाकामी पर खिलखिलाकर हँसा। मगर साबिरा ने हौसला नहीं छोड़ा। दूसरी बार फिर उसने कोशिश की, फिर नाकाम हुई। तीसरी बार फिर कोशिश की और इस बार उसने वाक़ई इतनी नफ़ासत से पाँव बाहर निकाला कि मिट्टी का ज़र्रा तक नहीं गिरा। साबिरा ने अपनी कामयाबी पर नाज़ किया और उसकी क़ब्र पर नज़र डालते हुए अपनी क़ब्र को देखा। "मेरी क़ब्र अच्छी है।"

"हूँ, बड़ी अच्छी है!" उसने साबिरा को मुँह चिढ़ाया।

"पाँव डाल के देख ले।"

इस तजवीज़ पर वह ठिठका। कुछ सोचा। फिर धीरे-धीरे उसने अपना पाँव बढ़ाया और साबिरा की क़ब्र में खिसका दिया। फिर दिल-ही-दिल में क़ायल हुआ कि सब्बो सच कहती है। और अपना पाँव देर तक उस नर्म-गर्म क़ब्र में रखे रहा।

इसके बाद उसकी तबीयत की उदासी ख़ुद-ब-ख़ुद दूर हो गई। साबिरा से उसके सम्बन्ध फिर से ख़ुशगवार हो गए। जब दूसरी मरतबा बनाते-बनाते साबिरा की क़ब्र ढह गई तो उसने अपने हाथों से उसका गोरा पाँव साफ़ किया। फिर जेब से सीप निकाली।

"सब्बो! सीपी लेगी?"

"हाँ, लूँगी।" उसने ललचाई नज़रों से सीप को देखा।

सीप उससे लेकर साबिरा ने पेशकश की, "चल, झूला झूलें।"

छत से उतरते-उतरते उन्होंने ताहिरा बाजी और सहेली की आवाज़ सुनी :

अम्माँ आड़ू, जामुन घुले धरे,
अम्माँ मैं नहीं खाऊँ मेरी माँ।
अम्माँ तत्ता पानी भरा धरा,
अम्माँ मैं नहीं नहाऊँ मेरी माँ।
अम्माँ धानी जोड़ा सिला धरा,
अम्माँ मैं नहीं पहनूँ मेरी माँ।
अम्माँ साजन डोला लिये खड़ा
अम्माँ मैं नहीं जाऊँ मेरी माँ!

वे पलटे और फिर छत पर आ बैठे। अब क्या करें? उसने एक नई तजवीज़ पेश की।

"सब्बो!"

"हूँ!"

"आओ दूल्हा-दुल्हिन खेलें।"

"दूल्हा-दुल्हिन?" वह सटपटा गई।

"हाँ, जैसे मैं दूल्हा हूँ और तुम दुल्हिन हो।"

"कोई देख लेगा।" वह घबरा गई।

बस उसी दम एकदम से बादल गरजा कि दोनों डर गए और फ़ौरन ही मेह इस ज़ोर से बरसा कि खुली छत से ज़ीने तक पहुँचते-पहुँचते दोनों तर हो गए।

मेह की शुरुआत कितनी पुरशोर होती! अन्दर-बाहर सब जगह हलचल मच जाती, मगर जब बरसे ही चला जाता एक ही रफ़्तार से तो फ़िज़ा आहिस्ता-आहिस्ता उदासी से भर जाती और आवाज़ें ख़ामोश होती चली जातीं। शाम पड़े किसी मोर की भटकी आवाज़ दूर जंगल में आती और उदास बरसती शाम में और उदासी फैला देती। फिर रात हो जाती और मेह में शराबोर अँधेरा गहरा और बोझिल होता चला जाता। रात बीच में जब कभी आँख खुलती तो मेह उसी तरह बरस रहा होता जैसे अज़ल से बरस रहा है, अबद तक बरसता रहेगा। मगर वह रात आवाज़ों से कितनी आबाद थी :

देखो श्याम नईं आए, घेरी आई बदरी।
इक तो कारी रात अँधेरी, बरखा बरसे बेरी-बेरी॥
नैनाँ नींद न सुहाए, घेरी आई बदरी।
घनश्याम नईं आए, घेरी आई बदरी॥

"अरे ये हिंदनिएँ आज की रात सोने थोड़े ही देंगी। ऊपर से मेह बरसे चला जा रहा है।"

"बी अम्माँ, यह जनम-अष्टमी का मेह है।" शरीफ़न बुआ ने समझाया, "कन्हैयाजी के पोतड़े धुल रहे हैं।"

"अरे अब कन्हैयाजी के पोतड़े धुल भी चुके। जल-थल तो हो गए।"

बी अम्माँ ने करवट लेकर फिर सोने की कोशिश की। बम उसी दम बसन्ती के चौबारे में ढोलक बजी :

पानी भरन गई रामा जमना किनरवा,
रहिया में मिल गए नन्दलाल,
ऐ ननदिया भोरी रोए।

और कहीं दूर से आवाज़ आ रही थी :

रतिया है मजेदार सजन आइयो कि जाइयो,
पलँग है लचकदार सजन आइयो कि जाइयो॥

सारा मेह जन्माष्टमी की रात ही को पड़ना था। सुबह जब वह जागा तो न बारिश, न बादल। इर्द-गिर्द सब-कुछ रोशन-रोशन, धुला-धुला—आसमान, पेड़, बिजली के खम्भे, दीवारें, मुँडेरें।

"ज़ाकिर! चल बीर बहुटिएँ पकड़ें।"

बुंदू के कहने पर वह फ़ौरन ही घर से निकल पड़ा और बीर बहूटियों की तलाश में काले मन्दिर से गुज़रकर कर्बला तक गया। ज़मीनो-आसमान यहाँ इस घड़ी

कितने नर्म और उजले थे और घास में जगह-जगह कितनी बीर बहूटियाँ रेंग रही थीं, नर्म-नर्म मख़मल जैसी। उन्हें छूने में उसे कितनी लज़्ज़त मिल रही थी। नर्म चीज़ों को छूने को उसका उन दिनों कितना जी चाहता था, मगर छू जाने पर बीर बहूटी पंजे समेट बेजान-सी हो जाती और मरी हुई बन जाती। नर्म चीज़ें छू जाने से इतना बिदकती क्यों हैं, वह सख़्त हैरान होता।

''सब्बो! यह देख।''

''हाए इतनी बहुत-सी बीर बहूटियाँ!'' हैरत और ख़ुशी से वह खिल उठी। और फिर वह उसके साथ कितनी घुल-मिल गई। एकदम से क़रीब आ जाती थी, एकदम से कितनी दूर चली जाती थी।

''सब्बो! आ खेलें।''

''नहीं खेलते।''

''मेरे पास कौड़ियाँ हैं।''

''मैं क्या करूँ?''

''यह देख, फिरकनी।''

''हूँ।'' उसने मुँह चिढ़ा दिया।

फिर वह अकेला ही फिरकनी फिराता रहा। बहुत देर तक। फिर अपनी चकई निकाली और चकई घुमानी शुरू कर दी। चकई घुमाने में उसे कितना मज़ा आता था!

''सुनते हैं, लैला का यह दस्तूर था...।''

चकई घुमाते-घुमाते एकदम से वह चौंका, ''मजनूँ आ गया।'' और चकई को भूल तीर की तरह ड्योढ़ी की तरफ़ भागा। जब वह फाटक में खड़ा था तो देखा कि साबिरा भी बराबर आ खड़ी हुई है, ज़ाकिर! यह मजनूँ है?''

''और क्या, मजनूँ तो है ही।''

गरेबाँ चाक, बाल बिखरे हुए, एक हाथ में प्याला, दूसरे हाथ में ईंट। पैर में ज़ंजीर कि चलने में छन-छन कर रही थी। रुककर खड़ा हुआ।

सुनते हैं लैला का यह दस्तूर था,
भीक देती थी जो आता था गदा[1]।
एक दिन मजनूँ भी कासा[2] हाथ ले,
जा पुकारा कुछ मुझे लिल्लाह दे।
आई लैला और सभों को कुछ दिया,
हाथ से मजनूँ के कासा ले लिया।

साथ ही ईंट ज़ोर से माथे पर मारी कि माथा ख़ूनम-ख़ून हो गया और धड़ाम से ज़मीन पर गिरकर बेजान-सा हो गया।

1. भिखारी, 2. कटोरा।

''ज़ाकिर! मजनूँ मर गया?'' वह बुरी तरह काँप रही थी।

''नहीं, मरा नहीं।''

''नहीं, वह मर गया।'' वह रो पड़ी।

''अरी पगली! उसने मक्कर भर रखा है।''

''नहीं, मजनूँ मर गया।'' वह रोए जा रही थी।

मजनूँ एकदम से उठ खड़ा हुआ। वह हैरान रह गई। प्याला सँभाला जिसमें देखने वालों ने कुछ पैसे डाल दिए थे, वह आगे बढ़ गया।

''सब्बो! तूने 'लैला-मजनूँ' देखा था?''

''नहीं, क्या होता है उसमें?''

''उसमें मास्टर रूपी मजनूँ बनता है और इलाही जान लैला बनती है।''

'फिर क्या होता है?''

''फिर मास्टर रूपी इलाही जान पर आशिक़ हो जाता है।''

दोनों ने एक-दूसरे को देखा और झेंप गए। फिर फ़ौरन ही साबिरा के तेवर बदल गए। ''चल बेशरम, अभी बताती हूँ जा के बी अम्माँ को।''

''मैंने क्या कहा है?'' वह घबरा गया।

मगर ऐसी बात बी अम्माँ को बताती कैसे? बस उससे रूठ गई और दूर-दूर फिरने लगी। वह ख़ुद झेंपा हुआ था। उससे आँखें मिलाते झिझकता था।

''कूँ बास, कूँ बास।'' एकदम उसके कान खड़े हुए, क़रीब और दूर से आती आवाज़ों का उस पर अजब असर होता था। समझ में आएँ या न आएँ, वह उनकी तरफ़ खिंचा चला जाता था। 'कूँ बास'। यह क्या शब्द है? यह कभी उसकी समझ में न आया। बस वह इतना जानता था कि जब बसन्ती के पिता लाला चुन्नीमल छत पर खड़े होकर यह आवाज़ लगाते हैं तो कौवे कहाँ-कहाँ से आकर उनके सिर पर मँडलाने लगते हैं। वह तीर की तरह अपनी छत पर गया। पीछे-पीछे साबिरा।

सामने बसन्ती की छत पर दो बड़ी-बड़ी पत्तलें बिछी थीं। उन पर दूध में पके चावल रखे हुए थे। चावलों पर कौवे टूटे पड़ रहे थे। कोई-कोई चील मँडलाती आती और पत्तल पर झपट्टा मारती। लाला चुन्नीमल खड़े आवाज़ लगा रहे थे, ''कूँ बास, कूँ बास।'' और चील-कौवों की एक घटा उनके सिर पर छाई हुई थी।

''पता है, क्या बात है?'' उसने साबिरा की हैरत देखकर उसे बताने की ठानी। ''रामचन्द्रजी की पत्तलें साफ़ हो रही हैं।''

''रामचन्द्रजी की पत्तलें?'' वह और हैरान हुई।

''हाँ और क्या! जब रामचन्द्रजी भोजन कर चुकते थे तो कौवों का राजा आके उनका झूठा खाता था और पत्तल साफ़ करता था।''

''चल झूठे!''

''अल्लाह क़सम!''

"पूछूँ बी अम्माँ से?" और उसने फ़ौरन जाकर बी अम्माँ के कान में पिरो दिया कि ज़ाकिर क्या कह रहा है।

"बेटे!" बी अम्माँ ने उसे घूर के देखा, "तू हमारे घर क्यों पैदा हुआ, किसी हिन्दू के घर पैदा हुआ होता। बाप हर वक़्त अल्लाह-रसूल करे है। पूत की ख़बर नहीं कि हिन्दुआनी क़िस्सों में पड़ गया है!"

मगर बी अम्माँ का अब वह चम-ख़म नहीं रहा था। पहले ही की तरह सब पर रोक-टोक करती थीं, डाँट-डपट करती थीं, मगर आवाज़ में अब ज़्यादा दम नहीं रहा था। मुरझाकर बिलकुल मुनक़्क़ा बन गई थीं, जैसे धीरे-धीरे ढह रही हों। "बस अब तो यह दुआ है कि पलँग पर पीठ लगने से पहले अल्लाह मुझे उठा ले।"

"ऐ बी अम्माँ! क्या कह रही हो! अभी तो तुम्हें पोते का सहरा देखना है।"

"ऐ शरीफ़न बुआ! हड्डी से पीढ़ा तो लग गया। अब मैं क्या अल्लाह की बोरिएँ समेटने के लिए जियूँगी!

बी अम्माँ बेशक बहुत जी चुकी थीं। बताया करती थीं कि उनके बचपन में सिर्फ़ छोटी बज़रिया में रात को एक मशाल जलती थी। बाक़ी सब सड़कों, गलियों में अँधेरा रहता था। उनके देखते-देखते मशाल रुख़सत हुई और सड़कों और गलियों में लालटेनें टँग गईं और अब उनकी जगह खम्भे खड़े थे और सड़कों पर जहाँ-तहाँ बिजली की रोशनी नज़र आती थी।

बिजली तो अब मसजिद में भी लगने वाली थी, मगर बीच में अब्बाजान ने खंडत डाल दी। "यह बिदअत[1] है।" और असा[2] लेकर मसजिद के दरवाज़े पर सन्तरी बनकर खड़े हो गए। फ़िटिंग करने वाले आए और झिड़की खाकर चले गए। हकीम बन्दे अली और मुंशी मुसीब हुसैन ने उन्हें बहुत क़ायल करने की कोशिश की, मगर उन्होंने एक ही जवाब दिया कि "यह बिदअत है।"

पहर के तीसरे दिन बी अम्माँ की तबीअत बिगड़ गई और ऐसी बिगड़ी कि साँस चलने लगा। अब्बाजान पहरा छोड़-छाड़ घर आए, मगर बी अम्माँ ने उनके आने का इन्तज़ार नहीं किया।

अगले दिन जब अब्बाजान सुबह की नमाज़ के लिए मसजिद पहुँचे तो देखा कि बिजली लग चुकी है। यह देख उलटे पाँव आए और ज़िन्दगी में पहली बार सुबह की नमाज़ घर पर अदा की। फिर वह कभी मसजिद में नहीं गए और कभी नमाज़ घर से बाहर नहीं पढ़ी। हाँ, सुबह-शाम बी अम्माँ की क़ब्र पर जाकर क़ुर्आनख़्वानी[3] बहुत दिनों तक करते रहे।

अब्बाजान ने रूपनगर में फैलती बिदअतों को रोकने की कितनी कोशिशें की थीं। मुहर्रम पर जब ताशे बजने लगे थे तो उन्होंने मँढ़े हुए ताशे फाड़ दिए। "ताशा

1. धार्मिक परम्परा के विरुद्ध कोई नई बात, 2. बेंत, 3. क़ुर्आन का पाठ।

बजना अज़्-रू-ए शरीअत[1] हराम है। मैं इसे मजलिसों और ज़ियारतों के साथ नहीं बजने दूँगा।''

''मगर लखनऊ में तो हर ज़ियारत के साथ ताशे बजते हैं।''

''बजा करें। लखनऊ वालों को शरीअत को बदलने का कोई हक़ नहीं पहुँचता है।''

उस बरस तो ताशे किसी मजलिस में, किसी ज़ियारत के साथ वाक़ई नहीं बजे, मगर अगला बरस आते-आते अब्बाजान का ज़ोर टूट चुका था। हर ज़ियारत ताशों के साथ निकली। सिवाय उस ज़ियारत के जो खिड़की वाले इमामबाड़े से निकलती थी कि यह अपना ख़ानदानी इमामबाड़ा था और इस पर अब्बाजान का ज़ोर चलता था। और फिर यह ज़ियारत कि हज़रते-हुर की थी, रूपनगर के मुहर्रम की सबसे ख़ामोश ज़ियारत ठहरी। न ताशे, न ढोल, न सोज़ख़्वानी[2] कि अब्बाजान सोज़ख़्वानी को भी शरा[3] के ख़िलाफ़ बताते थे। सोज़ख़्वानी के ख़िलाफ़ भी अब्बाजान ने मोरचा क़ायम किया तो था मगर उस मोर्चे का भी वही अंजाम हुआ जो उनके दूसरे मोर्चों का हुआ था।

रूपनगर पर अब्बाजान की पकड़ ढीली पड़ती जा रही थी। बी अम्माँ अल्लाह को प्यारी हो चुकी थीं और बस्ती में बिजली आ गई थी। अब्बाजान बिजली को मसजिद में आने से न रोक सके, जिस तरह वह ताशे को मुहर्रम में राह पाने से न रोक सके थे। बिजली के ख़िलाफ़ मोर्चा, ज़माने की बिदअतों के ख़िलाफ़ उनका आख़िरी मोर्चा था। उसके बाद उन्होंने घर से निकलना छोड़ दिया। घर ही में नमाज़ अता करते, घर ही में बैठकर मुहर्रम के दसों दिन गुज़ारते। फिर एक रोज़ उन्होंने जा-नमाज़ पर बैठे-बैठे सफ़र के लिए इस्तिख़ारा[4] किया। इस्तिख़ारा[5] आ गया, सफ़र का सामान होने लगा।

''अम्मीजान! हम जा रहे हैं?'' बी अम्माँ के गुज़र जाने के बाद अब वह हर बात अम्मी से पूछता था।

''हाँ बेटा!'' अम्मी ने बुझे मन से कहा। चुप हुईं, फिर आप-ही-आप बड़बड़ाने लगीं, ''अब हमारा यहाँ क्या रखा है! ज़मीनें पहले ही ठिकाने लग गई थीं। एक टूटा-फूटा घर रह गया है, मगर ख़ाली घर को ले के चाटना है!''

''अम्मी! हम व्यासपुर जा रहे हैं?''

''हाँ बेटा! व्यासपुर जा रहे हैं। तुम्हारे चचा-ताए तो सब व्यासपुर ही में हैं। बी अम्माँ ने ज़मीन पकड़ी थी, नहीं तो हम पहले ही यहाँ से जा चुके होते।''

''अम्मी! व्यासपुर बहुत दूर है?''

''हाँ, दूर ही है। यहाँ से बुलन्दशहर तक तो लारी में जाएँगे। वहाँ से रेल में सवार होंगे।''

---

1. धार्मिक नियम के अनुसार, 2. मर्सिये का पाठ, 3. धार्मिक नियम, 4. किसी निर्णय पर पहुँचने के लिए पढ़ी नमाज़, 5. ईश्वरीय संकेत।

बाहर इक्का खड़ा था। उसके तसव्वुर में लारी थी और रेल थी—वह अजनबी सवारियाँ जिनमें उसे ज़िन्दगी में पहली मरतबा सवार होना था। अम्मी जितनी उदास थीं, वह उतना ही ख़ुश था। सफ़र करने और नई बस्ती को देखने का शौक़ उसके यहाँ अचानक जाग उठा था। साबिरा जाने किस वक़्त यहाँ आकर खड़ी हो गई थी। उससे दूर खड़ी वह बँधते हुए बिस्तरों और ताला लगते बक्सों को तके जा रही थी। तकती रही, फिर अचानक पास खड़ी ख़ालाजान के दामन में उसने मुँह छिपा लिया और सिसकियाँ लेने लगी।

ख़ालाजान ने उसके सिर पर हाथ फेरा और बोलीं, ''इसमें रोने की क्या बात है! ख़ाला बी जल्दी वापिस आएँगी।'' यह कहते-कहते उनकी आँखों में भी आँसू आ गए। अम्मी ने सन्दूक में ताला लगाते-लगाते कहा, ''साबिरा!'' रुकीं, फिर बोलीं, ''बेटी! मैं वहाँ पहुँचके जल्दी तुम्हें बुलाऊँगी। बस तुम्हें वहीं रखूँगी अपने पास।'' अब्बा जान ने बिस्तर बाँधते-बाँधते एक नज़र सिसकियाँ भरती साबिरा को देखा और फिर अपने काम में डूब गए।

वह देखता रहा। उसकी सारी ख़ुशी ख़त्म हो चुकी थी। हिम्मत करके आहिस्ता-आहिस्ता उसके क़रीब गया।

''सब्बो!''

साबिरा ने भीगे चेहरे के साथ (इतनी देर में उसके सारे गाल आँसुओं में तर-ब-तर हो गए) उसे देखा और एकदम से फिर मुँह ख़ालाजान के दामन में छुपा लिया और पहले से ज़्यादा शिद्दत के साथ सिसकियाँ लेने लगी।

''मियाँ ज़ाकिर! यह क्या हो रहा है?'' अब्बाजान फिर उसके कमरे में चले आए थे।

''जी, कुछ नहीं।'' उसने इस तरह कहा जैसे वह चोरी करते हुए पकड़ा गया हो। और फ़ौरन किताब खोलके सामने रख ली जैसे जता रहा हो कि वह असल में किताब पढ़ रहा था।

''कुछ तो हुआ है। बहुत शोर पड़ा हुआ है और मुझे लगता है कि गोली चली है। कुछ आवाज़-सी आई थी।''

उसने उठकर खिड़की खोली और सामने जलसागाह पर नज़र डाली। कुछ लोग खड़े हो गए थे और नारे लगा रहे थे। कुछ रज़ाकार क़िस्म के नौजवान खड़े हो जाने वालों में से किसी को ज़बरदस्ती बिठाने की और किसी को बाहर धकेलने की कोशिश कर रहे थे। बीच मजमे में दो टोलियाँ बनने लगी थीं। फिर एक धमाका हुआ। उसने बेज़ारी के साथ खिड़की बन्द की और वापिस होते हुए अब्बाजान को इत्तला दी, ''गोली नहीं चली, पटाखे छोड़े जा रहे हैं।''

''वह किस ख़ुशी में?''

''ताकि जलसा बिखर जाए।''

"क्या हो गया है लोगों को!"

"अब्बाजान! आप परेशान न हों। आजकल के जलसों में यहीं होता है। आप अब सो जाएँ।"

"बेटे! तुम्हें पता है कि मेरी नींद एक दफ़ा उचट जाए तो फिर मुश्किल ही से आती है।" चुप हुए, फिर बड़बड़ाए, "लोगों को क्या हो गया है!" और बड़बड़ाते हुए निकल गए।

उसने उठकर फिर खिड़की थोड़ी खोलकर झाँका। खड़े लोग बैठ गए थे, मगर शोर अब भी बहुत था। उसने खिड़की बन्द की, बिजली गुल की और बिस्तर पर जा लेटा। 'लोगों को क्या हो गया है'—अब्बाजान का यह फ़िक्रा दिमाग़ में गूँजा। वाक़ई, लोगों को हो क्या गया है? उसने संजीदगी से सोचा। घरों में, दफ़्तरों में, रेस्तराँओं में, गलियों-बाज़ारों में—सब जगह एक ही नक़्शा है। बहस पहले आम, फिर व्यक्तिगत, फिर तू-तड़ाक, फिर गाली-गलौज, फिर सिर-फुटव्वल। राह चलते लोगों को ठिठककर खड़े हो जाना, लड़ने वालों को दहशत से तकना, फिर एक-दूसरे से पूछना कि यह क्या हो रहा है? क्या होने वाला है? हर एक की आँखों में एक ख़ौफ़, जैसे वाक़ई कुछ होने वाला है। फिर अपनी-अपनी राह चल पड़ना और भूल जाना कि कुछ हुआ है। जैसे कुछ नहीं हुआ है, जैसे कुछ नहीं होगा। इतनी फ़िक्र और इतनी बेफ़िक्री! यकायक कोई अफ़वाह जैसे अचानक आँधी की तरह लोगों को आ लेती है। चेहरों पर फैलता हुआ ख़ौफ़ और निराशा। फिर वही चिन्ता-भरा सवाल कि क्या होने वाला है? फिर अपनी-अपनी राह चल पड़ना और भूल जाना कि जैसे कुछ नहीं हुआ है, जैसे कुछ नहीं होगा। मगर क्या वाक़ई कुछ होने वाला है? क्या होने वाला है? आगे कुछ नज़र नहीं आता तो पीछे चल पड़ना। फिर वही यादों की घनी-बनी में लम्बा सफ़र—जब मैं रूपनगर में था मेरी ज़िन्दगी का, वह देवों की कहानियों जैसा ज़माना। और जब मैं व्यासपुर आया...व्यासपुर...।

"यह मुर्दा जल रहा है?"

"हम्बे, यो मरघट है। और जी यो मुर्दा जो है यो ज़िन्दा है।"

"चल झूठी!"

"राम कि सूँ! ज़िन्दा है। उठके खड़ौ हो गयो। हे राम! मोरी तो मैया मर गई।"

"अच्छा फिर?"

"फीर वो लेट गयो और मा वाँ से भाग आई।"

"झूठी!"

वह फुल्लो के ऐसे किसी बयान पर एतिबार करने के लिए तैयार नहीं था। अब वह बच्चा थोड़े ही था। बी अम्माँ के गुज़र जाने और रूपनगर से निकल आने के बाद वह जैसे एक साथ बड़ा हो गया था, जैसे उसका बचपन रूपनगर में रह गया था। रूपनगर में क्या कुछ रह गया था! कच्चे-पक्के रस्ते जो जाने कहाँ जाकर

निकलते थे बस दरख़्तों में गुम होते दिखाई देते थे। डोलते-हिचकोले खाते इक्के, ऊँघती-रेंगती बैलगाड़ियाँ, कोई-कोई रथ कि उसमें जुते तगड़े बैलों की गरदनों में बजती घंटियों और घुँघरूओं की बदौलत मिट्‌टी से अँटे रास्ते एक मीठे शोर से भर जाते। काला मन्दिर, काले मन्दिर के अहाते में खड़ा बन्दरों से आबाद बड़ा पीपल, कर्बला की वीरान और उदास फ़सील, टीले वाला क़िला, रावण-बन, रावण-बन के बीच खड़ा भेद-भरा बरगद—बस एक पूरा देव-कहानियों का ज़माना था, जो रूपनगर के साथ रह गया था। यहाँ हरचन्द कि सामने मरघट था और मरघट में खड़े घने पीपल के पेड़, मगर उसे वहाँ किसी पेड़ के इर्द-गिर्द भेद-भरी फ़िज़ा का अहसास नहीं हुआ, हालाँकि फुल्लो ने वहाँ बहुत-कुछ देखा था।

"मो को तो भैया चुड़ैल ने पकड़ लियो।"

"चल-चल, बकवास मत कर।"

"राम कि सूँ! दोपहरिया टीकम-टीक। वो जो पीपल दिखाई देवत है, वाके तले एक कुल्हिया, कुल्हिया में चून का पुतला और सिन्दूर और तनिक खाँड। और बड़ के तले एक बीरबानी दाँत निकोसे ऐसी किलकिलावे जैसे चील किलकिलावे है।"

"बकवास मत कर, जा अपना काम कर।"

वह व्यासपुर में कुछ और देख रहा था, एकसार सड़कों पर दौड़ते हुए रबड़-टायर ताँगे, बीच-बीच में कोई बग्घी, कोई मोटर-कार। इन सड़कों से आगे बाज़ारों और मोहल्लों से परे तारकोल वाली वह चिकनी-चिकनी सुरमई सड़क जिस पर दिन-भर लारियाँ दौड़ती रहतीं। उन सवारियों से अजब-सा शोर पैदा होता था। वो आवाज़ें अब कहाँ थीं जो रूपनगर की फ़िज़ा में बसी हुई थीं। अब उसके कान नई आवाज़ों से पहचान बना रहे थे—बग्घियों और ताँगों की घंटियों की आवाज़ें, लारी के हार्न की आवाज़, मोटरकार के हार्न की आवाज़ और सब से अजब रेल की सीटी की आवाज़, जो उसे रूपनगर से दूर ले आई थी और व्यासपुर से परे ले जा रही थी अनजाने, अनदेखे शहरों की तरफ़। दूर परे से आती रेल की सीटी की आवाज़ के साथ वह कोठी की छत पर पहुँचा, जहाँ से मरघट के उस तरफ़ फैली हुई रेल की पटरी साफ़ दिखाई देती। रेलगाड़ी दूर से सीटी देती और धुआँ उगलती आती, पहले दरख़्तों की ओट में दौड़ती रहती, सिर्फ़ उसका धुआँ फ़िज़ा में फैलता नज़र आता, फिर अचानक दरख़्तों की ओट मे वह काला-भँवर इंजन नमूदार होता, जो अपने से भी ज़्यादा काला धुआँ आसमान की तरफ़ उगल रहा होता और उसके पीछे सवारियों से भरे अनगिनत डिब्बे। किस तेज़ी से ये डिब्बे गुज़रते चले जाते और देखते-देखते नज़रों से ओझल हो जाते। वह हैरान रह जाता। फिर जब अब्बा जान की बताई हुई यह बात उसके ध्यान में आती कि यह रेलगाड़ी मुरादाबाद से आ रही है और व्यासपुर से होती हुई दिल्ली जा रही है तो वह और हैरान होता।

वह यहाँ ख़ान बहादुर ताया की कोठी में आकर रहा था, जो आबादी से किसी क़दर दूर खेतों और बाग़ों के बीच खड़ी थी कि उसकी छत पर खड़े होकर देखो तो सामने मरघट, मरघट से परे रेल की पटरी, रेल की पटरी से परे आसमान की हदों पर क़तार में खड़े हुए दरख़्त। फिर जब वह बाज़ार जाता तो एक-एक दुकान को ताज्जुब से देखता। खिड़की बाज़ार रूपनगर की छोटी बज़रिया के मुक़ाबले में कितना बड़ा बाज़ार था। एक दुकान पर साइकिलें-ही-साइकिलें। इतनी साइकिलें उसने कभी काहे को देखी थीं! साइकिलों, जूतों और कपड़े की दुकानों से आगे वह लम्बा-चौड़ा चौक था, जहाँ जगह-जगह गेहूँ और कपास के ऊँचे-ऊँचे ढेर लगे हुए थे और आसपास जंगली कबूतरों की पूरी बरात उतरी हुई थी। दुकानें जिनमें माल-सामान कुछ नहीं, बस चाँदनी बिछी हुई, चाँदनी पर मसनद, मसनद पर बैठा हुआ सेठ, उसके आगे टेलीफ़ोन रखा हुआ। एक साथ शोर पड़ता और हर सेठ, हर लाला तेज़ी से डायल घुमाता और फ़ोन पर ज़ोर-ज़ोर से बातें करता। वह अचम्भे में रह जाता। धीरे-धीरे उसे पता चला कि यह शोर उस वक़्त पड़ता है, जब किसी जिंस का भाव खुलता है।

बाज़ार में इतना शोर, कोठी के आस-पास इतनी ख़ामोशी! जब रेलगाड़ी आती तब ही यह ख़ामोशी टूटती। उसके गुज़र जाने के बाद फिर ख़ामोशी और दूर तक फैली हुई रेल की पटरी जिसे वह छत से खड़ा देर तक हैरत से ताकता रहता। उसकी हैरतें भी अब सफ़र करके कहाँ से कहाँ पहुँच गई थीं और किस क़दर बदल गई थीं!

ख़ान बहादुर ताया ने यह कोठी यह सोचकर बनवाई थी कि वह पेंशन हो जाने के बाद यहाँ आकर रहेंगे। रायसीना में उम्र गुज़ारने के बाद वह व्यासपुर की गलियों में तो रह नहीं सकते थे। मगर वह तो पेंशन पाने से पहले ही दुनिया से गुज़र गए। यह वाक़िआ उसके व्यासपुर आने से बहुत पहले घट चुका था। उसने ख़ान बहादुर ताया को नहीं देखा था, मगर व्यासपुर आकर पूरे ख़ानदान पर उनकी महानता के साये को मँडलाते देखा।

"फिर भाई ख़ान बहादुर मरहूम ने यह तरकीब की कि बाग़ी बनके बाग़ियों में मिल गए। ऐसे ज़बरदस्त बाग़ी बने कि उनकी कमेटी के मुखिया बन गए। मगर बाग़ियों के भी जासूस लगे हुए थे। एक जासूस ने उन्हें ताड़ लिया। बीच कमेटी में उसने भाँडा फोड़ दिया कि यह शख़्स तो अँग्रेज़ों का जासूस है। बस फिर क्या था, बाग़ियों ने भाईजान पर पिस्तौल तान लिये," चचाजान बोलते-बोलते रुके। अच्छे भाई, नजीब भाई, साहिब मियाँ—सब बहुत ध्यान से सुन रहे थे।

"फिर क्या हुआ?"

"अजी भाईजान मरहूम कब चूकने वाले थे! उन्होंने ऐसी तक़रीर की कि बाग़ियों के पिस्तौल उसी बाग़ी की तरफ़ मुड़ गए जिसने उन्हें अँग्रेज़ों का जासूस

बताया था।'' चचाजान रुके, फिर बोले, ''ये बाग़ी इतने ख़तरनाक थे कि भाई ख़ान बहादुर मरहूम ने उन्हें न पकड़ा होता तो वो अँग्रेज़ों का वह हाल करते जो सन सत्तावन में हुआ था। आतंकवादी थे। सारे हिन्दुस्तान में उन्होंने तहलका मचा रखा था।''

ख़ानदान में जब कोई शादी–ब्याह का आयोजन होता और सब ख़ानदान वाले इकट्ठे होते तो वह चचाजान इसी तरह ख़ान बहादुर ताया की बातें शुरू कर देते थे और बेटे, भानजे, भतीजे इर्द–गिर्द इकट्ठे हो जाते और इस तौर सुनते जैसे किसी देवों की कहानियों के हीरों के क़िस्से सुन रहे हैं।

''भाई ख़ान बहादुर मरहूम की एक टाँग चाँदी की थी।''

''चाँदी की टाँग?'' नजीब भाई ने आश्चर्य से पूछा।

''हाँ! बात यह हुई कि उन्होंने सुलताना डाकू का पीछा करते–करते चलती गाड़ी से छलाँग लगा दी। टाँग की हड्डी टूट गई। फिर रायसीना में वायसराय के सरजन ने उनका इलाज किया और पूरी टाँग निकाल के चाँदी की टाँग लगा दी।''

सब हैरत में पड़ गए। फिर नजीब भाई ने पूछा, ''तो सुलताना डाकू को ताया जान ने पकड़ा था?''

''और किसने पकड़ा था? चंग साहिब के तो बाप–दादा भी जाते तो सुलताना को नहीं पकड़ सकते थे। यह भाई ख़ान बहादुर ही की हिम्मत थी कि उसे पकड़ लिया। और रेशमी रूमाल वालों को किसने पकड़ा था?''

''रेशमी रूमाल वाले? वो कौन थे?''

''रेशमी रूमाल वाले कौन थे?'' चचाजान हँसे, ''बेटो! तुम्हें मालूम क्या है? रेशमी रूमाल वालों ने अँग्रेज़ का तख़्ता उलटने का पूरा मंसूबा बना लिया था। ऐन वक़्त पर भाई ख़ान बहादुर मरहूम ने ताड़ा और रेशमी रूमाल बीच में से उचक लिया।'' रुके, फिर कहने लगे, ''अँग्रेज़ों पर भाई ख़ान बहादुर मरहूम के बहुत अहसान हैं। जब ही तो उनके मरने पर वायसराय ने कहा था कि ख़ान बहादुर के मरने से मेरी कमर टूट गई।''

''भैया! अपने इस भतीजे से भी तो पूछो कि उसे ताया की तरह कुछ बनना है या डंडे ही बजाने हैं?''

''बेटे ज़ाकिर! जवाब दो, भाभी जान क्या पूछ रही हैं? एक बात हम तुम्हें बताए देते हैं। भाई ख़ान बहादुर आसानी से ख़ान बहादुर नहीं बन गए थे। मेहनत उन्होंने कितनी की थी! जिस मेहनत से उन्होंने पढ़ा था, उस मेहनत से आज कोई पढ़ सकता है? एक दफ़ा क्या हुआ कि उनकी लालटेन का तेल ख़त्म हो गया। तेल की बोतल जाके देखी तो वह ख़ाली पड़ी थी। उन्होंने क्या किया कि जुगनू पकड़ के बी अम्माँ के दुपट्टे के आँचल में बाँधे और उनकी रोशनी में सुबह अज़ान के वक़्त तक पढ़ते रहे। आज कोई इस बात का यक़ीन करेगा? मगर फिर उस मेहनत

का उन्हें नतीजा मिला। मैट्रिक के इम्तिहान का जब नतीजा आया तो वह यू. पी.-भर में अव्वल थे।''

मेहनत से तो वह भी पढ़ रहा था। मैट्रिक का इम्तिहान सिर पर था। रात-रात-भर लालटेन जलाए बैठा रहता और दिन में दिन-दिन भर स्कूल के अहाते में खड़े आम के पेड़ के नीचे पड़ाव डाले रहता। इम्तिहान की तैयारी के लिए स्कूल बन्द था। क्लासों के कमरों में ताले लगे हुए, बरामदे ख़ाली, फ़ील्ड में सन्नाटा। पढ़ने के लिए यह कितनी साज़गार फ़िज़ा थी। स्कूल के इकलौते आम की छाँव में वह और सुरेन्द्र—दोनों मग्न होकर पढ़ते रहते। जब थक जाते तो सामने की उस तारकोल वाली सड़क को तकने लगते जिस पर कभी-कभी कोई लारी गुज़रती नज़र आती और फिर सड़क ख़ाली।

''पता है, यह लारी कहाँ जा रही है?'' सुरेन्द्र ने उससे पूछा।

''कहाँ जा रही है?''

''मेरठ।''

''मेरठ? यह लारी मेरठ जा रही है? तूने मेरठ देखा है? कैसा है मेरठ?'' उसने एक साँस में कितने सवाल कर डाले।

मेरठ को उसने पहले सुरेन्द्र की आँखों से देखा। अब अपनी आँखों से देख रहा था। कॉलिज से छुटकारा पाकर वह और सुरेन्द्र दोनों कम्पनी बाग़ की तरफ़ चल पड़ते। छावनी, अँग्रेज़ों की दुनिया, लम्बी ख़ामोश चिकनी-चिकनी सड़कें, दो रौ वाले घने दरख़्तों के बीच दूर तक जाती हुईं, गुम होती हुईं। कोई गोरा, सफ़ेद किर्मिच के जूते और सफ़ेद नैकर-क़मीज़ पहने, हाथ में टेनिस का बल्ला सँभाले, तेज़ी से क़रीब से गुज़रता और आगे जाकर कम्पनी बाग़ में मुड़ जाता। सुनहरी बालों, गोरे चेहरे वाली कोई मेम बराबर से गुज़रती और वह दोनों हद्दे-नज़र तक उसकी गोरी-नंगी पिंडलियों को देखते रहते। फिर कोई काली आया किसी दूध जैसी रंगत वाले बच्चे को गाड़ी में बिठाए आहिस्ता-आहिस्ता गाड़ी को धकेलती चली जाती।

''याँ से,'' सुरेन्द्र चलते-चलते रुककर खड़ा हो जाता, ''सन सत्तावन का आन्दोलन शुरू हुआ था।''

''याँ से?'' वह चकराकर उस जगह को देखता और सोचता कि इस जगह में क्या ख़ास बात है? वह देखता रहता, सोचता रहता और फिर उस जगह का रौब उस पर तारी होता चला जाता।

''यार सुरेन्द्र!'' वह चलते-चलते यूँ ही सवाल कर डालता, ''हिटलर लन्दन कैसे पहुँचेगा? बीच में तो समुन्दर है।''

''उस्ताद! हिटलर के पास ऐसा बुरादा है कि समुन्दर पर छिड़क दो तो वह शान्त हो जाए और पत्थर-समान बन जाए।''

फिर वापिस कॉलिज में, जहाँ हुजूम था, शोर था। सुरेन्द्र न होता तो वह लड़कों के उस हुजूम में खो जाता। मगर फिर वह पूरा हुजूम खो गया मय सुरेन्द्र के। किसी लड़के ने बरामदे से गुज़रते-गुज़रते नारा लगाया, "हिन्दुस्तान छोड़ दो!"

क्लासों में जाते, क्लासों से निकलते लड़के ठिठके। फिर एकदम से नारों का तूफ़ान उठ खड़ा हुआ : "हिन्दुस्तान छोड़ दो! इंक़िलाब ज़िन्दाबाद! महात्मा गांधी की जय!" फिर क्लासों के शीशे टूटने लगे। फिर किसी ने ख़बरदार किया, "वे आ रहे हैं।" भगदड़, ख़ाली होते बरामदे, सन्नाटा, सन्नाटे में दूर से आती हुई घोड़ों की टापों की आवाज़। कॉलिज में घुड़सवार पुलिस आ रही थी।

बरामदे, कमरे, लॉन हफ़्तों-महीनों सुनसान पड़े रहे। जहाँ-तहाँ बैठे हुए लठ-बरदार सिपाही कभी ऊँघते हुए, कभी मुस्तैदी से खड़े हुए। मुट्ठी-भर मुसलमान लड़के, पाँच-सात एक क्लास में तो ढाई-तीन दूसरी क्लास में। मगर प्रोफ़ेसर मुकर्जी अब भी उतनी ही गर्मजोशी से और उतनी ही तेज़ आवाज़ में लेक्चर देते जैसे कुछ नहीं हुआ है।

इम्तिहानों के आते-आते लड़के वापिस आए। मगर गहमागहमी वापिस नहीं आई। फिर छुट्टियाँ आ गईं। वापिस फिर व्यासपुर में। मौसम अब कितना बदल गया था! बदलते-बदलते इतना बदला कि लूएँ चलने लगीं। दोपहर होते-होते घरों के दरवाज़े बन्द हो जाते, बैठकों में लगी ख़स की टट्टियाँ पानी में तर-ब-तर नज़र आतीं। मगर पतली गलियाँ धूप से अनजान थीं। उन गलियों में कितने घर थे कि ख़स की टट्टी से बेनियाज़ थे। ड्योढ़ियों में औरतें चरख़ा कातती, बातें करती नज़र आतीं।

"तूने देखा?" सुरेन्द्र ने पत्थर वाली गली से जल्दी-जल्दी निकलते हुए पूछा।

"नहीं यार! मुझे तो कोई दिखाई नहीं दिया।"

"चौबारे में जो खड़ी थी, उसे नहीं देखा?"

"नहीं, कौन खड़ी थी?"

"रिमझिम, और कौन?"

"रिमझिम?"

"हाँ, मैं उसे रिमझिम कहता हूँ। बस तू उसे देखेगा तो साले हलाक हो जाएगा।"

एक फेरा, दूसरा फेरा, तीसरा फेरा। फिर नज़र ही नहीं आई। "यार, वह तो ग़ायब हो गई।"

सुरेन्द्र मायूस नहीं हुआ था। बन्दर वाले को देखकर खिल उठा। "यार सुन! इसके साथ चलते हैं।"

बन्दर वाला कड़ी दोपहरी में डुगडुगी बजाता एक गली से दूसरी गली में, दूसरी गली से तीसरी गली में। आख़िर में पत्थर वाली गली में तमाशा शुरू

किया। बन्दरिया नहीं मानी तो बन्दर ने उसे डंडे से पीटा, इतना कि रूठकर मैके चली गई।

"अबे साले देख!"

"कहाँ?"

"चौबारे में, वह खड़ी है।"

उसने देखा। साँवली रंगत, दुबला-दुबला, नर्म-नर्म बदन।

"अरी माँ, मुसला!" एकदम से भड़की और ग़ायब।

फिर वह उसे नज़र नहीं आई। न आए। सुरेन्द्र ने उसे यह तो सिखा ही दिया था कि लड़की को कैसे देखते हैं।

फिर वह रूपनगर चला गया। उसे इन छुट्टियों में ख़ालाजान से मिलने रूपनगर भी तो जाना था। कितने बरसों के बाद वह रूपनगर को फिर देख रहा था। गड्ढे पड़ी सड़क उसी तरह गर्द में अँटी, उसी तरह जहाँ-तहाँ पड़े हुए दो रौया कंकरों के ढेर, उसी तरह इक्के ऊँचे-नीचे रास्तों पर हिचकोले खाते हुए और उसी तरह बैलगाड़ियाँ कच्चे रस्तों पर रेंगती हुई। यह तो सब-कुछ उसी तरह है। एक इत्मीनान-भरी हैरत के साथ उसने एक-एक चीज़ को देखा। मगर सब-कुछ उसी तरह नहीं था। उसके साथ वाले सब-के-सब कितने लम्बे हो गए थे। उनके चेहरों की रंगत पक गई थी, आवाज़ों में भारीपन आ गया था। हबीब मैट्रिक पास करके अलीगढ़ चला गया था और अब छुट्टियों में वापिस आया था तो उसकी सज-धज ही और थी। पाजामे का कट बदल गया था। कहाँ उसके सिर पर उस्तरे के बाद आम की गुठली रगड़ी जाती थी और कहाँ अब उसके लम्बे-लम्बे अँग्रेज़ी बाल थे। बुंदू को भी शरीफ़न बुआ ने तालों का काम सीखने के लिए अलीगढ़ भिजवा दिया था।

और साबिरा! साबिरा अब कितनी लम्बी हो गई थी और सीना उसका कितना उभर आया था कि हमेशा उसे दुपट्टे से ढँके रखती। फिर भी गोल-गोल उभार छलकते-छलकते दिखाई देते। उससे तो वह अब आँख भी नहीं मिलाती थी, जैसे वह अजनबी हो।

गली-गली, बाज़ार-बाज़ार घूमा, घूमता रहा। एक प्यासे की तरह कितने दिनों के बाद वह इस मानूस मंज़र से तृप्त हो रहा था! किस बेताबी के साथ चीज़ों को देख रहा था, बेताबी के साथ और हवस के साथ जैसे सब-कुछ नज़र की राह अन्दर समेट लेना चाहता हो! चीज़ें कभी उसी तरह नज़र आतीं, कभी बदली-बदली। बिजली के खम्भे कितने ज़्यादा हो गए थे और बिजली के तार कितने फैल गए थे कि छोटी बज़रिया के सिवा भी फैले नज़र आते थे। बन्दर तारों से बचकर एक कोठे से दूसरे कोठे पर छलाँग लगा रहे थे। रूपनगर के बन्दरों ने बिजली के ज़माने में जीना सीख लिया था।

काले मन्दिर से कर्बला तक, कर्बला से क़िले तक, क़िले से रावण-बन तक— सब-कुछ उसी तरह था। देर तक वहाँ घूमा, उस मंज़र में स्नान किया, पर पूरी तृप्ति

नहीं हुई। जैसे वह पुर-असरारियत[1] जो यहाँ रची-बसी थी, विदा हो गई हो। दूर खड़े होकर काले मन्दिर को, उसके बड़े पीपल को और उस मोटे बन्दर को जो सबसे ऊपर वाली टहनी पर बैठा था, अगले-पिछले ख़ौफ़ के तजुरबों को ध्यान में लाते हुए देखा, मगर उसकी आँखों में कोई अचम्भा पैदा न हो सका। न तहय्युर, न ख़ौफ़। सब-कुछ उसी तरह था, मगर शायद वह बदल गया था या शायद उसका वह रिश्ता बरक़रार नहीं रहा था—काले मन्दिर से, बड़े पीपल से, पीपल के बन्दरों से, कर्बला की ख़ामोश फ़सील से, रावण-बन से, उसके बीच खड़े बड़ से, शायद साबिरा से भी।

ना-आसूदा[2], ना-मुतमइन[3], थका-थका वापिस घर आया। गरमी बहुत थी। तौलिया लिया और दोपहर की धूप में तपते सहन को पार करके गुसलख़ाने की तरफ़ चला। गुसलख़ाना अब भी उसी पुराने अन्दाज़ पर था कि अन्दर-बाहर न कुंडी, न चटखनी। अटकल रहती थी कि कोई अन्दर है या नहीं है। शायद अब उसे अटकल नहीं रही थी कि गुसलख़ाने के किवाड़ खोले और पूरी तरह खोलने से पहले बन्द कर दिए। आँखों में बिजली-सी कौंध गई।

देर तक बिजली ऐसे उस लम्हे में खोया-खोया रहा। यह सोचकर हैरान हुआ कि ताहिरा बाजी तो बिलकुल औरत हैं। उस दिन तो उनसे आँख ही न मिला सका। दूसरे दिन आँख बचाकर उनका सिर से पैर तक जायज़ा लिया। वह पिंडा गोर-गोरा, भरा-भरा—उसके तसव्वुर में उभर आया। अपनी तमाम तफ़सीलात के साथ। शर्म से उसका मुँह लाल पड़ गया। अपने-आप पर उसने दिल-ही-दिल में कितनी मलामत की। मगर ताहिरा बाजी को सिरे से कोई अहसास ही नहीं था। उससे बेतकल्लुफ़ी से बातें कीं और कॉलिज की एक-एक बात पूछी।

"ज़ाकिर! तुम्हारे कॉलिज की लायब्रेरी में राशिद-उल-ख़ैरी की 'शामे-ज़िन्दगी' है?"

"जी है।"

"हाय अल्लाह! ज़ाकिर, अब के आओ तो 'शामे-ज़िन्दगी' ज़रूर लेके आना।"

नाविलों का ज़िक्र होते देखकर साबिरा भी झिझकती-झिझकती आई और ताहिरा बाजी के साथ सिमटकर बैठ गई। नाविलों का ज़िक्र कितने शौक़ से सुन रही थी। बावर्चीख़ाने से ख़ालाजान की आवाज़ आई, "अरी ताहिरा! हँडिया तो देख ले, कहीं जल न जाए। मैं आटा गूँध रही हूँ।"

ताहिरा बाजी के चले जाने पर साबिरा सटपटा-सी गई, मगर उठके जा भी नहीं सकी। वह ख़ुद भी झेंपा-झेंपा बैठा रहा।

रफ़्ता-रफ़्ता हौसला पकड़ा, "साबिरा! तुमने 'फ़िरदौसे-बरीं' पढ़ी है?"

"नहीं, कैसा नाविल है?"

उसने फ़ौरन ही 'फ़िरदौसे-बरीं' का क़िस्सा सुनाना शुरू कर दिया। पूरा क़िस्सा सुना डाला।

---

1. रहस्यमयता, 2. अतृप्त, 3. असन्तुष्ट।

''ज़ाकिर! हमें 'फ़िरदौसे-बरीं' ला दोगे?''

''हाँ, जब आऊँगा तो लेके आऊँगा।''

''अब तुम कब आओगे?''

''बड़े दिन की छुट्टियों पर।''

उसने शरर के और कई नाविलों के क़िस्से भी सुनाए। तफ़सीलों का ज़िक्र करते हुए कुछ वह झिझकता, कुछ वह झेंप जाती, मगर साबिरा अब उसके साथ घुल-मिल गई थी। घर के काम-काज से तो उसका जी कुछ उचाट-सा हो गया था। उधर ख़ालाजान और ताहिरा बाजी घर के कामों में जुती रहतीं, इधर वह उसकी बातें सुनती रहती, उससे बातें करती रहती। बातें कभी ज़ोर-ज़ोर से, कभी धीरे-धीरे। कभी इतनी धीरे कि बातें सरगोशियाँ बन जातीं और साबिरा के चेहरे पर सुर्ख़ी दौड़ जाती। और जब उसने बुंदों की तारीफ़ के बहाने उसके कान की लौ को छुआ था तो उसकी साँस एकदम से कितनी गर्म हो गई और कितनी तेज़ चलने लगी थी! कितनी नर्म और गर्म थी वह लौ कि एक नर्म-गर्म रौ पोरों की राह उसके अन्दर रिसती चली गई।

कितनी जल्दी छुट्टियाँ ख़त्म हो गईं! रूपनगर उसे पकड़ रहा था, मगर उसे आख़िर कॉलिज पहुँचना था और उससे पहले व्यासपुर जाकर अम्मीजान को सूरत भी दिखानी थी।

''अबे तू आ गया? तू तो एक हफ़्ते की कहके गया था और इतने दिन लगा दिए।''

सुरेन्द्र की बात के जवाब में उसने पहले कोई इधर की बात की, कोई उधर की, मगर राज़ को वह कितनी देर छुपाकर रख सकता था?

''फिर तूने क्या किया?''

''मैंने क्या किया? क्या करता? कुछ नहीं।''

''झूठा!''

''सच, इससे आगे कोई बात नहीं हुई।''

''तू बहुत घामड़ है।'' सुरेन्द्र ने मलामत की और चुप हो गया।

फिर वह आप ही बोला, ''यार, उसके हाथ बहुत नर्म थे।''

सुरेन्द्र की बेज़ारी दूर हो गई। ''अच्छा?''

''हाँ,'' चुप हुआ, ख़यालों में ग़ोता खाया। फिर बहुत आहिस्ता से बोला, ''और होंठ भी।''

''होंठ?'' सुरेन्द्र की आँखें हैरत से खुली-की-खुली रह गईं।

फिर वह खुलता चला गया। जो यहाँ पर बयान नहीं कर सका था, वह उसने कॉलिज पहुँचकर, जब इत्मीनान से दोनों बैठे, बयान किया। जब सब-कुछ बयान कर चुका तो जो बयान कर चुका था, उसे फिर बयान किया, और

फिर बयान किया। हर मरतबा यूँ बयान किया जैसे पहली मरतबा बयान कर रहा है।

''अच्छा अब तू कब जा रहा है?''

''क्रिस्मस की छुट्टियों में।''

''वो तो अभी दूर हैं।''

''हाँ यार! वो तो अभी दूर हैं।''

''ख़त-वत लिख उसे।''

''ख़त, हाँ यार ख़त लिखना चाहिए।'' और ख़त लिखने का पागलपन दिनों-हफ़्तों सिर पर सवार रहा। रोज़ क़लम-काग़ज़ लेकर बैठना, कुछ लिखना, फिर फाड़ देना।

''यार! लिखा क्या जाए?''

''जो लिखना चाहिए।''

''मगर यार! अगर किसी और ने ख़त पढ़ लिया तो?''

''तो?'' सुरेन्द्र सोच में पड़ गया। ''उसने तुझसे नाविलों के लिए कहा था न? बस तो यह लिख कि मुझे नाविलों के नाम याद नहीं रहे।''

''बिलकुल ठीक।''

फिर क्रिस्मस की छुट्टियाँ भी आख़िर आ ही गईं और उसने राशिद-उल-ख़ैरी और शरर के नाविल अलमारियों में से टटोल-टटोलकर निकाले और अपने कार्ड पर ज़ारी कराए।

''यार! तू रूपनगर तो नहीं जा रहा है?''

''क्यों नहीं जाता? जा रहा हूँ। कल कॉलिज बन्द होते ही निकल जाऊँगा।''

सुरेन्द्र रुका, फिर बोला, ''यार, मत जाओ।''

''क्यों?''

''यार, सफ़र लम्बा है और गाड़ियों में गड़बड़ की ख़बरें आ रही हैं।''

वह सोच में पड़ गया। यार, गड़बड़ तो यहाँ भी होती नज़र आ रही है।''

''हाँ, यहाँ भी कुछ गड़बड़ है। किसी वक़्त भी कुछ हो सकता है।''

''फिर?''

सुरेन्द्र ने सोचा, फिर कहा, ''व्यासपुर चलते हैं, दोनों मिलकर।''

व्यासपुर तक का सफ़र काले कोसों का सफ़र बन गया। जो मुसाफ़िर ज़्यादा नक़्लो-हरकत करता, उसी पर शक होने लगता, व्यासपुर का प्लेटफ़ार्म कितना ख़ामोश था! और जब बाहर आए तो हैरान रह गए।''

''यार, यहाँ तो कोई ताँगा ही नहीं है।''

''फिर पैदल चलते हैं। आख़िर दूसरे भी तो पैदल जा रहे हैं।''

थोड़ी दूर तक आगे और पीछे गाड़ी से उतरे हुए मुसाफ़िर पैदल चलते नज़र

आए। फिर यकायक अहसास हुआ कि सड़क ख़ाली है। दूर तक सड़क ख़ाली नज़र आ रही थी। जगत टाकीज़ उस राह में सबसे पुरशोर मुक़ाम था, वह बन्द था और बिलकुल ख़ामोश। उसकी पेशानी पर ख़ासे दिनों से जो एक झंडा-सा खड़ा था और जिस पर कानन बाला की मूरत मुसकराती रहती थी, वह बीच सड़क पर गिरा पड़ा था। कानन की तसवीर फट चुकी थी और दूर तक ईंटें बिखरी पड़ी थीं।

"यार, ग़लती हो गई," सुरेन्द्र ने आहिस्ता से कहा, "आना नहीं चाहिए था।"

फिर ख़ामोश चलने लगे। शाम गहरी होती जा रही थी और दूर तक कोई आदमी नहीं था। बस ईंटें-ही-ईंटें। उसने ख़ौफ़ और हैरत से उन बिखरी ईंटों को देखा। इतनी ईंटें थीं व्यासपुर में!

चलते-चलते वो मेरठ दरवाज़े पर आए। आगे सीधी राह पर खिड़की बाज़ार था, जो बन्द पड़ा था और कोई रोशनी नहीं जल रही थी। यह वह रास्ता था जो हिन्दुओं के मोहल्लों में जा निकलता था। बराबर में एक गली चली गई थी, जो मुसलमानों के मोहल्लों में चली जाती थी। इस दोराहे पर दोनों ठिठके, दोनों ने एक-दूसरे को ख़ामोश नज़रों से देखा और अलग-अलग रास्ते पर चल पड़े।

"ज़ाकिर बेटे! अरे कुछ सुना तूने, बाहर गोली चल रही है।"

"जी," उसने दिक़्क़त के साथ जंगल से वापिस होते हुए अम्मीजान को देखा जिनके चेहरे पर हवाइयाँ उड़ रही थीं और आवाज़ में सख़्त घबराहट थी।

वह उठकर खिड़की तक गया। एक पट खोलकर बाहर नज़र डाली। जलसागाह दरहम-बरहम थी, शामियाना गिरा पड़ा था। क़नातें कहीं खड़ी रह गई थीं, कहीं झुक गई थीं, शामियाने के एक कोने से धुआँ उठ रहा था। भगदड़ पड़ी हुई थी। कुछ भाग रहे थे, कुछ सिर-फुटव्वल कर रहे थे। उसने खिड़की बन्द की और वापिस आया। बड़बड़ाया, "बकवास!"

"ऐ है मैं तो सोते से उछल पड़ी। क़यामत मची हुई थी। फिर ठाँय से आवाज़ आई। मेरा दिल धक-धक करने लगा। अब तक कर रहा है। मैंने तेरे बाप को आवाज़ दी कि अजी मैंने कहा सो रहे हो या जाग रहे हो? वह बड़बड़ाए कि यह बदबख़्त किसी भलेमानस को सोने देंगे? मैंने कहा कि मुझे ऐसा लगे है कि गोली चली है। बड़बड़ाने लगे कि अब यहाँ यही होगा। मैंने कहा कि कोई बात हो, यह तो बड़बड़ाके रह जाते हैं। ज़ाकिर को जाके बताऊँ?"

"किसी ने फ़ायर कर दिया होगा। कोई ऐसी बात नहीं है। जलसों में आजकल यही होता है।"

"ऐ बेटे! ऐसे गोलियाँ चलीं तो क्या होगा?"

"कुछ नहीं होगा। आप जाके इत्मीनान से सोएँ।"

"तुझे यक़ीन न आवेगा, मैं तो अन्दर से हिल गई हूँ।"

"अम्मी कुछ नहीं होता, आप जाके सोएँ।"

अम्मी को जैसे-तैसे बिदा करके उसने एक मरतबा फिर खिड़की खोलकर बाहर नज़र डाली। मजमा बिखर चुका था। गिरे हुए शामियाने के साथ जलसागाह ख़ाली पड़ी थी और सारे बल्ब उसी तरह जल रहे थे। शामियाने के जिस कोने से पहले बहुत धुआँ उठ रहा था, अब वहाँ धुएँ की सिर्फ़ एक लकीर-सी उठ रही थी।

जलती रोशनी में उजड़ी-पुजड़ी ख़ाली पड़ी जलसागाह को देर तक तकता रहा। वह एक लम्बा सफ़र करके आया था और अब अपने ज़माने में साँस ले रहा था।

2

मेह उसके अन्दर रात टूटके बरसा था। यादों की बदलियाँ कहाँ-कहाँ से घिरकर आई थीं। आसमान अब धुला-धुला और नर्म-नर्म था। कोई-कोई बदली उदासीनता के साथ तैरती रह गई थी। कोई उजला-सा चेहरा, कोई नर्म-सी मुसकराहट। वह उस वक़्त अपने-आप में कितना मगन था! बाहर की दुनिया उसके लिए अपना अर्थ खो चुकी थी। नाश्ते की मेज़ पर बैठे-बैठे उसने अख़बार की सुर्ख़ियों पर सरसरी-सी नज़र डाली और उसे अब्बाजान की तरफ़ सरका दिया।

अब्बाजान पहले ही नाश्ता कर चुके थे और अब उर्दू वाला अख़बार पढ़ने में लगे थे। जब वह मेज़ पर आकर बैठा तो उन्होंने उसे ताज्जुब से देखा, "ज़ाकिर! क्या आज तुम्हें कॉलिज नहीं जाना है?"

"जाना तो है, आँख देर से खुली।"

"तो फिर जल्दी नाश्ता करो और जाओ," यह कहते-कहते फिर अख़बार पढ़ने में लग गए।

उसकी आँख आज बेशक देर से खुली थी, फिर भी उसे कोई जल्दी नहीं थी। इत्मीनान से नहाया-धोया, अब इत्मीनान से नाश्ता कर रहा था।

अम्मी आईं, चायदानी को हाथ लगाकर देखा, "ठंडी तो नहीं हो गई?"

"नहीं, अभी ऐसी ठंडी नहीं हुई है, चलेगी।" उसने चायदानी को पाँचों उँगलियों और हथेली से महसूस करते हुए कहा।

"बेटा! नाश्ता सवेरे कर लिया करो। आख़िर मैं अकेली दम हूँ। घर के सारे काम मुझे ही नबेड़ने होते हैं।" फिर फ़ौरन अब्बाजान से मुख़ातिब हुईं, "अजी ढाका के लिए क्या लिखा है?"

"कोई ख़ास ख़बर नहीं है।"

अब्बाजान की तरफ़ से मुँह मोड़कर उन्होंने पास पड़ा हुआ अँग्रेज़ी का अख़बार

उसकी तरफ़ सरकाया, "बेटे! अँग्रेज़ी के अख़बार में देख। इसमें कुछ लिखा होगा?"

बेतअल्लुक़ी में फिर एक नज़र अख़बार पर डाली और कहा, "कोई क़ाबिले-ज़िक्र ख़बर नहीं है।"

"अरे तो फिर बतूल की ख़ैरियत कैसे मालूम होगी? वहाँ से तो कोई ख़बर ही नहीं आती।"

"उस पे भरोसा रखो।" अब्बाजान ने उँगली से आसमान की तरफ़ इशारा किया।

"हाँ, उसी पर तो भरोसा किया था," अम्मी जले-भुने लहजे में बोलीं, "भरोसे-ही-भरोसे में यह दिन आ गया।"

अब्बाजान ने घूरकर अम्मी को देखा और कहा, "ज़ाकिर की माँ! बेध्यानी में मुँह से निकला हुआ कोई एक जुमला उम्र-भर की इबादत पे पानी फेरने के लिए काफ़ी होता है।"

पछतावे से अम्मी का सिर झुक गया। चुप हो गईं फिर उन्होंने और ही बात शुरू कर दी, "अजी तुम्हें याद है कि मैंने उस वक़्त बतूल से क्या कहा था?"

"कब क्या कहा था।"

"जब हम चले थे।"

"ज़ाकिर की माँ! कब की बात याद कर रही हो? मुझे तो याद नहीं है कि तुमने उस वक़्त किससे क्या कहा था?"

"अजी तुम्हें याद न हो, मुझे तो उस वक़्त की एक-एक बात याद है। यहाँ पहुँचते ही मैंने उसे ख़त लिखा था कि तुम इधर आ जाओ, वह तो इधर आने के लिए तैयार थी। मगर ताहिरा के मियाँ पे ऐसी सनक सवार हुई कि वह उस तरफ़ निकल गया। उस ग़रीब को भी बेटी की ख़ातिर उधर जाना पड़ा।"

"ज़ाकिर की माँ! जनाबे अमीर अलेहस्सलाम[1] फ़रमाया करते थे कि मैंने अपने रब को अपने इरादों के टूटने से पहचाना। तो हमारे इरादे उसकी मरज़ी के ताबे हैं, जो उसे मंजूर होता है, वही होता है।"

अम्मी एक दफ़ा फिर चुप हो गईं और उनका सिर झुक गया, जैसे उन्होंने अल्लाह की मरज़ी के सामने सिर झुका दिया हो।

अब्बाजान उसकी तरफ़ मुख़ातिब हुए, तुम्हें शायद आज कॉलिज नहीं जाना।"

"बस जा रहा हूँ," उसने उतावलेपन से चाय के आख़िरी घूँट लिये और उठ खड़ा हुआ।

घर से निकलकर गली का मोड़ मुड़ते-मुड़ते नज़ीरा की दुकान पर रुका। आते-जाते उस दुकान पर रुकना और सिगरेट खरीदना उसका रोज़ का काम था।

1. ईश्वर की कृपा के रूप में नाम के आगे लगने वाला शब्द।

''ज़ाकिर मियाँ! आज तो बहुत गड़बड़ है,'' सिगरेट का पैकिट देते-देते नज़ीरा ने टुकड़ा लगाया।

''कल गड़बड़ नहीं थी?''

''मगर आज बहुत गड़बड़ है।''

आज वाक़ई बहुत गड़बड़ थी। कॉलिज पहुँचा तो देखा कि जगह-जगह गमले टूटे पड़े हैं, क्लासें ख़ाली हैं, दरवाज़ों के चकनाचूर शीशे कुछ क्लासों के अन्दर, कुछ बाहर बरामदों में बिखरे पड़े हैं। लड़के नदारद। कहाँ गए सब लड़के? मालूम हुआ कि सब-के-सब नारे लगाते, तोड़-फोड़ करते कॉलिज से निकल कहीं आगे जा चुके हैं। अपने कमरे में गया, बैठा, याद किया कि आज उसे क्या लेक्चर देना था? मगर अब उसे कौन-सा लेक्चर देना था? बेवजह-बेमतलब दराज़ खोलकर कुछ काग़ज़ उलट-पुलट किए, मेज़ पर लगी किताबें इधर-उधर से खोलकर देखीं, फिर बन्द करके रख दीं। समझ में नहीं आ रहा था कि क्या किया जाए? घर से वह यादों से भरा चला था, अपने-आप में मगन, बाहर से बेताल्लुक़। मगर यहाँ तक पहुँचते-पहुँचते बाहर की दुनिया में फिर से अर्थ पैदा होता चला गया। अब उसके लिए यह मुमकिन नहीं रहा था कि वह इस फ़ुरसत और तनहाई से फ़ायदा उठाकर आराम से बैठे, सिगरेट सुलगाए और यादों की दुनिया में खो जाए। कॉलिज का नक़्शा दरहम-बरहम देखकर उसे डर-सा लग रहा था। फिर क्या किया जाए? अच्छा, शीराज़ में चलते हैं। मुमकिन है, चौकड़ी जमी हो। इरफ़ान को तो हर हालत में इस वक़्त वहाँ होना चाहिए। वह उठ खड़ा हुआ।

थोड़े वक़्त के बाद वह शीराज़ में था और इरफ़ान से घुल-मिलकर बातें कर रहा था। इरफ़ान हैरान था।

''आख़िर कौन थी वह?''

''बस थी वह।''

''इससे पहले तो तुमने उसका ज़िक्र कभी किया नहीं था!''

''मैं तो उसे भूल ही गया था। ज़िक्र क्या करता?''

''भूल गया था?'' इरफ़ान ने उसे ताज्जुब से देखा।

''हाँ यार, भूल ही गया था। दिन भी तो बहुत हो गए।''

''फिर अब कैसे याद आ गई?''

''यह हमारी यादों की वापसी का मौसम है। जाने कब-कब की भूली बातें याद आती हैं।''

''इस वक़्त जब कि चारों तरफ़ इतना हंगामा है?''

''हाँ, इस वक़्त जब कि चारों तरफ़ इतना हंगामा है,'' रुका, फिर बोला, ''मालूम है, आजकल हमारी अम्मी का क्या मशग़ला है? रोज़ सुबह अख़बार आने पर सवाल करती हैं कि ढाका के लिए क्या लिखा है? तुम्हें पता है न कि हमारे कुछ

अज़ीज़ ढाका में आबाद हुए थे? हमारी ख़ालाजान। तो अम्मी परेशान रहती हैं और रोज़ सुबह को अख़बार आने पर सवाल करती हैं कि ढाका के लिए क्या लिखा है? और जब उन्हें कोई तसल्ली देने वाला जवाब नहीं मिलता तो उन्हें याद आता है कि यहाँ आने पर उन्होंने ख़ालाजान को ख़त लिखा था और मशवरा दिया था कि उधर अल्लाह मियाँ के पिछवाड़े मत जाना, इधर आ जाओ। और फिर उन्हें हिजरत के वक़्त के भूले-बिसरे क़िस्से याद आने लगते हैं।''

''तो वह ढाका में है?'' इरफ़ान ने अटकल लगाई।

''नहीं, वह तो पाकिस्तान आई ही नहीं थी।''

''पाकिस्तान नहीं आई थीं? अच्छा!'' वह सोच में पड़ गया।

''और तुम तब से हिन्दुस्तान नहीं गए?''

''नहीं।''

''फिर तो वाक़ई बहुत ज़माना गुज़र गया।''

''यही मैं सोच रहा हूँ,'' उसकी आवाज़ धीमी होती चली गई, बहुत ज़माना गुज़र गया।''

''जुलूस आ रहा है।'' एक बदहवास टोली ने अन्दर आते हुए ख़बर दी।

''जुलूस?'' अलग-अलग मेज़ों पर बैठे हुओं के कान खड़े हुए।

''हाँ, बहुत बड़ा जुलूस है। तोड़-फोड़ करता चला आ रहा है।''

''अच्छा!''

शीराज़ में बैठे हुए सब लोग घबरा गए थे। कई-एक उठे और तेज़ी से बाहर निकल गए। अब्दुल तीर की तरह किचन से निकला, जल्दी-जल्दी दरवाज़ा बन्द किया और शीशों पर परदे खींच दिए।

''आज कुछ ज़्यादा ही गड़बड़ नज़र आती है,'' इरफ़ान बड़बड़ाया।

''वैसे कल की अफ़वाह तो ग़लत निकली।''

''मगर कल तो वह लोगों के लिए सच थी।''

''हाँ, कल तो वह बिलकुल सच नज़र आ रही थी।''

''ख़बर और अफ़वाह दोनों की उम्र एक दिन होती है। दूसरे दिन यह जानने से क्या फ़र्क़ पड़ता है कि वह ख़बर नहीं, अफ़वाह थी या वह अफ़वाह नहीं, ख़बर थी।''

सलामत और अजमल किचन के रास्ते अन्दर दाख़िल हुए। सलामत ने ग़ज़बनाक नज़रें चारों तरफ़ डालीं और तर्जनी उँगली चारों तरफ़ घुमाते हुए ऊँची आवाज़ में कहा, ''मैं पूछता हूँ कि दरवाज़ा क्यों बन्द है और परदे क्यों पड़े हुए हैं और अँधेरा क्यों है?''

इरफ़ान ने घूरकर सलामत को देखा और ठंडे स्वर में कहा, ''इसलिए कि बाहर शोर बहुत है।''

सलामत ने इरफ़ान और उसे दोनों को ग़ज़बनाक नज़रों से देखा। ''और इसलिए कि तुम अवाम की आवाज़ नहीं सुनना चाहते। मगर सामराजी देव! यह आवाज़ अब दब नहीं सकती। वह परदों को चीरकर आएगी और तुम्हारे कानों के परदों को फाड़ देगी।'' फिर उसने आवाज़ दी, ''अब्दुल!''

अब्दुल तेज़ी से किचन से निकलकर आया। ''हाँ जी!''

''अब्दुल! दरवाज़ा खोल दो और यह परदा हटा दो।''

''और बाहर से रोशनी और हवा आने दो। हवा और अवाम की आवाज़।'' अजमल ने हाँ में हाँ मिलाते हुए जोड़ा।

''दरवाज़ा मत खोलो। जुलूस बहुत बिफरा हुआ है,'' दूर की एक मेज़ से आवाज़ आई।

सलामत ने लाल-पीले होकर कहा, ''वो अवाम हैं, जो सरमाएदारों और सामराजी पिट्ठुओं के ख़िलाफ़ बिफरे हुए हैं।''

सलामत और अजमल दोनों उसी मेज़ पर बैठ गए, जिस पर वह और इरफ़ान बैठे थे।

सफ़ेद सिर वाला आदमी जो कि देर से अकेला बैठा चाय पी रहा था, अपनी जगह से उठा, क़रीब आया और बोला, ''आप पढ़े-लिखे नौजवान हैं। कुछ बताइए कि यह सब-कुछ क्या हो रहा है?''

सलामत ने उसे हिक़ारत से देखा और कहा, ''वह हो रहा है जो होना चाहिए।''

सफ़ेद सिर वाला आदमी सलामत का मुँह तकने लगा। फिर उसने ठंडी साँस भरी। ''अल्लाह हम पे रहम करे!'' कहा और वापिस अपनी जगह पर जा बैठा।

''यार, मैं यह महसूस करता हूँ,'' सलामत बोला, ''यह सफ़ेद सिर वाला आदमी मेरे सफ़ेद सिर वाले बाप से भी ज़्यादा जाहिल है।''

''मेरा बाप,'' अजमल बोला, ''तेरे सफ़ेद सिर वाले बाप और इस सफ़ेद सिर वाले आदमी दोनों से ज़्यादा जाहिल है।''

''मगर मेरा बाप, मेरा बाप ही नहीं है,'' सलामत ने दाँत किचकिचाए, ''मैं हरामज़ादा हूँ।''

अजमल ने ऐलान किया, ''मैं अपने बाप को अपना बाप मानने से इनकार करता हूँ।''

''यार, हमारे बदनुमा बापों ने हमें बरबाद कर डाला।'' सलामत की आवाज़ में यकायक रुआँसापन पैदा हो गया।

अजमल ने इरफ़ान को और फिर उसे देखा, ''तुम दोनों भी तो कुछ बोलो।''

सलामत को फिर ग़ुस्सा आया, ''ये दोनों समझते हैं कि वो चुप रहकर अपने बदनुमा बापों को और उन बदनुमा बापों के नाजायज़ बेटों को वक़्त की चपेट से बचा लेंगे।'' फिर मेज़ पर मुक्का मारते हुए बोला, ''ऐसा नहीं हो सकता।''

"सलामत साहब, आप यहाँ बैठे हैं," एक जानकार शख़्स किचन की राह से दाख़िल होते हुए बोला, "वहाँ गोल मार्किट में शराब की दुकान लुट रही है।"

अजमल ने चौंककर देखा, "वाक़ई?"

"हाँ जी, हम अभी-अभी उधर से ही आ रहे हैं। शराब नालियों में बह रही है और कुत्ते बेहोश पड़े हैं।"

"फिर चूक हो गई," अजमल पछताते हुए बड़बड़ाया। फिर उसने सलामत को टहोका, "यार, चलें। ज़रा देखें तो सही।"

"कहाँ चलें? क्या देखें?" सलामत ने भिन्नाकर कहा, "कुत्तों को बेहोश देखने के लिए शराब की लुटी हुई दुकान के आस-पास जाना ज़रूरी नहीं है। कौन-सी नाली है, जहाँ कुत्ते बेहोश पड़े दिखाई नहीं देते?"

फिर उसने अंगारे बरसाती हुई नज़रों से इर्द-गिर्द की मेज़ों का जायज़ा लिया और चीख़कर बोला, "कुत्तो! अब तुम्हें भी होश में आना होगा। हिसाब का वक़्त आ गया है, हिसाब देना होगा। तुम्हें, मुझे, सबको!"

"सिवाय मेरे," अफ़ज़ाल ने इत्मीनान से कहा, "जो अभी-अभी दाख़िल हुआ था और सलामत को गरजते देखकर टेबिल के क़रीब आकर ख़ामोश खड़ा हो गया था। अब वह कुरसी घसीटकर सलामत के सामने बैठा और उसकी आँखों में आँखें डालते हुए बोला, "चूहे! तू दुम पे क्यों खड़ा है, हिसाब तो मुझे लेना है। बस मुझे बाँसुरी का इन्तज़ार है।"

"बाँसुरी का और शहर के जलने का," सलामत ने ग़ुस्से से कहा।

"शहर तो जल रहा है," अफ़ज़ाल ने आँखें बन्द कीं, फिर खोलीं और बोला, जैसे किसी दूसरी दुनिया से बोल रहा हो, "चूहो! डरो उस दिन से, जब मैं बाँसुरी के साथ यहाँ आऊँगा। मैं आऊँगा और तुम्हें हुक्म दूँगा कि सुनो, बाँसुरी क्या कहती है! मैं तुम्हें हुक्म दूँगा कि चूहो, मेरे पीछे चलो। तुम बिलों से निकलोगे और मेरे पीछे चलोगे, इस हद तक कि मैं समुन्दर पे पहुँच जाऊँगा और समुन्दर को हुक्म दूँगा कि समुन्दर! इन चूहों को ले ले, और समुन्दर तुम सब चूहों को एक साँस में नीचे उतार लेगा।"

"बकवास!" सलामत फनफनाया।

"यार, यहाँ वक़्त ज़ाया करने से क्या फ़ायदा? आओ, गोल मार्किट चलते हैं।" अजमल ने सलामत का बाज़ू पकड़ा और निकल गया।

"सलामत बदनुमा आदमी है," अफ़ज़ाल बड़बड़ाया, "और अजमल भी, और वह बग़ल-बच्चा जब्बार भी अफ़सर बनकर और ज़्यादा बदनुमा हो गया। यह पूरा क़बीला बदनुमा लोगों का है।" अफ़ज़ाल रुका, ज़ाकिर और इरफ़ान को देखा जो चुप बैठे थे। "यार! तुम दो अच्छे आदमी हो, ख़ूबसूरत आदमी। ख़ूबसूरती दुनिया में कितनी कम हो गई है! एक मैं और दो तुम—सिर्फ़ तीन ख़ूबसूरत आदमी।"

"इन तीन में से मेरा नाम ख़ारिज कर दो," इरफ़ान ने बेज़ारी के लहजे में कहा।

"पछताएगा," अफ़ज़ाल ने इरफ़ान को ग़ुस्सैली नज़रों से देखा।

"मुझे पता है कि इस फ़ेहरिस्त में अभी बहुत इज़ाफ़ा होना है," इरफ़ान ने ज़हर-भरे लहजे में कहा।

अफ़ज़ाल ने उसे घूरकर देखा। अब्दुल अलग-अलग मेज़ों का जायज़ा लेता हुआ वहाँ पहुँचा। फिर उसने अफ़ज़ाल को देखा और बड़े अदब से बोला, "अफ़ज़ाल साब! आप आ गए? चाय लाऊँ?"

"नहीं।"

"पानी?"

"नहीं।"

अब्दुल जाने लगा तो अफ़ज़ाल ने उससे कहा, "अब्दुल! तू अच्छा आदमी है।" और फिर उसने जेब से डायरी निकाली, खोलकर कुछ लिखा, फिर कहा, "आज की तारीख़ में अच्छे लोगों की फ़ेहरिस्त से मैंने इरफ़ान का नाम काट दिया और तेरा नाम लिख लिया।" फिर इरफ़ान से कहने लगा, "आज से तू बदसूरत आदमी है। और याद रख कि दुनिया ख़ूबसूरत लोगों से कभी ख़ाली नहीं रहती।"

अब्दुल ख़ामोशी से सरक गया। थोड़ी देर में ठंडे पानी के गिलास के साथ वापिस आया, "लो जी, अफ़ज़ाल साब जी, पियो।"

अफ़ज़ाल ने अहसान-भरी नज़रों से अब्दुल को देखा, "अब्दुल! तू ख़ूबसूरत आदमी है।" पानी पिया, फिर पूछा, "वो दोनों बदनुमा आदमी कहाँ चले गए?"

"गोल मार्केट में शराब की दुकान अभी-अभी लुटी है। वो वहाँ गए हैं। और तुम्हें भी वहीं जाना है," इरफ़ान ने उसी ज़हर-भरे लहजे में कहा।

अफ़ज़ाल ने इरफ़ान को ख़ामोश ग़ुस्सैली नज़रों से देखा। फिर उठा और बाहर निकल गया।

"यार! अफ़ज़ाल तो आज़ाद बन्दा है। तुम उससे क्यों उलझते हो?" ज़ाकिर बोला।

"आज़ाद बन्दा?" इरफ़ान बड़बड़ाया, "आज़ाद बन्दा यहाँ कौन हैं?"

"मेरा मतलब है कि बेनियाज़ आदमी है। वह किसी सियासत का पुरज़ा नहीं है।"

"यार, बात यह है कि मैं जिस तरह जाली इन्क़िलाबियों को बरादाश्त नहीं कर सकता, बस इसी तरह जाली पैग़म्बरों को भी बरदाश्त नहीं कर सकता।"

"फिर असली आदमी कौन है?"

"सब जाली हैं माँ मरे।" इरफ़ान रुका, फिर बोला, "पता है कामरेड सलामत का बैंक-बैलेंस कितना है?"

''बैंक-बैलेंस सलामत का? यार, वह तो फाँक आदमी है। वह काम क्या करता है जो कमाएगा और बैंक-बैलेंस बनाएगा?''

''ज़ाकिर! यही तो तुझे पता नहीं। वह बहुत कुछ करता है,'' इरफ़ान ने अर्थपूर्ण अन्दाज़ में कहा और चुप हो गया।

''यार, अपनी समझ में तो कुछ आता नहीं।''

''समझ में न आने की क्या बात है? अब कोई बात ढँकी-छुपी नहीं है। लोगों की पेशानियों पर लिखा हुआ है कि वे क्या हैं और क्या कर रहे हैं?'' फिर लहजा बदलकर बोला, ''ख़ैर यार, छोड़ो इस ज़िक्र को।''

''हाँ यार, हमें क्या?''

''हाँ तुझे क्या, तू तो आजकल कहीं और है।'' इरफ़ान जिसका चेहरा अभी तक बहुत तना हुआ था, किसी क़दर नरम पड़ा और मुसकराया, ''यार ज़ाकिर! उधर से कोई ख़त-वत आता है?''

''ख़त? नहीं।''

''मेरा मतलब है कि यहाँ आकर तुमने कभी तो कोई ख़त लिखा होगा। उधर से कभी कोई ख़त आया होगा।''

''नहीं,'' उसने अनमने होकर कहा, ''मैंने भी कोई ख़त नही लिखा। उसकी तरफ़ से भी कोई ख़त नहीं आया।''

''गोया उस वक़्त से अब तक कोई चिट्ठी-पत्री नहीं हुई, कोई पयाम-सलाम नहीं।''

''नहीं।''

''और अब तू उसे याद कर रहा है? यार, तू कमाल आदमी है!''

वाक़ई कितनी अजीब बात है, उसने सोचा। यहाँ आने के बाद न मैंने उसे ख़त लिखा, न उसने कोई ख़त भेजा। यादों की घनी बदली फिर उमड़ने लगी थी। आधे अँधेरे रास्ते, फिर पूरा अँधेरा, फिर कोई चमकता पल, एक जगमगाती याद।

साबिरा अब कितनी लम्बी हो गई थी और सीना उसका कितना उभर आया था कि अब उसे वह हमेशा दुपट्टे से ढाँपे रखती थी, पर वो गोल-गोल उभार फिर भी छलकते-छलकते रहते। बातें उनमें आपस में कभी ज़ोर-ज़ोर से, कभी हौले-हौले, कभी इतनी हौले कि उसकी आवाज़ सरगोशी बन जाती और साबिरा का मुँह शर्म से लाल-भभूका हो जाता। वापिस कॉलिज पहुँचकर उसने सुरेन्द्र के मशवरे से उसके नाम कितना लम्बा ख़त लिखा था।

''ज़ाकिर! ख़त डाल दिया?''

''यार, डाल तो दिया है मगर...,'' कहते-कहते रुक गया।

''मगर क्या?''

''यार, कहीं वह समझ न जाए!''

'ख़त और किसलिए लिखा है? इसीलिए तो लिखा है कि वह समझ जाए।''
''यार, अगर वह समझ गई तो...,'' कुछ कहते-कहते रुक गया।
''तो क्या हो जाएगा?''
''वह समझेगी कि...।''

दरवाज़ा पिटने की आवाज़! ''खोलो!'' याद के चमकते पल से अचानक वापिस आते हुए उसने उस आधी अँधेरी फ़िज़ा में चारों तरफ़ नज़र डाली। कोई दरवाज़ा पीट रहा था और मेज़ों पर बैठे हुए लोग एक आशंका के साथ दरवाज़े की तरफ़ देख रहे थे।

''मत खोलना, जुलूस क़रीब है।''

''पता नहीं, कौन है?''

''जुलूस वाले हैं, दरवाज़ा मत खोलो!''

''ए भाई! खोल दो, वरना उनका क्या है, वो आग लगा देंगे।''

अब्दुल किचन से निकलकर दरवाज़े पर गया। एक परदा ज़रा-सा सरकाकर शीशे में से देखा, देखकर सन्तुष्ट हुआ। दरवाज़े का एक पट थोड़ा खोलकर आने वालों को जल्दी-जल्दी अन्दर घुसाया और फ़ौरन दरवाज़ा बन्द कर दिया।

''यारो! तुमने तो दरवाज़ा ऐसे पीटा कि हमें डरा दिया।'' एक जानकार ने शीराज़ में आने वाली उस स्थायी टोली को देखकर कहा।

''ए भाई! डरा हुआ किसी को क्या डराएगा?''

''बाहर क्या हाल है?''

''बुरा हाल है। बहुत तोड़-फोड़ हुई है।''

यादों से भरे दिलो-दिमाग़ के साथ उसने कुछ सुना, कुछ न सुना। वह तो यादों के पड़ाव से ऐसे वापिस आया था जैसे सोते-सोते कोई अचानक जाग उठे, मगर नींद उसी तरह आँखों में भरी हो। नींद की परी एक झोंके की तरह आए और वह फिर भौतिक दुनिया से बेख़बर हो जाए। यादों की परियाँ उसके इर्द-गिर्द मँडला रही थीं। फिर साबिरा उसके ख़यालों में चल-फिर रही थी। तब वह थोड़े दिनों के लिए व्यासपुर आई थी। उन दिनों में हम दोनों आपस में घुल-मिल गए थे। इंजन की सीटी के साथ वह भी उसी खुली छत पर खिंची चली आती, जहाँ मैं अब भी, जब मेरठ से छुट्टियों में आता तो शाम से रात तक बैठा रहता और दूर तक फैले खेतों को, खेतों से परे फैली रेल की पटरी को, रेल की पटरी से परे दरख़्तों के फैले सिलसिले को देखता रहता। हम दोनों मुँडेर से लगे, सिर जोड़े खड़े रहते। सीटी देते, धुआँ उगलते इंजन को, इंजन की रफ़्तार से हरकत करते चमकते डिब्बों को देखते रहते। दिन को यह डिब्बे अलग-अलग दिखाई देते, मगर रात के अँधेरे में तो बस

ऐसे लगता कि चिराग़ों की क़तार दौड़ी चली जा रही है। चिराग़ों की क़तार खिंचती चली जाती, दौड़ती चली जाती। जब गुज़र जाती तो साबिरा ख़ुशी और हैरत से कहती, "कितनी लम्बी रेल थी, डिब्बे-ही-डिब्बे! कौन-सी गाड़ी थी यह?"

"दिल्ली जाने वाली।"

हैरान रह जाती, "यह गाड़ी दिल्ली गई है!"

"हाँ, और क्या!"

थोड़ा चुप रहकर वह बोली, "ज़ाकिर! तुमने तो दिल्ली देखी होगी? कैसी है दिल्ली?"

"बस एक दफ़ा गया हूँ, मगर इम्तहान दे लूँ, फिर वहीं जाके रहूँगा।"

"अच्छा! कैसे?" वह हैरान रह गई।

"वहीं जाके नौकरी करूँगा।"

"अच्छा?"

रात हो चली थी। चाँद अभी नहीं निकला था। हाँ चन्द-एक सितारे आसमान के फैलाव में दूर-दूर चिराग़ों की तरह झिलमिला रहे थे। मैंने साबिरा के हैरत-भरे चेहरे को ग़ौर से देखा।

"साबिरा!"

"हूँ!"

"साबिरा! अगर मुझे दिल्ली में नौकरी मिल जाए तो—तो...," मेरी ज़बान लड़खड़ाने लगी थी, "तो...हम दोनों मिलकर वहाँ रह सकते हैं।"

"क्या?" उसने हैरान नज़रों से मुझे देखा जैसे कुछ समझ न पाई हो। फिर जब मैं ख़ामोश नज़रों से उसे देखे गया तो जैसे अचानक उसे कोई बात समझ में आ गई हो। एकदम से वहाँ से सटक गई।

अगले दिन मैं उससे और वह मुझ से आँखें चुरा रही थी, मगर रात होने पर इंजन की सीटी और पहियों की गड़गड़ाहट फिर उसे उसी जगह ले आई। वह मुझसे हटकर मुँडेर पर ठोड़ी रखकर खड़ी थी। मगर गाड़ी चलते-चलते कहीं दरख़्तों की ओट में खड़ी हो गई थी और इंजन सीटी दिए चला जा रहा था। हम क़रीब होते गए, बहुत ही क़रीब। इतने कि मैं उसके बदन की गरमाई को महसूस कर सकता था और उसके बदन की नरमी को भी।

इसके बाद हमने ज़्यादा विश्वास के साथ एक-दूसरे के साथ सिमटकर दिल्ली की आती-जाती गाड़ियों को देखा। उस काई-लगी ठंडी मुँडेर पर बराबर-बराबर ठोड़ियाँ टिकाए गाड़ी को, जिसकी रफ़्तार कभी आहिस्ता होती कभी तेज़, देखते रहते। अब उस गाड़ी के सिलसिले में कोई सवाल करने के लिए हमारे पास नहीं रह गया था, जैसे हमारा उसमें बैठकर जाना ठहर गया था।

फिर ख़ालाजान के ख़त पर ख़त आए कि साबिरा को भेजो। अम्मी कहने लगीं कि, "अयँह! बतूल ने तो मेरी तिल्ली उखाड़ के रख दी। दिन ख़राब हैं, कैसे भेज दूँ?"

''अम्मी! मैं पहुँचा आऊँ?''

अब्बाजान ने मुझे ग़ौर से देखा। कहने लगे, ''दिन बहुत ख़राब हैं।''

''सुना है जी कि गोली चल गई।''

''क्या?'' उसने चौंककर कहने वाले को देखा।

यह बात कहने वाला अब्दुल था जो चाय की ख़ाली प्यालियाँ समेट रहा था। चेहरे पर चिंता के आसार थे। ''पता नहीं जी, अभी एक आदमी रीगल की तरफ़ से आया है, वह कह रहा था।''

वह अपने जंगल से वापिस आ गया था और अब्दुल का मुँह तक रहा था।

''ख़राब दिन आ गए जी,'' अब्दुल ने कहते-कहते ख़ाली प्यालियों से भरी ट्रे उठाई और चला गया।

''मेरा ख़याल है, बाहर निकलें।''

''बाहर?'' उसने इरफ़ान को ताज्जुब से देखा।

''हाँ, आख़िर यहाँ अन्दर कब तक बन्द बैठे रहेंगे? और मेरी तो अब ड्यूटी का भी वक़्त हो रहा है।''

''फिर मैं भी यहाँ बैठके क्या करूँगा? घर चला जाऊँगा।''

''बहरहाल बाहर निकल कर देखते हैं।''

बाहर कितना बदल चुका था! उसने हैरान होकर सड़क की तरफ़ देखा। सुबह कॉलिज जाते हुए एक वह इसी सड़क से गुज़रा था। उस वक़्त वह रोज़ की तरह साफ़-सुथरी थी। कारें, स्कूटर, साइकिलें, रिक्शाएँ—अपनी-अपनी मंज़िल को तरफ़ दौड़ी चली जा रही थीं। बसें लदी-फँदी चल रही थीं। दौड़ती हुई रिक्शाओं में हर रिक्शा दूसरी रिक्शा से आगे निकल जाने के लिए बेताब थी। मगर अब उस पूरे रास्ते पर जगह-जगह ईंटें बिखरी पड़ी थीं। बिखरी हुई ईंटों के दरम्यान जहाँ-तहाँ बिखरे हुए रंग-बिरंगे टूटे-फूटे शीशे कहीं किसी बस के, कहीं किसी कार के। एक अधजली डबलडेकर बीच सड़क में टूटी हालत में खड़ी थी। मगर उससे सड़क के ट्रैफ़िक में कोई बाधा नहीं पड़ रही थी। ट्रैफ़िक उस वक़्त था ही कितना? इक्का-दुक्का कार, बीच पड़ी ईंटों से बचती-बचाती कुछ सहमी-सहमी डबलडेकर के पास से गुज़रती और साफ़ सड़क आने पर अचानक उसकी रफ़्तार तेज़ हो जाती। फिर लम्बे अन्तराल के बाद शोर करती, ईंटों पर से गुज़रते हुए झकोले खाती, बेनियाज़ गुज़री चली जाती।

पेट्रोल-पम्प के क़रीब से गुज़रते हुए उसने देखा कि एक भीड़ जमा है। यह हैरान नज़रों से उस लम्बी मोटर-कार को तक रही थी जो औंधी पड़ी थी, चारों पहिए आसमान की तरफ़ उठे हुए, छत ज़मीन से सटी।

हैरतज़दा भीड़ से गुज़रकर वह आगे गया। नेशनल ऑडिटोरियम के सामने एक ग़ज़बनाक टोली खड़ी थी। एक सज्जन ऑडिटोरियम में दाख़िल होते-होते ठिठके। ''क्यों साहब! क्या तक़रीर ख़त्म हो गई?''

“यह पूछिए कि, क्या तक़रीर शुरू हुई थी?”

“तो तक़रीर नहीं हुई?”

“नहीं,” एक नौजवान ने लाल-पीले होकर कहा, “सामराजी दल्ले, कुत्ते के बच्चे—उनकी तक़रीरों का ज़माना ख़त्म हो चुका है।”

एक स्कूटर फर्राटे भरता हुआ आया, क़रीब आकर रुका। “अब ऊपर क्या हो रहा है?”

“कुरसियाँ चल रही हैं।”

स्कूटर-सवार ने पिस्तौल निकालकर हवा में फ़ायर किया, स्कूटर स्टार्ट किया, यह जा, वह जा।

“यार। उसकी कार भी तो यहाँ खड़ी होगी?”

“गुड आइडिया। दल्ले ने ग़रीबों को लूट के खरीदी है, जला दो।”

अम्मी ने धड़कते दिल और आतंकग्रस्त नज़रों से उसका स्वागत किया, बलाएँ लीं, हाथ उठाकर भरे दिल के साथ कहा, “या अल्लाह! तेरा शुक्र है।”

“हुआ क्या?” उसने ताज्जुब से अम्मी को देखा।

“ऐ बेटे! मैं तो हौल गई। मोहल्ले में शोर पड़ा हुआ था कि गोली चल गई। मेरा ऊपर का दम ऊपर, नीचे का दम नीचे। बौखलाई हुई बार-बार दरवाज़े पे जाती थी। दुआ माँगती रही कि ऐ अल्लाह! मेरा बच्चा बाहर गया हुआ है, ख़ैरियत से वापिस आए।”

“क्या ज़ाकिर आ गया है?” बाहर के कमरे से अब्बाजान की आवाज़ आई।

“जा बेटे, बाप को सूरत दिखाकर आ। वह भी परेशान थे।”

कमरे में क़दम रखा तो देखा कि अब्बाजान के साथ ख़्वाजा साहिब भी बैठे हैं।

“बेटे! हमारा सलामत कहाँ है?” ख़्वाजा साहिब ने फ़ौरन ही सवाल कर डाला।

“सलामत मुझे दोपहर को मिला था, फिर वह अजमल के साथ कहीं निकल गया।”

“बेईमान जुलूस के साथ गया होगा।”

“जुलूस के साथ? पता नहीं।”

“बेईमान ने हमें परेशान कर रखा है,” ख़्वाजा साहिब ग़ुस्से में बड़बड़ाए, “सुना है, गोली चली थी?”

“गोली? नहीं।”

“नहीं चली तो चल जाएगी।”

“क्या करफ़्यू लग गया है?” अब्बाजान ने उत्सुकता से सवाल किया।

“अभी तो नहीं लगा है।”

"कब तक नहीं लगेगा ? अल्लाह-तआला इस मुल्क पे रहम करे!" अब्बाजान ने ठंडी साँस भरी।

"मौलाना! करफ़्यू तो अमृतसर में लगा था। जिसने खिड़की से गरदन एक दफ़ा बाहर निकाली, फिर उसे अन्दर नहीं ले जा सका। गरदन बाहर निकली और गोली आई।"

"भाई, कब की बात कर रहे हो ?"

"मौलाना! यह जलियाँवाला बाग़ के ज़माने की बात है। क्या आग लगी थी! तीन रातों तक किसी ने घर में चिराग़ नहीं जलाया। इतनी रोशनी थी उस आग की।"

"जी ?" उसने ताज्जुब से ख़्वाजा साहिब को देखा।

"हाँ बेटे! इस बुढ़ापे में मैं झूठ बोलूँगा! वह अमृतसर का सबसे बड़ा पेट्रोल-पम्प था। साहिबों की गाड़ी में वहीं से पेट्रोल भरा जाता था। तीन दिन, तीन रात जलता रहा। शोले आसमान से बातें करें। फिर क्या हुआ कि बैंक लुट गया, फिर बज़ाज़े में लूट पड़ गई। बस फिर करफ़्यू लग गया। करफ़्यू था कि क़हरे ख़ुदा था! जिसने खिड़की से ज़रा झाँका, ठाँय से गोली चली, आदमी ठंडा।"

"फ़िरंगी ने बहुत जुल्म किए हैं," अब्बाजान बड़बड़ाए।

"मौलाना! जुल्म तो हम पर सब ही ने किए हैं, ग़ैरों ने भी किए और अपनों ने भी किए। अब जुल्म नहीं हो रहा ?" रुके, फिर बोले, "मगर जी अँग्रेज़ का रौब बहुत था। क्या दबदबा था! डोंडी पिट गई कि जिसने जो माल लूटा है वह शाम तक अपने घर के बाहर डाल दे, उसके बाद घरों की तलाशियाँ होंगी...लो जी मौलाना जी, आपको यक़ीन नहीं आएगा। जिन्होंने धज्जी तक नहीं लूटी थी, उन्होंने अपना माल गली में डाल दिया। लोगों ने अपनी बेटियों के दहेज़ तक घरों के आगे ढेर कर दिए। शाम होते-होते अमृतसर की गलियों में अतलस और कमख़्वाब के ढेर लग गए।"

अब्बाजान ख़ामोश सुनते रहे, हुक़्क़ा पीते रहे। फिर खँखारे, बोले, "ख़ुदा बख़्शे! हमारे वालिद साहिब सुनाया करते थे कि सन सत्तावन में ऐसा करफ़्यू लगा था कि मरने वालों के जनाज़े तीन-तीन दिन तक घरों में रखे रहे। कफ़न के लिए कोरा लट्ठा मयस्सर न आया, दफ़्न होने के लिए क़ब्र मयस्सर नहीं आई। बस मोटे-झोटे में लपेटा और रात के अँधेरे में ख़ूब देखभाल कर कि कोई ख़ाकी तो नहीं देखता, वहीं गली में गड्ढा खोदके दाब दिया।" चुप हुए। फिर दुखी मन से बोले, "क्या-क्या वक़्त आया है मुसलमानों पर!"

"मगर मौलाना, अब मुसलमानों पर कौन-सा वक़्त आने वाला है ?"

अब्बाजान ने तर्जनी उँगली आसमान की तरफ़ उठाई, "यह उसे ख़बर है।"

"मौलाना! एक बात अर्ज़ कर दूँ। अब के हमें अपने लड़कों के हाथों बुरा वक़्त देखना पड़ेगा। मैंने सलामत को समझाया कि पुत्तर, तेरी मत मारी गई है। नारे लगा-

लगा के क्यों अपना गला फाड़े डालता है? आगे से वह क्या जवाब देता है कि हम इस निज़ाम को बदलेंगे!''

अब्बाजान रूखे स्वर में बोले, ''ख़्वाजा साहिब! इस दुनिया में एक लाख चौबीस हज़ार पैग़म्बर आए, दुनिया बदली?''

''नहीं बदली जी।''

''बस तो जब पैग़म्बर इस दुनिया को न बदल सके तो यह हमारे-तुम्हारे सामने के लड़के दुनिया को क्या बदलेंगे?''

''मौलाना! आपने ठीक फ़रमाया। दुनिया नहीं बदल सकती।''

''ख़्वाजा साहिब! हमारी यह उम्र आ गई। क्या-क्या ज़माना आया और गुज़र गया। हर दफ़ा यही देखा कि कुछ गरम ख़ून रखने वाले ठंडे हो गए। बाक़ियों ने सौदा कर लिया।''

''बिलकुल ठीक है जी। फिर मौलाना उस हराम दे पुत्तर सलामत को यह बात बताओ।''

''अभी ख़ून गर्म है, यह बात समझ में नहीं आएगी। यह बात तो उम्र गुज़ार के समझ में आती है। और ख़्वाजा साहिब! हम तो अब किसी क़िस्से में बोलते नहीं।''

''बिलकुल ठीक है। पाकिस्तान में बोलने का कोई फ़ायदा नहीं है।''

''ख़्वाजा साहिब! कहीं भी बोलने का कोई फ़ायदा नहीं है।''

''हाँ जी बिलकुल-बिलकुल। बोलने वाला पकड़ा जाता है। पाकिस्तान में तो हमने यही देखा है।''

अब्बाजान ने ख़ामोशी से हुक्के को अपनी तरफ़ सरकाया और नै मुँह में दाबकर ख़यालों में खो गए।

ख़्वाजा साहिब चुप बैठे रहे। फिर अचानक उससे पूछ बैठे, ''दोपहर को तो वह तुम्हारे साथ था?''

''जी!''

''तो जुलूस के साथ वह नहीं गया था?''

''यह पता नहीं।''

''हरामज़ादा!'' ख़्वाजा साहिब ग़ुस्से से बड़बड़ाए। फिर बोले, ''बात यह है जी कि उसकी माँ बहुत परेशान है। मैंने उससे कहा कि नसीबों वाली! अपने पुत्तर से तो सब्र कर ले, मगर उसे सब्र नहीं आता।'' रुके, फिर बोले, ''सब्र कैसे आए? एक बेटा उधर ढाका जाके फँस गया है, एक बेटा यहाँ अपने आपको बरबाद कर रहा है।''

''करामत का कोई ख़त आया है?''

''यही तो परेशानी है कि उसका कोई ख़त नहीं आ रहा।''

''उस पे भरोसा रखो।'' अब्बाजान ने उँगली से आसमान की तरफ़ इशारा किया।

''बस अब तो उसी पे भरोसा है। मौलाना साहिब! वह मेरा बेटा बहुत बीबा है। बहुत फ़रमाबरदार, नेक। ख़ुदा की कुदरत देखो कि जो आवारा, बदमाश था वह हमारे सीने पर मूँग दल रहा है। जो शरीफ़ था वह ग़रीब उधर जाके फँस गया,'' यह कहते-कहते वह खड़े हो गए।

अब्बाजान ने हुक़्क़ा पीते-पीते ख़्वाजा साहिब की तरफ़ देखा, ''जा रहे हो?''

''हाँ, घर चलके देखता हूँ। वह नालायक़ शायद आ ही गया हो।''

''हाँ, फिर जाओ।''

''शाह साहिब! अभागे के लिए भी दुआ कर ही दो। उसकी माँ उसके लिए बहुत फ़िक्रमन्द रहती है।''

अब्बाजान ने तर्जनी उँगली फिर आसमान की तरफ़ उठाई, ''वह हिफ़ाज़त करनेवाला है!''

ख़्वाजा साहिब के जाने पर अब्बाजान अपना हुक़्क़ा उठा अन्दर चले गए। वह बहुत थका हुआ था। पलंग से कमर लगाते ही उसे नींद आने लगी। उसने आँखें बन्द कर लीं, मगर नींद सिर्फ़ उसके आस-पास मँड़लाती रही, उसे आई नहीं। जाने कितनी देर तक वह आँखें मूँदे, आधा सोता, आधा जागता लेटा रहा। यकायक किसी ने दरवाज़ा पीटा।

''खोलो यह भारी दरवाज़ा, मुझको अन्दर आने दो,'' बाहर से अफ़ज़ाल की आवाज़ आई।

उसने उठकर दरवाज़ा खोला, अफ़ज़ाल अन्दर दाख़िल हुआ। अफ़ज़ाल के पीछे सलामत और अजमल।

''ज़ाकिर!'' अफ़ज़ाल ने पहले उसे देखा, फिर सलामत और अजमल की तरफ़ इशारा किया, ''मैंने इन काकों को माफ़ कर दिया है, तू भी इन्हें माफ़ कर दे।''

उसकी समझ में न आया कि अफ़ज़ाल की बात का क्या जवाब दे! अफ़ज़ाल ने हुक्म देते हुए कहा, ''मैं कहता हूँ, इन्हें आप माफ़ कर दें। मैंने इन्हें अपनी पनाह में ले लिया है।'' फिर प्यार-भरे लहजे में कहा, ''ज़ाकिर! ये दोनों अच्छे आदमी हैं।'' अफ़ज़ाल यह कहते-कहते कुरसी पर बैठा और अजमल से मुख़ातिब हुआ, ''काके! निकाल, तेरे पास क्या माल है?''

अजमल ने कुरसी पर बैठते हुए बैग मेज़ पर रखा। उसे खोलकर बोतल निकाली और मेज़ पर रख दी। ज़ाकिर ने आश्चर्य और डर से बोतल को देखा, ''यार, यहाँ नहीं।''

''क्या?'' अफ़ज़ाल ने उसे घूर कर देखा।

उसने घबराए हुए लहजे में कहा, ''यार, तुम्हें पता है कि मेरे वालिद ऐसे मामले में बहुत सख़्त हैं।''

सलामत ने नफ़रत-भरी आवाज़ में क़हक़हा लगाया, ''वालिद!''

''यार वही सफ़ेद दाढ़ी वाला काका, वही है न तेरा बाप? कोई बात नहीं, वह अपना बच्चा है। मैं उसे समझा दूँगा, तू गिलास ले के आ।''

''बापों को नहीं समझाया जा सकता,'' सलामत ने कहा।

''तू अपने बाप से दूसरों के बापों का अन्दाज़ा लगाता है?'' अफ़ज़ाल बोला।

''वह मेरा बाप नहीं है,'' सलामत चीख़ पड़ा।'

'फिर किसका बाप है?'' अफ़ज़ाल ने मासूमियत से पूछा।

''मुझे पता नहीं, मगर यह कि वह मेरा बाप नहीं है। मैं हरामज़ादा हूँ।'' उसने पूरे ज़ोर के साथ दाँत किचकिचाते हुए कहा।

''सुबूत?''

''सुबूत यह है कि मैं कह रहा हूँ।''

''यह कोई सुबूत नहीं है। काके! यह ऐलान करने से पहले माँ से तो पूछ लिया होता।''

''पूछा था।''

''फिर?''

''उस जाहिल औरत ने गवाही देने से इनकार कर दिया,'' उसने अफ़सोस के लहजे में कहा। फिर अफ़सुरदा आवाज़ में बोला, ''हमारे बाप ज़ालिम हैं और हमारी माएँ जाहिल हैं।'' यह कहते-कहते उसने रोना शुरू कर दिया।

अजमल ने सलामत को रोता देखा तो उसकी आँखों से भी आँसू ज़ारी हो गए।

''काके, तू रो क्यों रहा है?''

''यार! मेरी माँ सलामत की माँ से भी ज़्यादा जाहिल है। मैंने उससे पूछा तो उसने पहले मुझे दुहत्तड़ मारी, फिर अपने बाल नोच लिये और चीख़ने लगी।''

अफ़ज़ाल ने अजमल को घूर कर देखा, फिर रोते हुए सलामत को देखा और उसकी आँखें ग़ुस्से से सुर्ख़ होती चली गईं। ''तुम दोनों बदनुमा आदमी हो।''

अजमल ने सलामत की तरफ़ देखा, सलामत ने ऐलान किया, ''अफ़ज़ाल सही बात कहता है, हम बदनुमा लोग हैं।''

''मैं तुम्हें अपनी पनाह में लेने से इनकार करता हूँ, बदनुमा आदमियो! यहाँ से निकल जाओ। यह एक तैयब आदमी का कमरा है।''

सलामत उठ खड़ा हुआ। अजमल ने बोतल बैग में रखी और सलामत के पीछे-पीछे कमरे से निकल गया।

''ज़ाकिर! तू अच्छा आदमी है, तू मुझे माफ़ कर दे।''

''यार, कैसी बातें कर रहे हो?''

"नहीं, तू मुझे माफ़ कर दे।"

"किस बात पर ?" उसने परेशान होकर अफ़ज़ाल को देखा।

"मैंने एक नेक आदमी पर दो भद्दी रूहों को लादने की कोशिश की। मैंने गुनाह किया है। ऐ अच्छे आदमी! मुझे माफ़ कर दे, मैं गुनहगार हूँ।" यह कहते-कहते उसकी आवाज़ भर्रा गई और आँखों में आँसू डबडबाने लगे। "हम गुनहगार लोग हैं और मुसीबत में हैं।"

3

माल रोड को आज उसने शान्त पाया और उदास हुआ कि कल यहाँ कितनी क़यामत उठी हुई थी—कारें जिनके शीशे चकनाचूर हो चुके थे। डबलडेकर जो अधजली हालत में, बीच रास्ते में, सारे दिन खड़ी रही और यहाँ होने वाली क़यामत का ऐलान करती रही। ईंटें बरसाते, नारे लगाते जुलूस, बदहवास राहगीर, बन्द होती दुकानें, एक शोर के साथ गिरते हुए शटर, सड़क पर बिखरी ईंटों और शीशे से बचती-बचाती कोई आतंकग्रस्त बस, कोई इक्का-दुक्का रिक्शा। अब शान्ति थी और सड़क यहाँ से वहाँ तक साफ़ थी। न ईंटें पड़ी हुईं, न शीशे की किर्चियाँ बिखरी हुईं। ट्रैफ़िक एकरसता के साथ बह रहा था। आराम से चलती हुई कारें, एक के पीछे दूसरी, दूसरी के पीछे तीसरी। किसी का शीशा टूटा हुआ नज़र नहीं आ रहा था। हैरान हुआ कि कल तो लगता था कि शहर की सब कारों के शीशे चकनाचूर हो चुके हैं, मगर यह तो शहर की सब कारें सलामत हैं। और वह डबलडेकर जो कल शाम तक बीच रास्ते में अधजली खड़ी थी, कहाँ चली गई ? हाँ, औंधी हो जाने वाली कार पेट्रोल-पम्प के क़रीब उसी तरह औंधी पड़ी थी। मगर अब इस राह से गुज़रने वालों की आँखों में जानने की इच्छा या कोई हैरत नहीं थी, जैसे यह कार किसी अगले ज़माने में औंधी हुई थी और अब न जाने किस ज़माने से चौंकाने की ख़ूबी से महरूम हो चुकी है।

'मेट्रो वाइंज़' के बराबर से गुज़रते हुए अन्दर-बाहर के टूटे शीशों को ग़ौर से देखा। यह टूटे शीशे गवाही दे रहे थे कि यहाँ कल बहुत-कुछ हो चुका है। आज कुछ नहीं हुआ था, फिर भी माल रोड को कुछ हो गया था। कल का शोर जितना अजीब लगा था, आज की ख़ामोशी उससे ज़्यादा अजीब नज़र आई। यह भी अजीब लगा कि कॉलिज के बरामदों के बाहर और लॉन में जितने गमले औंधे पड़े थे, वे अब उतने ही ढंग से रखे थे। कॉलिज में नज़्मो-ज़ब्त[1] वापिस आ गई थी। क्लासें

1. सुव्यवस्था।

विधिवत हो रही थीं। सामने के लॉन में विद्यार्थियों की टोलियाँ चल-फिर रही थीं। लड़के रातों-रात कितने शान्त हो गए हैं! कल तक क्या आलम था कि ज़रा-ज़रा-सी बात पर मुँह सुर्ख़ हो जाता, गले की रगें तन जातीं, हलक़ को पूरी तरह कार के सामने लाया जाता! गालियाँ, नारे। और नारे अजब असर करते कि दम-के-दम में जुलूस उमड़ने लगता, ऐसा कि कॉलिज की चारदीवारी उस पर तंग हो जाती कि उससे निकलकर बाहर फैल जाता। और अब? अब इतनी शान्ति थी कि कोई ऊँची आवाज़ में बोलता दिखाई नहीं पड़ता था। बातें हो रही थीं, मगर सरगोशियों में।

"यार! मेरा भाई रात ही की फ़्लाइट से आया है।"

"अच्छा?"

"ऐक्शन शुरू होने के बाद चला है।"

"बस उसी वक़्त शुरू हुआ था। बताया था कि इंटरकॉम से एयरपोर्ट तक पहुँचना मुश्किल हो गया। रास्ते में टैंक-ही-टैंक। कहता है, जब हम जहाज़ की तरफ़ जा रहे थे तो ऐसा धमाका हुआ जैसे तोप चली हो और फिर तो ऐसी धूँ-धाँ हुई जैसे जंग शुरू हो गई हो। और जब हमारे जहाज़ ने टेक-ऑफ़ किया और हमने बाहर की तरफ़ देखा तो दूर तक धुआँ-ही-धुआँ था।"

"अच्छा?"

"मगर होगा क्या?"

"आगे जो कुछ भी हो। साले बंगालियों के तो धुएँ उड़ गए।"

"हरामज़ादे!" मुँह-ही-मुँह में ग़ुस्से में कोई बड़बड़ाया, "अब तबीयत साफ़ हो जाएगी।"

ख़ुशी, ऊब, नफ़रत, ग़ुस्सा—हर तरह इनका इज़हार सरगोशियों में हो रहा था। उसका दम घुटने लगा। इस बन्द फ़िज़ा से निकलना चाहिए।

मुल्ला की दौड़ मसजिद तक। फिर वही शीराज़। मगर फ़िज़ा तो वहाँ भी बन्द थी। न कोई शोर न हंगामा, न क़हक़हे न ऊँची आवाज़ें। सिर्फ़ चेहरों के उतार-चढ़ाव से पता चलता था कि किसी गहरी समस्या पर बहस चल रही है।

"यार, कल यहाँ कितना हंगामा था...और आज...।"

"हाँ, और आज!" इरफ़ान मुँह-ही-मुँह में बड़बड़ाया और फिर चाय पीने लगा।

"यार कल तो मैं वाक़ई डर गया था। लगता था कि बस आज...।" उसे ख़ुद पता न था कि वह आगे क्या कहना चाहता था।

"फिर तो अच्छा ही हुआ," इरफ़ान ने मज़ाक़ उड़ाने वाले लहजे में कहा।

"एक तरह से तो अच्छा ही हुआ।"

"हम हर बार यही कहते हैं, मगर बाद में पता चलता है कि अच्छा नहीं हुआ।"

"यार, कुछ समझ में नहीं आ रहा।"

''कुछ समझ में तो मेरे भी नहीं आ रहा, मगर मुझे लगता है कि कुछ हो गया है।''

''क्या हो गया है?''

''यह तो जानकारी नहीं है। मगर जानकारी में रखा भी क्या है? मैं धुँधले रूप से जो कुछ महसूस करता हूँ, वही सब-कुछ है।''

इरफ़ान धुँधले रूप से जो महसूस कर रहा है, वह क्या है? उसके अन्दर जो डर सरसरा रहा है, वह किस बात का है? उसकी समझ में कुछ नहीं आया। फिर उसने बात ही बदल दी।

''यार, आज सलामत और अजमल कहाँ हैं?''

''आज वो अपने बिलों में हैं। बिलों से तो वो उस वक़्त निकलते हैं, जब बिलों से निकलने का मौसम होता है। मौसम आज बदल चुका है।''

''लो, वह सनकी आ गया,'' उसने खुलते दरवाज़े की तरफ़ देखकर कहा।

''कौन सनकी?''

''यार, वह सफ़ेद बालों वाला आदमी,'' उसने धीरे से कहा कि वह सफ़ेद बालों वाला आदमी अभी-अभी दरवाज़ा खोलकर दाख़िल हुआ था और सीधा उनकी तरफ़ आ रहा था।

''मैं बैठ सकता हूँ? बस आपके चन्द मिनट लूँगा।''

''ज़रूर, ज़रूर,'' उसने यह कहते-कहते इरफ़ान की तरफ़ देखा जिसके तेवर बता रहे थे कि उसे उसका बीच में आना पसन्द नहीं आया है।

''क्या ख़याल है आपका, यह अच्छा हुआ या बुरा हुआ?''

''आपका क्या ख़याल है, यह बहुत अच्छा हुआ है?'' इरफ़ान ने तल्ख़ से लहजे में कहा।

''यह तो मैं नहीं जानता कि यह अच्छा हुआ है या नहीं, इतना जानता हूँ कि अगर इस तरह पाकिस्तान को बचाया जा सकता है तो...।''

''किस तरह, इस तरह!'' इरफ़ान को ग़ुस्सा आ गया।

सफ़ेद बालों वाले ने इरफ़ान को देखा, फिर शान्त स्वर में कहा, ''आप मेरे सिर के बाल देख रहे हैं।''

''देख रहा हूँ, सब सफ़ेद हैं। आप सफ़ेद बालों का वास्ता देना चाहते हैं?''

''नहीं।''

''फिर?''

''मैं आपको यह बताना चाहता हूँ कि यह सफ़ेद कैसे हुए?''

''यह बताने से क्या फ़र्क़ पड़ेगा?''

''बहुत फ़र्क़ पड़ेगा,'' वह रुका, फिर बोला, ''मैं जब घर से चला था तो मेरे सारे बाल काले थे। उस वक़्त मेरी उम्र ही क्या थी? बीस-इक्कीस के लपेटे में था।

जब पाकिस्तान पहुँचा और नहाने के बाद आईना देखा तो मेरे सिर के सारे बाल सफ़ेद हो चुके थे। यह पाकिस्तान में मेरा पहला दिन था। घर से काले बालों और ख़ानदान वालों के साथ निकला था, पाकिस्तान पहुँचा तो मेरा सिर सफ़ेद था और मैं अकेला था।'' वह चुप हुआ और चला गया, यह देखे बग़ैर कि उसकी बात का क्या असर हुआ। उसे जैसे जो कहना था, उसने कह दिया था। अब आराम के साथ अपने कोने में जा बैठा था और अब्दुल को चाय का ऑर्डर दे रहा था।

बाहर खिड़की से झाँका कि जहाँ सामने वाला मैदान कितनी रातों के बाद ख़ाली और ख़ामोश नज़र आया था। चलो, अच्छा हुआ। रोज़ जलसा, रोज़ जलसा। इत्मीनान की साँस के साथ बिस्तर से पीठ लगाई। आज आराम से सोया जा सकेगा। एक करवट, दूसरी करवट, फिर करवट। नींद उसकी आँखों से आज कोसों दूर थी। करवट लेने की ख़्वाहिश पर काबू पाकर देर तक आँखें मूँदे चुप पड़ा रहा, जैसे अब सोया और अब सोया। मगर दिमाग़ बोले जा रहा था। कहाँ-कहाँ की बात, कब-कब के क़िस्से! कोई अब की, कोई ज़मानों पहले की। मैंने आज जैसे-तैसे मुग़ल पीरियड ख़त्म कर दिया। इतिहास पढ़ाना बोरियत का काम है। और इतिहास पढ़ना? लड़के बेढब सवाल करते हैं। और दिमाग़? एक लड़का खड़ा हुआ, ''सर!''

''हाँ पूछो।''

''सर! क्या मुग़लों में सब भाई सौतेले भाई होते थे?''

''बैठ जाओ। तुम्हें इस सारे इतिहास में से यही बात पूछने की नज़र आई?''

मैंने उसे डाँटकर बिठा दिया। बेमानी सवाल। सगे और सौतेले की तारीफ़ बेमानी बात है। हाबील और क़ाबील सौतेले भाई नहीं थे! इतिहास में और इतिहास से पहले। क़िस्से, हिक़ायतें, भाइयों की कहानियाँ। वे जिन्होंने बाप के जीते जी...वे जो बाप के मरने के बाद...अब सोना चाहिए। आख़िर सुबह कॉलिज जाना है। फिर वही कमबख़्त इतिहास। लड़कों को इतिहास पढ़ाना कितना बोर काम है और इतिहास पढ़ना? दूसरों की तारीख़ इत्मीनान से पढ़ी जा सकती है, जैसे उपन्यास इत्मीनान से पढ़ा जा सकता है। मगर अपना बीता हुआ कल? मैं अपने बीते हुए कल से भागा हुआ हूँ और आज के ज़माने में साँस ले रहा हूँ। पलायनवादी। मगर क्रूर वर्तमान फिर हमें अतीत की तरफ़ ढकेल देता है। दिमाग़ बोले जा रहा है। आप मेरे सिर के बाल देख रहे हैं? देख रहा हूँ, सब सफ़ेद हैं। इरफ़ान ने उस ग़रीब के सीधे-सादे सवाल का जवाब कितने व्यंग्य में दिया था। बताना चाहता हूँ, सफ़ेद कैसे हुए—पाकिस्तान पहुँचा तो मेरा सिर सफ़ेद था और मैं अकेला था। पाकिस्तान में उसका पहला दिन। सफ़ेद सिर वाला आदमी उसकी नज़रों में घूम रहा था, और मेरा पहला दिन। मेरा पहला दिन पाकिस्तान में...!

4

उसने स्नान किया और आईना देखा, और उस पर यह रहस्य खुला कि उसके सिर के बाल घर से निकलते वक़्त सारे काले थे, अब सारे सफ़ेद हो चुके हैं। यह इस देश में उसका पहला दिन था। और मेरा पहला दिन? बीते दिन उसकी कल्पना में भीड़ करते चले गए। मगर मुझे तो इस देश में अपने पहले दिन की तलाश हैं। वह भीड़ को चीरता-फाड़ता, भीड़ लगाते दिनों को धकेलता बढ़े चला गया। नेरा पहला दिन कहाँ है? वह भीड़ को चीरता चला जा रहा था कि धुँधली-धुँधर्ला याद की सूरत एक दिन उसके सामने आ खड़ी हुई। अनारकली बाज़ार। कुछ खुला, कुछ बन्द। जहाँ-तहाँ कोई दुकान खुली हुई, बाक़ियों में ताले पड़े हुए। भीड़ बहुत, खरीदार ग़ायब। वह वहाँ से निकलकर बड़ी सड़क पर आया। माल रोड, ताँगे, साइकिलें, कोई-कोई कार, अलग-अलग दूर से गुज़रती हुई इक्का-दुक्का बस। एक लम्बा आदमी, चौड़ी-चकली काठी, सिर पर तुर्रे वाली पगड़ी, टाँगों में बड़े घेरवाली शलवार, लम्बे डग भरता उसके बराबर से गुज़रा। उसने हैरत से उसे देखा। फिर कितने ही इस क़द-काठ वाले ऐसा लिबास पहने अपने आसपास चलते-फिरते नज़र आए। यह शक्लें उसके लिए नई थीं। उसके लिए सारा वातावरण ही नया था। चलते हुए लग रहा था कि वह किसी नई ज़मीन पर चल रहा है। उसे इस नई ज़मीन पर चलने में कितना मज़ा आ रहा था। एक सड़क से दूसरी सड़क पर, दूसरी से तीसरी सड़क पर जाने वह कितनी देर चलता रहा, मगर ज़रा भी थका हो! कितने ज़माने बाद वह आज़ाद होकर चल रहा था, इस आशंका के बग़ैर कि अभी कोई बराबर से गुज़रते-गुज़रते छुरा उसके अन्दर उतार देगा।

"साहिबज़ादे! सारे दिन कहाँ रहे?"

"हकीमजी, पाकिस्तान देख रहा था।"

"अब और क्या देखना रहा है, पाकिस्तान ही को देखना है। इतनी जल्दी क्या है? दोपहर को आकर कम-अज़-कम ख़ाना तो खा लिया होता।"

फिर हकीम जी अब्बाजान से बातों में व्यस्त हो गए। उसने खाना खाया और उस कमरे में जाकर लेट रहा, जहाँ उसे सोना था। उसने कमरे का जायजा लिया। साफ़-सुथरा और ख़ूब खुला कमरा था और कितना-कितना रोशन था। चार कोनों में चार बल्ब लगे हुए थे। यहाँ पहले कौन रहता होगा, यूँ ही उसे ख़याल आया। इसी के साथ उसे अपने कमरे का ख़याल आया, बदरंग दीवारों वाला छोटा-सा कमरा जिसमें एक चारपाई थी, किताबों से भरी एक मेज़, किताबों के बीच में रखा हुआ एक लैम्प जिसकी धीमी रोशनी में वह रात गए तक पढ़ा करता था। मेरा कमरा आज की रात ख़ाली पड़ा होगा। इस बड़े और रोशन कमरे में लेटे हुए उसे वह अपना छोड़ा हुआ ख़स्ता-हाल कमरा बहुत याद आया। आँखों में उतरी नींद ग़ायब हो गई। देर

तक वह करवटें बदलता रहा। अब्बाजान के खाँसने की आवाज़ सुनकर वह करवटें बदलता-बदलता चैन में आया। अच्छा तो अब्बाजान हकीम साहब की संगत से छुट्टी पाकर आ चुके हैं, मगर कब आए? उसे उनके आने का पता ही न चला। ख़ैर, वह देर तक दम साधे पड़ा रहा जैसे सो गया, मगर नींद कहाँ? उसी अपने कमरे के ख़याल से बँधा हुआ था। फिर उसने मुँह पर चादर ले ली और वह रो पड़ा।

"ज़ाकिर! जाग रहे हो?"

"जी।" उसने कोशिश की कि उसकी आवाज़ से उसकी हालत का पता न चले।

फिर देर तक वह दम साधे लेटा रहा, जैसे वह सो गया है। जाने कितनी देर तक वह इसी तरह लेटा रहा, आख़िर उसने करवट बदली। थोड़ी ही देर बाद दूसरी करवट ली। फिर उठा, पानी पिया, फिर लेट रहा।

"ज़ाकिर!"

"जी।" वह समझ रहा था कि अब्बाजान सो गए हैं, मगर वह तो जाग रहे थे।

"क्या बात है, सोए नहीं? कल रात-भर के जागे हुए हो। सो जाओ।"

"नींद नहीं आ रही।"

"हाँ, नई जगह है और पहली रात है।" थोड़ा रुककर कहा। चुप हुए। फिर बोले, "अब से पहले भी मेरे साथ यही हुआ कि कभी किसी नई जगह गया तो पहली रात तो बिलकुल नींद नहीं आई।"

उसने चादर मुँह पर ले ली, उसकी आँख फिर भर आई थी।

वह रात अपनी बेख़्वाबी के साथ मेरी कल्पना में रोशन होती चली जा रही थी। उस दिन मैं अपनी रात की पकड़ में था। तो यह था इस देश में मेरा पहला दिन। मैं दिन-भर एक ताज़ा ज़मीन पर, एक ताज़ा आसमान के नीचे ख़ुशी से भरा-भरा चलता रहा। फिर रात आई और मेरी बेनींद आँखें आँसुओं से तर-ब-तर हो गईं।

वह दिन उसे बहुत पवित्र नज़र आया, अपनी रात समेत, अपने उस रात के आँसुओं समेत। उस दिन को मैं भूल गया था—उसे अचम्भा हुआ, इतने उजले दिन को! उसके बाद तो दिन मैले ही होते चले गए। शायद यही हुआ करता है। दिन गुज़रते चले जाते हैं और पहले दिन की पवित्रता वक़्त की गर्दिश में खोती चली जाती है। कितनी जल्दी हमारे दिनों की पवित्रता खो गई, कितनी जल्दी हमारी रातों से ठंडक बिदा हो गई। मगर ख़ैर वह एक दिन, इस देश में मेरा पहला दिन वह मेरी याद में रोशन रहना चाहिए। मगर इस ख़याल के साथ कुछ आस-पास के दिन भी रोशन हो गए और एक दिन के गिर्द इकट्ठे होते चले गए। रोशन दिनों का एक झुरमुट-सा बन गया। जब पाकिस्तान अभी नया-नया था, जब पाकिस्तान का आसमान ताज़ा था, रूपनगर के आसमान की तरह, और ज़मीन अभी मैली नहीं हुई थी। किस तरह उन दिनों काफ़िले वाले कोसों चलकर यहाँ पहुँच रहे थे। रोज़ कोई काफ़िला शहर में दाख़िल होता और गलियों-मोहल्लों में बिखर जाता। जिसे जहाँ

सिर छुपाने के लिए कोना मिल गया, वहाँ पसर गया। जिसे बड़ा मकान हाथ आ जाता, वह पहले अपनी ख़ुशी से, फिर मुरव्वत में आने वालों को पनाह देता चला जाता, यहाँ तक कि वह बड़ा मकान तंग नज़र आने लगता। पनाह लेने वाले पूरी दास्तान सुनाते कि सफ़र में कैसे-कैसे दुख उन्होंने सहे और किन मुश्किलों से यहाँ पहुँचे। फिर उनका हाल सुनाते, जिन्हें वे पीछे छोड़ आए थे। फिर पनाह देने वाले और पनाह लेने वाले मिलकर उन्हें याद करते, जिन्होंने ज़मीन पकड़ी और अपने घरों को और बुज़ुर्गों की क़ब्रों को नहीं छोड़ा। उन्हें ध्यान में लाते, जो साथ-साथ निकले थे मगर रास्ते में बिछड़ गए और जिन्हें वे अजनबी राहों में बिना कफ़न और क़ब्र के छोड़ आए। वे मिलकर उन सब पीछे रह जाने वालों को एक मलाल के साथ याद करते। दिल उनके भर आते और आँखें डबडबाने लगतीं। फिर आँखें पोंछते और अगले दिनों की सोचते कि यहाँ कैसे गुज़र-बसर करनी है।

वहाँ आ मिलने वाले किस-किस रंग में आकर मिलते! कभी चलते-चलते बाज़ार में मुठभेड़ हो गई।

"अमाँ, तुम कहाँ?"

"भैया, वाँ जीने का धरम नहीं रहा था। सोचा कि उस्ताद याँ से निकल चलो। बस बिस्तर बाँधा और स्पेशल में बैठ लिया।"

कभी अचानक दरवाज़े पर दस्तक होती। दरवाज़ा खुलने पर कभी सामान और सवारियों से लदा-फँदा ताँगा खड़ा नज़र आता, कभी अकेला आदमी, बेसरो-सामान, लिबास मैला-कुचैला, सिर में गर्द अटी हुई, शेव बढ़ी हुई। पहली नज़र में सूरत पहचानने में न आती। जब पहचानी जाती तो आँखें हैरत से देखतीं, "अरे तुम हो!" एकदम गले लगाना, सवाल पर सवाल करना, "कैसे आए? रास्ते में ख़ैरियत रही? बाक़ी लोग कहाँ हैं? क्या अकेले चले थे? सामान कहाँ है?"

"ख़ैरियत कैसी? ट्रेन पर हमला हो गया था।"

"अल्लाह ख़ैर करे, फिर?"

"बस अल्लाह ने ख़ैर ही की। जान और आबरू रख ली, वरना कोई कसर तो नहीं रह गई थी।"

"अल्लाह तेरा शुक्र है! फिर बाक़ी लोग कहाँ हैं?"

"वालटन कैम्प में हैं।"

"मियाँ, जब घर मौजूद है तो कैम्प में क्यों पड़े हो?"

"यही सोचा था कि पहले मालूम कर लें कि घर में कुछ गुंजाइश भी है।"

"मियाँ, दिलों में गुंजाइश होनी चाहिए।"

गुंजाइश वैसे मकानों में भी कम नहीं थी। शामनगर में कितने मकान ख़ाली पड़े थे। कितने मकान थे कि खुले पड़े थे—दरवाज़े और खिड़कियाँ सब खुले हुए, खुली खिड़कियों से घर में भरा साज़ोसामान नज़र आता हुआ। लगता था कि जाने वाले

बस अचानक दामन झाड़कर उठ खड़े हुए और निकल गए। ऐसे भी मकान थे जिनमें मोटे-मोटे ताले पड़े थे। ऊपर-नीचे की सब खिड़कियाँ सावधानी से बन्द की हुईं। लगता था कि जाने वाले वापसी के ख़याल से घरों को बन्द करके लम्बे सफ़र पर गए हैं। किसी-किसी घर की सबसे ऊपर की मंज़िल की कोई खिड़की बेध्यानी में खुली रह गई थी और अब जब हवा तेज़ चलती थी तो खिड़कियाँ खुलतीं-बन्द होतीं, पट धाड़-धाड़ बोलते थे। कोई-कोई इमारत अधबनी पड़ी थी, कोई निर्माण के आख़िरी दौर में आकर जहाँ की तहाँ रह गई थी। इन इमारतों वाले दूर के शहरों में सिर छुपाने के लिए कोने ढूँढ़ते फिरते होंगे। दूर के शहरों से आने वाले इन इमारतों में सिर छुपाने के लिए भाग-दौड़ करते फिरते थे। इन इमारतों में बहुत गुंजाइश थी। इन इमारतों से ज़्यादा दिलों में गुंजाइश थी। हकीम बन्दे अली ने अपने क़ब्ज़े के दो-मंज़िला मकान में कितने घरानों को पनाह दे रखी थी! ननवा उस वक़्त पहुँचा जब दोनों मंज़िलें भर चुकी थीं।

''हकीम जी! मैं तो जी तुम्हारे इस बाहर के बरामदे में पड़ रहूँगा।''

''हाँ, हाँ, शौक़ से, हाज़िर में क्या हुज्जत है?''

ननवा ने अपने परिवार के साथ उस बाहर के बरामदे में डेरे डाल दिए।

वे दिन अच्छे ही थे—अच्छे और सच्चे। मुझे वे दिन याद रखने चाहिए, बल्कि लिख कर रख लेने चाहिए कि कहीं दिमाग़ से उतर न जाएँ। और बाद के दिन? उन्हें भी कि पता चले कि क्योंकर दिनों से अच्छाई और सच्चाई गुम होती चली गई, क्योंकर दिनों से ऊब और रातों से भय जुड़ता चला गया? किस तरह देखते-देखते शामनगर के मकान खुले से तंग होते चले गए और दिलों में गुंजाइश कम होती चली गई। क़ाफ़िलों का ताँता टूट चुका था। बस कभी कोई इक्का-दुक्का आदमी, कभी कोई छोटा-मोटा ख़ानदान आ निकलता, शामनगर में भटकता फिरता। कहीं सिर छुपाने की जगह न मिलती। शामनगर के सब मकान भर चुके थे, जो खुले पड़े थे वे भी, जो तालाबन्द थे वे भी, जो अधबने रह गए थे वे भी। जिस तालाबन्द इमारत के सबसे ऊपर के कमरे की खिड़की खुली रह गई थी और दोपहरों और रातों को तेज़ हवा चलने पर एक डरावने शोर के साथ खुलती और बन्द होती थी, अब उसके सदर दरवाज़े से बच्चे और जवान आते-जाते नज़र आते और उस खिड़की पर एक चिक पड़ी दिखाई देती थी। उससे ऊपरी मंज़िलों की खिड़कियों पर कहीं चिकें पड़ी थीं, कहीं रंगीन परदे, कहीं टाट। ऊँची मुँडेरों पर जो कल तक वीरान थीं, अब रंग-बिरंगे गीले कपड़े फैले नज़र आते। उस सफ़ेद अंडा-सी इमारत में, जिसके चौपट खुले दरवाज़े अन्दर के फ़रनिश्ड कमरों का पता देते थे, अब उसके बाहर के चिप वाले बरामदे में भैंस बँधी नज़र आती थी और ड्राइंग-रूम में नक़्शा यह दिखाई पड़ता था कि फ़रनीचर एक तरफ़ ढेर किया हुआ था, बाक़ी जगह में भूसे और उपले के ढेर। शामनगर में अभावों का नक़्शा अब नहीं दिखता था। ज़िंदगी की जो ज़रूरतें

सिमटते-सिमटते तन ढाँकने और पेट भरने तक सिमट गई थीं, अब फिर बढ़कर फैल गई थीं और बढ़ती-फैलती चली जा रही थीं। जिन मकानों ने कई-कई ख़ानदानों को पनाह दी, अब वे मकान बाक़ी ख़ानदानों से ख़ाली कराकर किसी एक ख़ानदान के आवास थे। मगर इसके बावजूद अब उनमें मकानपन कम और उनमें रहनेवाले की ज़रूरतें ज़्यादा नज़र आने लगी थीं। जिन मकानों में अभी तक अलग-अलग ख़ानदान ठुँसे हुए थे, उनमें हर ख़ानदान अपनी ज़िंदगी की ज़रूरतों में बढ़ोतरी करने के साथ-साथ फैलने की कोशिश कर रहा था। कोई-कोई मकान वाला फैलते-फैलते अपनी हदों से निकलकर दूसरे की हदों में फैलने पर उतारू नज़र आता। दूसरी तरफ़ से विरोध होता। तू-तुकार, फिर एक का हाथ और दूसरे का गरीबान। लड़ने वाले पहले अन्दर-अन्दर लड़ते, फिर लड़ते-लड़ते बाहर निकल आते। पड़ोसी पहले तो तमाशा देखते। फिर बीच-बचाव करते। कोई फुर्तीला मकान वाला भाग-दौड़ करके पूरा मकान अपने नाम अलाट करा लेता। फिर उसमें बाक़ी रहने वाले टाँडा-बाँडा लादकर नए ठिकाने की तलाश में निकलते। जिसने निकलने से मना किया, वह थाने-कचहरी में खिंचा-खिंचा फिरता।

"हकीम जी! क्या ननवा चला गया याँ से?" मैंने उस बरामदे को, जहाँ अब एक ठंडे चूल्हे के सिवाय कुछ नहीं रह गया था, हैरत से देखा और बग़ल के कमरे में जाकर जो हकीम बन्दे अली का दवाख़ाना था, सवाल किया।

"न जाता तो क्या करता? पुलिस आकर बरतन-भाँडे सड़क पर फेंकने लगी थी।" वह चुप हुए, फिर बोले, "हम भी मकान की तलाश में हैं।"

"आप!"

"हाँ मियाँ, मैं। पुलिस के हाथों बेइज़्ज़त होने से यह कहीं अच्छा है कि आदमी ख़ुद ही उठ जाए।"

"मगर पहले तो आप ही इस मकान में आए थे, आप ही ने हम सब को पनाह दी थी।"

"बेटे! सोते की कटिया[1] जागते का कटरा[2]। मुंशी मसीब हुसैन भागदौड़ करके अपने नाम का आर्डर ले आए हैं।" वह रुके, फिर बोले, "उसकी आँख में सुअर का बाल है। वह किसी को यहाँ टिकने नहीं देगा।"

मैंने अन्दर जाकर ज़िक्र किया, "अब्बाजान! ननवा तो चला गया।"

अब्बाजान ने कोई जवाब नहीं दिया।

"और हकीमजी भी मकान की तलाश में हैं।"

अब्बा जान ने जैसे सुना ही नहीं। "हाँ," अम्मी बोलीं, "तुम मकान कब तलाश करोगे?"

"हमें भी निकलना पड़ेगा?"

---

1. भैंस का मादा बच्चा, 2. भैंस का नर बच्चा।

"क्यों तुम में क्या सुर्ख़ाब के पर लगे हुए हैं!"

"अम्मी! यह मुंशी वहाँ तो ऐसा नहीं था।"

अम्मी ने ठंडी साँस भरी। "याँ आके तो लोगों की आँखों का पानी मर गया। तुझे तो क्या याद होगा, जब तेरे दादा अब्बा ज़िंदा थे तो यह मुंशी मुसीब हुसैन हमारी ड्योढ़ी नहीं छोड़ते थे। अल्लाह की शान कि अब हमें आँखें दिखाते हैं!"

अब्बाजान ने अम्मी को देखा, कुछ नाख़ुश-सी नज़रों से। फिर बोले, "वालिदे-मरहूम ने अपने वक़्त में किस-किसको फ़ायदा नहीं पहुँचाया, मगर किसी पर जताया नहीं।"

"हमने भी कब किसी पर जताया, मगर जब जी जलता है तो बात ज़ुबान पर आ ही जाती है। वाँ पर क्या औक़ात थी! याँ आके गंजे को नाख़ून मिल गए।"

"ज़ाकिर की माँ," अब्बाजान के लहजे में चेतावनी का रंग था, "अल्लाह-तआला घमंड करने वालों को पसन्द नहीं करता।"

"हाँ, मगर तुमने तो घमंड कभी नहीं किया था। ख़ुदा ने तुम्हें कितना पसन्द किया? आज सिर छुपाने के लिए कोई कोना नहीं है," अम्मी ने जले-भुने लहजे में कहा और चुप हो गईं।

मैं आहिस्ता से उठा और बाहर निकल गया। उस घर से निकल जाने के ख़याल ने मुझे कोई ऐसा परेशान नहीं किया। असल में उस घर के दरो-दीवार से मैं कुछ ज़्यादा घुलमिल नहीं सका था और जिस कमरे में मैंने अपना बिस्तर खोला था, उससे तो मुझे बिलकुल ही लगाव नहीं था। मुझे अपना छोड़ा हुआ कमरा अकसर याद आता था। कितनी छोटी-छोटी चीज़ें एकदम से कितनी ज़रूरी बन गई थीं। कोई ग़ैर-ज़रूरी-सी बात, कोई नन्ही-सी चीज़, कभी बैठे-बैठे, कभी चलते-चलते याद आ जाती। एक दृश्य कल्पना में उभरता, उससे जुड़ा कोई दूसरा दृश्य, फिर उन दोनों से बिलकुल अलग-थलग कोई तीसरा दृश्य। यादें लहरों की तरह उमड़ती रहतीं और मैं उनमें बहता रहता। और वह लहर जो हर लहर में शामिल थी और लहरों के सारे सिलसिले को रोशन कर रही थी—साबिरा। हम आख़िरी दिनों में कितने घुलमिल गए थे। और जब मैं उसे पहुँचाने अनूपनगर गया था—उसके साथ अपना पहला और आख़िरी सफ़र। हम व्यासपुर से मुँह-अँधेरे निकले थे, लेकिन जब लारी बुलन्दशहर जाकर रुकी तो दोपहर हो चुकी थी। और जब हमारा इक्का दूसरे अड्डे पर जाने के लिए, जहाँ से अनूपनगर के लिए लारियाँ चलती हैं, बाज़ार से गुज़रा तो बूरा वालों की गली में इतना धुआँ और इतने ततैये थे कि मेरा दम घुटने लगा। इस नगर की बस्तियाँ अपनी इसी रंगत से तो पहचानी जाती हैं। यह रंगत व्यासपुर की रंगत से कितनी भिन्न थी। धुआँ, ततैये, गुरसलें, गर्द। बाज़ार में जहाँ पैंठ लगती, वहाँ कितनी गुरसलें होती थीं। और जिस गली में बड़े-बड़े चूल्हों पर शक्कर के कढ़ाव चढ़े नज़र आते, वहाँ कितना धुआँ और ततैये होते थे कि गली

से गुज़रना मुश्किल होता। बाज़ार से आगे जाओ तो कंकर बिछी, गर्द से अँटी सड़कें कहीं समतल, कहीं गड्ढे पड़े हुए। अनूपनगर की लारी कहीं तीसरे पहर को चली। गंगा के पुल से गुज़रते-गुज़रते अँधेरा हो गया। जाने कैसे, जाने किस वक़्त वह हाथ मेरे हाथ में आ गया। फिर मैं उस सड़क की गर्द और गड्ढों से परे चला गया और इस बात से भी कि लारी कब अनूपनगर पहुँचेगी और पहुँचेगी भी या नहीं!

चलते-चलते मैं ठिठका। ''अफ़ज़ाल, तुम? यहाँ तुम क्या कर रहे हो?''

''दोस्तों के साथ हमदर्दी।''

मैंने चकराकर इधर-उधर देखा। वहाँ तो कोई भी नहीं था। बस दरख़्त थे और गिरते हुए पीले सूखे पत्ते।

''कौन दोस्त?''

''ये सब दरख़्त मेरे दोस्त हैं, आज वे मुश्किल में हैं। लगता है कि बिलकुल नंगे हो जाएँगे।''

मैं वहीं घास पर अफ़ज़ाल के बराबर बैठ गया। फिर आस-पास का जायज़ा लिया।

''यार, मौसम बिलकुल ही बदल गया। जब हम आए थे तो बरसात ख़त्म हो रही थी, जाड़े शुरू थे। जाड़ा भी कैसा पड़ा है, अल्लाह बचाए!''

''हाँ, पाकिस्तान ने एक मौसम देख लिया। अब इस पर दूसरा मौसम गुज़र रहा है। और यह मौसम ज़्यादा ज़ालिम है, पेड़ नंगे हो रहे हैं।''

''यार अफ़ज़ाल,'' ये ही मैंने पूछ लिया, ''यहाँ नीम नहीं होता?''

''क्यों नहीं होता? चलो, मैं तुम्हें दिखाऊँ।''

वह मुझे उस पार्क में लिये-लिये फिरा। फिर एक पेड़ के सामने ले जाकर खड़ा कर दिया। ''यह रहा तुम्हारा नीम।''

मैंने ग़ौर से देखा। ''यार, यह तो बकायन है।''

वह इस पर थोड़ा सटपटाया, ''ख़ैर कोई बात नहीं, बकायन भी बुरा नहीं होता। मेरा तो वह भी दोस्त है। नीम यहाँ है, ढूँढ़ना पड़ेगा।''

''मगर हमारी तरफ़ इसे ढूँढ़ना नहीं पड़ता था। लू चलती दोपहरों में और सावन से भीगे दिनों में वह ख़ुद अपना ऐलान करता था।''

अफ़ज़ाल चुप रहा। एक घने बरगद के नीचे जाकर उसने ठहरने का ऐलान किया, ''यहाँ थोड़ा दम लो। यह पाकिस्तान का सबसे ठंडा कोना है।''

''अच्छा?'' मैं हँस पड़ा।

''हाँ,'' अफ़ज़ाल ने संजीदगी से कहा, ''असल में मेरा मोह बरगद से ज़्यादा है। नीम तो ज़नाना पेड़ है। उसकी शाख़ों में तो झूला ही डाला जा सकता है। या फिर उसकी छाँव में बैठ बूढ़ियाँ चरख़ा कात लें। मुक्ति तो बरगद की छाँव में ही मिलती है।''

उस वक़्त बरगद के ख़िलाफ़ कुछ कहना कुफ़्र के बराबर होता। उसकी छाँव घनी और ठंडी थी। नीचे बिछी हुई घास, हरी-हरी और नर्म-नर्म। मैंने जूते उतारकर अलग रखे, कमीज़ के बटन खोले और चित लेटकर आँखें मूँद लीं। मुझे अपने बिछड़े हुए पेड़ याद आ रहे थे। बिछड़े पेड़, बिछड़े परिंदे, बिछड़े सूरतें—नीम के मोटे टहने में पड़ा हुआ झूला, साबिरा, लम्बे झोंटे—नीम की निबोली पक्की, सावन कब-कब आवेगा—बूँदों से भीगे गाल पर गिरी हुई गीली लट। जीवे मोरी माँ का जाया, डोली भेज बुलावेगा—दूर के पेड़ से आई हुई कोयल की आवाज़।

नीम के पेड़ का भी मैंने पता लगा ही लिया, मगर कोयल की आवाज़ पहले सुनी। इस देश में वह मेरा पहले-पहल कोयल की आवाज़ सुनना—

अज़ कुजा मी आयद ईं आवाज़े-दोस्त।[1]

यह घटना उस वक़्त घटी, जब हम शामनगर किराये के मकान में आबाद हुए। यहाँ आस-पास कोई ख़ाली मकान नहीं था, इसलिए अड़ोस-पड़ोस में कोई शरणार्थी घराना भी नहीं था। खुली जगह थी। थोड़े फ़ासले पर पेड़ अच्छी-ख़ासी तादाद में खड़े नज़र आ रहे थे। कोयल की आवाज़ से मैंने सगुन लिया कि इनमें आम-जामुन के पेड़ भी होंगे।

कोयल की आवाज़ अम्मी ने सुनी तो अजब तरह चौंकीं, ''ऐ है! कोयल बोल रही है।'' फिर बिलकुल चुप हो गईं। कान कोयल की आवाज़ पर लगे हुए। और फिर मैंने देखा कि उनकी आँखें भीगने लगी हैं।

कोयल की आवाज़ मेरे लिए 'पुनर्वास विभाग' का सन्देशवाहक बन गई कि उसके बाद मैं इस शहर में रसता-बसता चला गया। मगर अम्मी पर इस आवाज़ ने अलग असर किया। सोई हुई यादों को जगा दिया। ऊपर से शरीफ़न बुआ पधार गईं।

''ऐ शरीफ़न बुआ! तुम कब आईं?'' और अम्मी उठकर बेसाख़्ता उनसे गले मिलीं।

''दुल्हिन बी, मुझे तो आए हुए एक महीना हो गया। ऐसा जी चाह रहा था तुम्हें देखने को! मैं अता-पता लेती शामनगर वाले घर में पहुँची। मुंशी मुसीब हुसैन ने बताया कि मौलाना तो याँ से चले गए।'' यह कहते-कहते उन्होंने मकान का नज़रों-ही-नज़रों में जायज़ा लिया, ''दुल्हिन बी! मैं अभी मुंशी मुसीब हुसैन का घर देखकर आ रही हूँ। हवेली है। तुमने यह क्या डेढ़ बालिश्त का मकान अलाट कराया है!''

''मैया! अलाट कहाँ कराया है? हम तो किराए के मकान में पड़े हैं।''

''किराए के मकान में? दुल्हिन बी! होश की दवा लो। निगोड़े नघरों ने हवेलियाँ अलाट करा लीं, हवेली वाले किराए के मकान में पड़े हैं!'' फिर लहजा

1. मेरे कूचे से मेरे दोस्त की आवाज़ आई।

बदल कर बोलीं, ''बीबी! बुरा मत मानियो, तुम्हारे पाकिस्तान में तो बहुत आपाधापी है। लोगों के ख़ून कैसे सफ़ेद हुए हैं, मैं तो देखके हक़्-दक़् रह गई।'' फिर फ़ौरन ही मेरी तरफ़ देखकर कहने लगीं ''दुल्हिन बी! यह ज़ाकिर हैं? ऐ है, मैंने तो इसे पहचाना ही नहीं।'' उठकर चट-पट बलाएँ लीं, ''बेटे, तुमने मुझे नहीं पहचाना? मैंने तुम्हारे पोतड़े धोए हैं। और जब तुम्हारे मोतीझरा निकला था तो बी अम्माँ के साथ मैं रात-रात भर तुम्हारे सिरहाने बैठी रहती थी। दुल्हिन बी, तुम्हें तो याद होगा?''

''हाँ, याद है। उस बीमारी से तो चमत्कार ही था कि बच गया।''

''बी अम्माँ ने कम दुआएँ नहीं माँगी थीं। हर वक़्त जा-नमाज़ पर बैठी रहती थीं। तो बेटे, क्या कर रहे हो?''

''शरीफ़न बुआ! ज़ाकिर कालिज में प्रोफ़ेसर हो गया है।''

''माशाअल्लाह! ख़ुदा मुबारिक करे।'' फिर रुक कर बोलीं, ''दुल्हिन बी, मुंशी मुसीब हुसैन के लौंडे को देखके तो मैं दंग रह गई। वाँ पे तो डंडे बजाता था। वह निखट्टू याँ आके तो दोनों हाथों से कमा रहा है।''

''कमाने वाले याँ दोनों हाथों ही से कमा रहे हैं।''

''बेटे!'' शरीफ़न बुआ फिर मुझसे मुख़ातिब हुईं, ''पाकिस्तान में तो लोग बड़ी-बड़ी नौकरियाँ कर रहे हैं। तुम लौंडे पढ़ाने में अपनी उम्र क्यों गँवा रहे हो?''

अम्मी ने इस मामले में शरीफ़न बुआ को ऐसा प्रोत्साहन नहीं दिया। उन्होंने ज़िक्र ही दूसरा छेड़ दिया। ''शरीफ़न बुआ! वाँ का भी तो कुछ हाल सुनाओ।''

''वाँ का हाल?'' शरीफ़न बुआ ने ठंडी साँस भरी, ''वाँ का क्या हाल पूछो हो? वाँ अब है कौन? बड़ी हवेली में तो अब शरणार्थी आ गए हैं। ख़ान साहिब वाले घर में ताला पड़ा है। छोटी हवेली बिलकुल खंडहर हो गई है। पिछली गरमियों में जब काली आँधी आई थी तो उसकी फ़सील गिर पड़ी। बस जब से अन्दर-बाहर एक है। बेचारे तुराब अली अपने रानजहान घर में अकेले रह गए हैं। सारा कुनबा इधर आ गया, वह अकेले टूटरूँ-टूँ बने बैठे हैं।''

''अब तो वह बहुत बूढ़े हो गए होंगे?''

''बिलकुल फूँस हैं। ढंडार घर में खटिया पे पड़े खाँसते रहते हैं।'' फिर उन्होंने ठंडी साँस भरी, ''एक वक़्त था कि ख़ानदान फैलते जा रहे थे और बड़े-बड़े घर छोटे लगने लगे थे। अब यह वक़्त आया है कि ख़ानदान सारे बिखर गए, अब छोटे घर भी बड़े लगते हैं। अब तुम्हारा ही घर है। वहाँ अब कौन रह गया है? बतूल बी और छोटी धी, दो दम और इतना बड़ा घर।''

''अच्छा तो ताहिरा चली गई?''

''हाँ, उसका मियाँ पिछले महीने ढाका से आया था, उसे ले गया। अब वाँ से बेटी के ख़त पे ख़त आ रहे हैं कि तुम भी आ जाओ।''

"साबिरा की भी कहीं बात चल रही है?"

"पैग़ाम तो कई जगह से आए थे और मैंने तो बतूल बी को कहा भी था कि देख बीबी, जो लड़का मिल जाए उसको हाथ में हाथ पकड़ाके फ़ारिग़ हो जा। लड़के अब वाँ पर हैं कहाँ कि अच्छा-बुरा देखा जाए! लड़के तो सब पाकिस्तान चले आए।"

"फिर?"

"बीबी! हमारा काम तो समझाना था, सो समझा दिया। बाक़ी अपना बुरा-भला आदमी आप ही समझता है।" फिर दबे लफ़्ज़ों में बोलीं, "सुना यह है कि साबिरा ने इनकार कर दिया।"

"साबिरा ने इनकार कर दिया?" अम्मी ताज्जुब से बोलीं, "वह ऐसी लड़की तो नहीं थी।"

"कहती है, नौकरी करूँगी। मैंने सुना तो माथा पीट लिया कि मौलवियों के ख़ानदान की बेटी अब दफ़तरों में जाके नौकरी करेगी!"

"अच्छा!" अम्मी कुछ चुप-सी हो गईं।

साबिरा का ज़िक्र मैंने कुछ सुना, कुछ नहीं सुना। इस ज़िक्र पर आकर शरीफ़न बुआ की ऊँची आवाज़ नीची होते-होते सरगोशी में बदल गई थी। फिर उसी वक़्त इरफ़ान ने आकर दरवाज़ा खटखटाया।

"क्यों, आज शीराज़ नहीं चलना?"

"क्यों नहीं चलना? बस, चलते हैं।" और मैं फ़ौरन ही इरफ़ान के साथ शीराज़ के लिए चल पड़ा।

शायद अब मेरे यहाँ भी पीछे रह जाने वाली चीज़ें पीछे खिसक गई थीं। सामने की चीज़ें नज़रों में खुबती जा रही थीं। यह शहर अपने शाद-आबाद रेस्तोराँओं, घने पेड़ों और भरे बदन वाली लड़कियों के साथ मेरे अन्दर समा रहा था और इस शहर का नक़शा भी तो देखते-देखते बहुत बदल गया था। वे कूचे जो अपनी जली-फुँकी, गिरी-पड़ी इमारतों के साथ गुज़री हुई क़यामत का पता दे रहे थे, वहाँ अब नई इमारतें, नए वासियों से महक रही थीं और गली-कूचे एक नए शोर से गूँज रहे थे। क़ब्ज़ा करने वाले शरणार्थी दुकानों पर बैठे हुए अब पहले की तरह उखड़े-उखड़े नज़र नहीं आते थे। अब तो यूँ लगता था कि वे सदा से यहाँ बैठे हैं। बाज़ारों के पुराने और नए अन्दाज़ माहौल में घुल-मिल गए थे। दुकानें, दुकानदार, दुकानों में सजा मालो-असबाब, आते-जाते खरीदार, अहले-गहले फिरते सैलानी—सब आपस में घुल-घुलाकर एक इकाई बन चुके थे।

मैंने इस शहर में एक आवारागर्द की हैसियत से शुरुआत की और शीराज़ को अपना डेरा बनाया। यार अलग-अलग रास्तों और अलग-अलग बहानों से आए और इस डेरे में इकट्ठे हो गए। किसी के साथ यह हुआ कि पूरा ख़ानदान किसी

क़ब्ज़ा किए मकान के एक कमरे में या एक बरामदे में डेरे डाले पड़ा था। वह इस घुटे वातावरण से तंग आकर शहर के फैलाव में भटकता फिरा। भटकता-भटकाता किसी शुभ घड़ी में शीराज़ में दाख़िल हुआ और फिर यहीं का हो रहा। किसी के साथ यह गुज़री कि बड़ा-सा मकान अलाट हो गया। वह उस मकान के फैलाव से डरकर घर से निकला, शहर में आवारा फिरता फिरा। उसी आवारगी में शीराज़ का पता किया। कोई बँटवारे से पहले से यहाँ अपने पैतृक मकान में अच्छा-भला रहता था, मगर बेघरी-बेदरी के उस नए वातावरण में पैतृक घर से उसका जी उचाट हुआ और वह अपनी मरज़ी से नघरा बन इस ठिए पर आ बैठा।

उन दिनों जब पूरी मानवता बेठिकाना नज़र आती थी, हमने जाना कि हमारा अपना एक ठिकाना है, जैसे हम जन्म-जन्म से शीराज़ में धूनी रमाए बैठे हैं और बैठे रहेंगे। जब क्लेम मंज़ूर हो चुके और बेघरों को घर और बेरोज़गारों को रोज़गार मिल गया तो हम शीराज़ के बासी बेठिकाना नज़र आने लगे, जैसे शहर में बस हम हैं जिनका कोई घर-दर नहीं है। बस उन ही दिनों में जब हम पर यह आलम गुज़र रहा था, अफ़ज़ाल की आत्मा बेचैन हो उठी और वह शराब से जुड़ गया। इरफ़ान के लहजे में, ज़हर पैदा हुआ। हाँ, सलामत और अजमल अभी शराब और इंक़िलाब के ज़ायकों से अनजान थे, अभी वो सिर्फ़ इंटेलेक्चुअल थे और शीराज़ में बैठकर सिर्फ़ अदब और आर्ट पर बहसें करते थे। मगर इंटेलेक्चुअल बहसों में सबसे बढ़कर नाम जब्बार ने पैदा किया।

जब्बार हम में सबसे कम-उम्र था, मगर उसने हमारे बीच आलिम-फ़ाज़िल बनकर और बुज़ुर्गाना शान अपनाकर अपनी भीगती मसों की कमी को पूरा कर लिया था। उस छोटी-सी उम्र में अनाप-शनाप किताबें पढ़ने के बाद ऐलान किया कि ज्ञान किताबों से नहीं मिलता, ज़िंदगी के अनुभवों से गुज़रने के बाद हासिल होता है। बस फिर ज्ञान की तलाश में उसने अफ़ज़ाल के साथ बैठकर थोड़े दिन शराब से शग़ल किया। फिर उसे नाकाफ़ी जानकर चरस, गाँजा और अफ़ीम को आज़माया। नहाने-धोने को, उजले कपड़े पहनने को, हजामत बनवाने को वक़्त को बरबाद करना समझा और जहाँ तक हो सका इन फ़िज़ूल बातों से नफ़रत की। जूता कुछ पुराना हो गया, कुछ पालिश न होने और धूल-मिट्टी में अँट जाने से पुराना नज़र आने लगा था। उसके पैतावे उसने ख़ुद निकालकर फेंक दिए। यत्न किया कि कीले बाहर निकल आएँ। मीलों पैदल चलता, वापिस शीराज़ आता तो एड़ियाँ लहू-लुहान होतीं।

''यार, तू किसी मोची से जूता क्यों नहीं ठुकवा लेता?''

''नहीं।''

''क्यों?''

''आदमी बनने के लिए तकलीफ़ों के तजुरबे से भी गुज़रना चाहिए और बड़ा आर्ट तो सफ़रिंग ही से पैदा होता है।''

बस इसी तरह कष्ट के नित नए अनुभव करता वह सी.एस.पी. के इम्तिहान में बैठा और कामयाब हो गया।

''जब्बार! अब गोया तुम सी.एस.पी. अफ़सर बन जाओगे।''

''मैं सी.एस.पी. अफ़सर! लाहौल वलाक़ूव्वत।''

''आख़िर तुम अपनी मरज़ी से कम्पिटीशन में बैठे हो और पास हुए हो।''

''आदमी को इस तजुरबे से भी गुज़रना चाहिए।''

''तकलीफ़ों का नया तजुरबा!'' इरफ़ान व्यंग्य-भरी हँसी हँसा।

अब रात भीग चुकी थी और हम ख़ामोश माल पर अपने हाल में मगन चल रहे थे।

''यारो, कुछ पता है कि अब क्या बजा है?''

जब्बार को यह बात अच्छी नहीं लगी। ''पता हो भी जाए तो उससे क्या फ़र्क़ पड़ेगा?''

''मेरा मतलब है,'' मैंने कहा, ''आदमी को रात को किसी वक़्त सोना भी चाहिए।''

''बशर्ते सोने के लिए जगह हो,' इरफ़ान ने टुकड़ा लगाया।

जब्बार को यह बात भी नागवार गुज़री, ''इरफ़ान, तुम मजबूरी में जागते हो। जागना मेरी मजबूरी नहीं, मेरी पसन्द है।''

''जागना और इसके अलावा सी.एस.पी. के इम्तिहान में बैठना।'' इरफ़ान ने व्यंग्य-भरी मुसकराहट के साथ कहा।

जब्बार का मुँह सुर्ख़ हो गया। मैंने फ़ौरन सलामत की तरफ़ मुँह कर लिया। ''यार सलामत, तेरा तो अच्छा-ख़ासा बड़ा घर है। तू हमारे साथ क्यों ख़राब होता है?''

''वह घर मेरा नहीं, किसी सिख का है।''

''सिख तो चले गए?''

''कोई फ़र्क़ नहीं पड़ा। उनकी जगह मेरे बाप ने ले ली है।''

अजमल को यकायक याद आया कि यहीं आस-पास अफ़ज़ाल का घर है। ''यार, अगर वाक़ई कहीं पड़ाव करना है तो अफ़ज़ाल का घर क़रीब ही है।''

''चलो, फिर उसी को जगाएँ।''

हम कुछ क़दम चलकर एक गली से मुड़े और बढ़कर एक दरवाज़े पर दस्तक दी। दरवाज़ा खुला, अफ़ज़ाल ने बाहर निकलकर हमें ग़ौर से देखा। ''चूहो! इस वक़्त तुम क्यों आए हो?''

''सोने के लिए।''

''मगर मेरे पास कोई फ़ालतू चारपाई नहीं है।''

''हम चारपाई के ज़माने से पहले के लोग हैं।''

"मगर मेरे पास कोई फ़ालतू दरी भी नहीं है।"

"नंगा फ़र्श तो है?"

"हाँ वह है, अगरचे वह भी अब उधड़ने लगा है।"

हम कमरे में दाख़िल हुए—एक झिलंगा चारपाई, उस पर एक मलीदली दरी बिछी हुई, सिरहाने एक भारी किताब रखी हुई। एक कोने में चटाई बिछी हुई, उस पर किताबें बिखरी हुईं।

सिरहाने रखी भारी किताब को मैंने उठाया, "यह क्या है?"

"यह 'कुल्लियाते-नज़ीर' है और मेरा तकिया है।"

"तुम अभी सोने के लिए तकिए के मोहताज हो!" जब्बार बोला।

"बात यह है कि जाग हो या ख़्वाब, मैं अपना सिर ऊँचा रखना चाहता हूँ।"

मैंने चटाई पर पसरते हुए कमरे का एक नज़र में जायज़ा लिया। "यार, कमरा तो बुरा नहीं है।" मैंने पहली बार अफ़ज़ाल का ठिकाना देखा था।

"यही एक कमरा अच्छा रह गया है, बाक़ी पूरी इमारत ख़राब हो चुकी है, बल्कि पूरा मोहल्ला। जब मैं यहाँ आया था तो गलियाँ साफ़-सुथरी थीं और मकान उजले-उजले थे। अब गलियाँ गन्दी हैं और मकान मैले हैं।"

"मेरा ख़याल यह है," सलामत बोला, "मुसलमान सफ़ाई को ज़्यादा अपनाने वाला नहीं हो सकता।"

"यह इमारत अच्छी-ख़ासी बड़ी है," अफ़ज़ाल बताने लगा, "पूरी इमारत फ़रनिश्ड थी और सामान से भरी हुई। चूहों ने सब सामान पर क़ब्ज़ा कर लिया। मेरे लिए ले-देके श्रीकृश्न की यह एक मूरती छोड़ दी।"

"अफ़ज़ाल! उन्होंने तुम पर अहसान किया," जब्बार बोला।

"अच्छा?" अफ़ज़ाल ने मासूमाना हैरत से जब्बार को देखा।

"फ़रनीचर का आख़िर तुम क्या करते? जो असली चीज़ थी वह उन्होंने तुम्हारे लिए छोड़ दी।"

"बिलकुल ठीक कहते हो। मेरा भी यही ख़याल था। यार, अच्छे लोग हैं। उन्होंने अच्छी चीज़ मेरे लिए छोड़ दी। इसी की वजह से तो यह कमरा उजला है, वरना पूरी इमारत मैली हो चुकी है।"

मैं चटाई पर फैली किताबें उलट-पुलट रहा था। "अफ़ज़ाल, तू सो रहा था, तू बहुत बोर आदमी है।"

"नहीं।"

"फिर क्या कर रहा था?"

"मूरती से बातें कर रहा था।"

"मगर हम सोने आए हैं," अजमल बोला।

"मत सोओ।"

''क्यों?''

''सोकर उठोगे तो तुम देखोगे कि तुम चूहे बन चुके हो।''

''तू ठीक कहता है।'' जब्बार जो कि पलँग पर बैठ गया था, उठ खड़ा हुआ, ''चलो, यार!''

अफ़ज़ाल को साथ लेकर हम वहाँ से निकल खड़े हुए।

''यारो, हम कहाँ जा रहे हैं?'' लम्बी सड़क तय करते हुए मैंने पूछा।

''बहुत बेमानी सवाल है,'' जब्बार बोला, ''मत पूछो कि कहाँ और क्यों। असल बात यह है कि हम चल रहे हैं।''

''चलो, इम्पीरियल चलते हैं!''

'इम्पीरियल' हमारे रात के सफ़र में आख़िरी पड़ाव था। अभी यह शहर एयर-कंडीशनिंग से अनजान था, सो इम्पीरियल ने अपने लम्बे-चौड़े सहन और ओपन-एयर फ़्लोर से बहुत फ़ायदा उठाया। रंगीन-मिजाज जोड़े गरमी की रातों में तारों-भरे आसमान के नीचे शाइस्तगी और रख-रखाव से हाथों में हाथ थामे नाचते रहते। यह रख-रखाव उस वक़्त ख़तरे में पड़ता, जब रात भीगती और बिजली की सब बत्तियाँ यकायक गुल हो जातीं और मिस डौली के आने का ऐलान होता। फिर हर दिशा में अँधेरा होता। बस एक मिस डौली के इर्द-गिर्द रोशनी होती। मगर मिस डौली तो ख़ुद अपने नाम-मात्र वस्त्रों के साथ उस अँधेरे में एक कौंधती हुई बिजली लगती थी। हाँ, उस रोशनी के दायरे में मिस डौली के सिवा एक और जीव भी कभी-कभी नज़र आता था—एक सन्दली बिल्ली, मगर कोई वेटर तेज़ी से पीछे-पीछे आता और सन्दली बिल्ली को कभी उठाकर, कभी भगाकर ले जाता।

यह सन्दली बिल्ली मैनेजर की चहेती थी। हर समय उसकी कुरसी के नीचे दुबकी बैठी रहती। जो उस मेज़ से मिल जाता, उसी पर सब्र करती। कभी आस-पास की किसी दूसरी मेज़ के क़रीब मंडलाती नहीं देखी गई। हाँ, कैबरे के वक़्त वह अँगड़ाई लेकर उठती और फ़्लोर पर पहुँच जाती, कभी-कभी बिलकुल मिस डौली के क़रीब। कोई बैरा उसे वहाँ से चुमकारकर वापिस लाता और वह बग़ैर ज़िद किए वापिस आ जाती और फिर मैनेजर की कुरसी से लगकर या उसके नीचे दुबककर बैठ जाती। डौली और सन्दली—इम्पीरियल के दो ख़ास किरदार थे।

'शीराज़' की वह शाम मेरी याद में सब शामों से अलग महफ़ूज़ है जब 'शीराज़' भरा हुआ होने के बावजूद ख़ामोश था और बीच में एक तख़्ती लटकी थी : ''बराए मेहरबानी सियासी बातचीत से परहेज़ कीजिए।'' कल शाम तक शीराज़ शोर से भरा था। हर मेज़ पर और हर टोली के बीच एक ही मुद्दा था, आने वाले चुनाव। बहस करने वाले किस ज़ोर-शोर से इसकन्दर मिर्ज़ा के पतन की भविष्यवाणी करते थे,

मगर आज उसे पूरी बहस पर रोक लग चुकी थी। यहाँ बैठे हुए लोग सिर्फ़ चाय पी रहे थे। बीच-बीच में कोई बात, मगर सरगोशी में।

"यार, चाय ठंडी थी," जब्बार ने प्याली का आख़िरी घूँट लेते हुए बेज़ारी से कहा।

"हाँ यार! मज़ा नहीं आया। और मँगाएँ?" यह कहते-कहते सलामत ने आवाज़ दी, "अब्दुल!"

चाय फिर आई और गरम आई, मगर मज़ा तो फिर भी नहीं आया। इस बार इरफ़ान ने स्वाद न होने का ऐलान किया, "यार, शीराज़ की चाय को क्या हो गया!"

धीरे-धीरे सब दोस्तों को यह अहसास सताने लगा कि शीराज़ की चाय को कुछ हो गया है। फिर इस अहसास से गुज़रे और सोचने लगे कि शीराज़ को कुछ हो गया है।

"यार, शीराज़ वीरान हो गया।"

"हाँ यार, पहले यहाँ कितना हंगामा रहता था!"

"लोग कहाँ चले गए?"

"सब लोग हमारी तरह फ़ालतू तो नहीं हैं।"

सलामत ने जब्बार को घूमकर देखा, "क्या मतलब?"

"बात यह है," जब्बार बोला, "हम शीराज़ में बहुत वक़्त बेकार करते हैं।"

"फिर कहाँ बेकार करें?" अफ़ज़ाल ने तुरन्त कहा।

"बेकार करना ज़रूरी है?"

अफ़ज़ाल ने जब्बार को ग़ुस्सैली नज़रों से देखा, "चूहे! वक़्त को सँभालकर नहीं रखा जा सकता। वक़्त बहरहाल बेकार होता है।"

असल में अब हम 'शीराज़' में उखड़े-उखड़े रहने लगे थे। जमे रहने की हमने कोशिश तो बहुत की। सारे क़िस्सों को भूलकर साहित्य पर बहस करते, कभी नए साहित्य पर, कभी मॉडर्न आर्ट पर, मगर जाने कैसे कोई बातें करते-करते बहकता और रोक वाले इलाक़े में जा निकलता। बात साहित्य से हटकर सियासी हालात पर होने लगती। मगर थोड़ी ही देर में कोई बराबर की मेज़ की तरफ़ देखकर चौंकता और चुप हो जाता। बराबर की मेज़ पर बैठे हुए की नज़रें दूसरी तरफ़, कान हमारी तरफ़। लगता कि जैसे कान हमारे बीचों-बीच रखे हों। वे कान हमारी कल्पना में बड़े होते चले जाते, हमारे होंठों से आ लगते, और हम चुप हो जाते।

आख़िर हम शीराज़ से उखड़ गए, और ऐसे उखड़े कि मंडली तितर-बितर हो गई। बस मैं और इरफ़ान रह गए कि अब शीराज़ को छोड़ कर इम्पीरियल में जा बैठे थे। मगर इम्पीरियल भी हमें अब इतना आबाद नज़र नहीं आता था। न गोरे चेहरे, न साथ-साथ नाचने वाले जवान जोड़े, न प्यालियों और प्लेटों की खनखनाहट,

न बैरों की लपक-झपक। ज़्यादा मेज़ें ख़ाली पड़ी रहतीं। इक्का-दुक्का मेज़ भरी हुई। खुले सहन में फ़्लोर पर कुछ अधेड़-उम्र ऐंग्लो-पाकिस्तानी जोड़े थके-थके अन्दाज़ में नाच करते हुए। बैंड भी तो कुछ थके हुए अन्दाज़ ही में बजता था। सन्दली बिल्ली मैनेजर की कुरसी से लगी आँखें मूँदे बैठी रहती। कभी-कभार उठकर फ़्लोर पर जाती और भोली-सी आवाज़ में म्याऊँ करती और ख़ुद ही पलट आती। फ़्लोर पर ठहरकर क्या करती? अब यहाँ मिस डौली का कैबरे नहीं होता था। उसे कोई ज़िंदादिल उड़ाकर ले गया। उसके साथ इम्पीरियल की रौनक़ भी विदा हो गई।

"कल से मैं नहीं आऊँगा।"

"क्यों?"

"मुझे अख़बार में नौकरी मिल गई है और रात की ड्यूटी लगी है।"

मैंने इरफ़ान को ताज्जुब से देखा, "तुम नौकरी करोगे?"

"करनी पड़ेगी।" उसने ठंडी साँस भरी।

"अच्छा तो तुम कल इधर नहीं आओगे," मैं सोच में पड़ गया, "फिर मैं अकेला यहाँ आके क्या करूँगा?"

तसनीम! वह तो मुझे बस छूकर निकल गई। इतिहास में एम. ए. की तैयारी कर रही थी। सिफ़ारिश लेकर मेरे पास आई और तैयारी में मेरी मदद चाही। नियम से आती, बड़े सम्मान से किताब खोलकर बैठती, नोट्स लेती और चली जाती। क्या मजाल कि इधर-उधर की कोई बात कर जाए! मुझे भी उससे कोई और बात करने की इच्छा नहीं हुई। बहुत बेरंग लड़की नज़र आती थी। क्या बात करता उससे? मगर उस रोज़ वह मुझे अच्छी लगी। वह सुबह का वक़्त था। मैं भी नहा-धोकर कपड़े बदलकर निकला था, वह भी उजली-उजली नज़र आ रही थी। उस भरी बस में लड़कियों के झुंड के बीच खड़े होने की जगह बनाने के बाद मैंने देखा कि वह मेरे आगे खड़ी है। इतनी क़रीब कि उसकी गोरी गरदन और कानों की सुर्ख़ी लिये लवें मेरी साँस की सीमा में थीं। मेरी साँस भी तो उस वक़्त कुछ तेज़ हो गई थी।

उसके बस से उतरने के साथ मैं भी बस से उतर गया। भीड़ को चीरकर उतरते हुए मुझे थोड़ा वक़्त लगा। बस उसी थोड़े वक़्त में वह नज़रों से ओझल हो गई। ख़ैर, कोई बात नहीं। मैंने सोचा, शाम को वह पढ़ने के लिए आएगी, मगर वह उस शाम नहीं आई। ख़ैर, कल शाम सही, मैंने अपने-आपको समझाया। मगर वह दूसरे दिन भी नहीं आई। उसके न आने ने मेरी बेताबी में और बढ़ोतरी कर दी।

अगले दिन मैंने उसे फ़ोन किया और गुरु की हैसियत से उससे न आने का कारण पूछा। उसने कोई बेमानी कारण बताया और रुकते-रुकते कहा कि आज आएगी।

शाम के इन्तज़ार में वह दिन पहाड़-सा गुज़रा। ख़ैर, शाम आई और वह भी आई। आकर ख़ामोश बैठ गई। जिस तल्लीनता से वह सवाल करती थी और नोट्स लेती थी, वह तल्लीनता उसमें नज़र नहीं आई। आज मेरा भी पढ़ाने में दिल नहीं लग रहा था। जल्दी ही पाठ समाप्त किया। फिर वह भी चुप, मैं भी चुप।

''तसनीम!'' आख़िर मैंने ज़ुबान खोली।

जवाब में उसने नज़रें उठाकर मुझे देखा, मगर मुझे मालूम नहीं था कि मैंने क्या कहने के लिए उसे सम्बोधित किया है। मैं खो-सा गया, जैसे मैं हूँ ही नहीं।

आख़िर वह उठ खड़ी हुई। मैं भी हड़बड़ाकर उठ खड़ा हुआ। दरवाज़े तक उसे छोड़ने चला। कमरे से निकलते-निकलते आहिस्ता से कहा, ''तसनीम!''

वह ठिठक गई और मैं गुमसुम। फिर वह अचानक बिजली की-सी तेज़ी से कमरे से निकल गई। मैं खड़ा-का-खड़ा रह गया।

फिर वह नहीं आई।

तसनीम जा चुकी है। शाम की व्यस्तता भी ख़त्म। मैं अन्दर से ख़ाली-ख़ाली, बाहर से बेज़ार, शहर में भटकता फिरता हूँ। बिनावजह क़दम शीराज़ की तरफ़ उठ जाते हैं। अब्दुल हैरान होता है, ''ज़ाकिर साब! आप कहाँ थे?''

''यहीं था, दूसरे कहाँ हैं?''

''कोई नहीं आता जी। चाय लाऊँ?''

''ले आओ।''

मैं एक कोने में अकेला बैठा चाय पी रहा हूँ। इर्द-गिर्द सब चेहरे नए और अजनबी हैं। अच्छा, यह सफ़ेद सिर वाला आदमी अब भी बराबर आता है। बहुत भद्र लोग हैं। मगर यार कहाँ हैं? कितनी अजीब बात है! शीराज़ में एक वक़्त में हम-ही-हम थे। अब ऐसे साफ़ हुए हैं, जैसे यहाँ कभी थे ही नहीं।

अफ़ज़ाल अचानक दाख़िल होता है। ''यार, सब लोग कहाँ हैं? मैं तुम्हें ढूँढ़-ढूँढ़कर मर गया। कोई चूहा नहीं मिला। मैंने सुना था कि तुम और इरफ़ान इम्पीरियल में बैठते हो।''

''बैठते थे।''

''बहरहाल मैं इसी गुमान में वहाँ गया था कि तुम अब भी वहाँ बैठते हो। यार, वहाँ का नक़्शा तो बहुत ख़राब है। कैबरे हो रहा था, लाइट गुल थी। ख़ैर, मैं बैठ गया। दिल में कहा कि रोशनी आ जाए तो मैं उन चूहों को ढूँढ़ लूँगा। फ़्लोर की तरफ़ देखता हूँ तो मिस डौली ग़ायब। एक गन्दी-सी दूसरी औरत नाच रही थी। दाद देने वाले भी अपनी आवाज़ों से ऐसे ही लगे। रोशनी आई और मैंने इर्द-गिर्द देखा तो सब माझे-गामे। मैंने तुम दोनों को एक गाली दी और बाहर निकल आया।''

अफ़ज़ाल सच कह रहा था। इम्पीरियल का नया रंग यही था। मैं भी एक शाम वहाँ जा निकला था। यह नक़्शा देखकर वापिस हो लिया।

"यार! अच्छे लोग कहाँ चले गए?" यह कहते-कहते अफ़ज़ाल ने चारों तरफ़ देखा। बड़बड़ाया, "ये कौन लोग हैं? पब्लिक कहाँ गई?"

"जब्बार तो सी.एस.पी. बनकर शहर में चला गया।"

"उसे दफ़ा करो। दूसरों की सुनाओ।"

"सलामत शायद अमरीका चला जाए, स्कॉलरशिप के लिए दौड़-धूप कर रहा है। क़ायदे से रोज़ यू. एस. आई. एस. में पाया जाता है। अजमल बुनियादी जम्हूरियतों में खप गया।"

"और इरफ़ान?"

"उसे अख़बार में नौकरी मिल गई।"

"चूहे!" अफ़ज़ाल बड़बड़ाया, "तू क्या कर रहा है?"

"इश्क़।"

"इश्क़?" अफ़ज़ाल ने सिर से पैर तक मुझे गहरी नज़रों से देखा, "बस तू एक अच्छा आदमी है।"

"शीराज़ में बैठकर अदब और आर्ट और सियासत बघारना ही तो सब-कुछ नहीं है।"

अफ़ज़ाल ने गम्भीरता से मेरी बात सुनी, "तू ठीक कहता है। इश्क़ इन कामों से बड़ा काम है। मगर काके! इश्क़ करने के लिए आदमी को तैयब[1] होना चाहिए।"

"यार! तुम तो तैयब हो।"

"हाँ, मैं तैयब तो हूँ मगर यार, मैं मसरूफ़ बहुत हूँ।"

"मसरूफ़?"

"काके! तुझे पता नहीं, चिड़ियों और पेड़ों की संगत में मेरा कितना वक़्त गुज़रता है। इश्क़ के लिए मेरे पास वक़्त नहीं है। तू कर, मैं तेरे लिए दुआ करूँगा।"

"यार! अब दुआ मेरे क्या काम आएगी? वह तो आकर चली गई।" मैंने लम्बी-सी ठंडी साँस ली।

अफ़ज़ाल ने बहुत सहानुभूति से मुझे देखा और उपदेश के लहजे में बोला, "काके! दरवाज़ा खुला रख और जागता रह।"

दरवाज़ा जो मुद्दत से बन्द पड़ा था, उसे वह जाते-जाते खोल गई थी। मैं उसे अब बन्द नहीं कर सकता था। दरवाज़ा खुला रहा और मैं इन्तज़ार करता रहा। वह नहीं आई, कोई और ही आ गई। अनीसा से मेरी मुठभेड़ संगीत की एक कांफ्रेंस में हुई। मैं उसे देख कर हैरान रह गया। "अरे तुम! कब आईं तुम लन्दन से?"

1. पवित्र आत्मा।

वैसे असल बात यह है कि मैं उसके अचानक लन्दन से आ जाने पर हैरान नहीं हुआ था। हैरान इस पर हुआ था कि वह एक नई फबन के साथ वापिस आई थी। जब इम्पीरिल में मैंने उसे देखा था, उस वक़्त तो मैं उससे बिलकुल प्रभावित नहीं हुआ था। उसने थोड़ा क़दम बढ़ाया भी था, मगर मैंने उसे बिलकुल रास्ता नहीं दिया। कैसे देता? मेरे अन्दर दरवाज़ा ही बन्द पड़ा था। यूँ भी उस वक़्त वह ऐसी कहाँ की नज़रों में समा जाने वाली थी! जिस्म बिलकुल सपाट लगता था। मगर अब तो उसके जिस्म में कोण ख़ूब उभर आए थे और गोलाइयाँ ख़ूब साफ़ नज़र आने लगी थीं। नंगे भरे-भरे बाज़ू, कमर और कूल्हे का ख़ुशगवार उतार-चढ़ाव, हरी-भरी गात, उमड़ता-छलकता सीना। मैंने हैरत और ख़ुशी से उसके बदन पर नज़र डाली, "अनीसा! लन्दन ने तो तुम्हारा कायाकल्प कर डाला है।"

उसने इस फ़िक़रे को दाद के तौर पर क़बूल किया। हँसी, फिर बोली, "बहुत रात हो गई। यह महाफ़िल कब ख़त्म होगी?"

"ख़त्म का इन्तज़ार ज़रूरी है?"

"कोई ज़रूरी नहीं है।"

हम दोनों फ़ौरन ही बाहर निकल आए। मैंने गाड़ी का दरवाज़ा खोला तो उसने हैरान होकर मुझे देखा। "अरे! तुम मोटर वाले हो गए हो! यानी मैं ही नहीं बदली, तुम भी बदल गए हो।"

"सेकिंड-हैंड है।"

"सेकिंड-हैंड ज़्यादा रवाँ चलती है।" और खिलखिलाकर हँस पड़ी।

"कहीं चलकर चाय न पिएँ?"

"ज़रूर। हम वहाँ से निकले किस लिए हैं? इम्पीरियल कैसा रहेगा? मुझे लन्दन में एक ही चीज़ यहाँ की याद आती थी—इम्पीरियल।"

"इम्पीरियल भी बदल गया है। मगर वह दूसरे रंग में बदला है। अब तुम उसे देखोगी तो तुम्हें अफ़सोस होगा।"

"फिर तो मुझे ज़रूर चलके देखना चाहिए।"

मैंने गाड़ी इम्पीरियल की तरफ़ मोड़ दी।

अब इम्पीरियल का रंग ही अलग था। न कैबरे, न बैंड-बाजा। मेज़ें ज़्यादा ख़ाली थीं। जहाँ-तहाँ इक्का-दुक्का आदमी बैठा ख़ामोश चाय पी रहा था। सन्दली बिल्ली मैनेजर की कुरसी से लगी आँखें मूँदे पड़ी थी। फिर एक अलकसाहट के साथ उठी। अँगड़ाई लेकर बदन को सीधा किया। फिर थकी-थकी चाल के साथ अलग-अलग ख़ाली मेज़ों के नीचे से निकलती हुई, शामी कबाब खाते एक कस्टमर के क़रीब जाकर ठिठकी, भोली आवाज़ में म्याऊँ किया, मगर उसकी बेरुख़ी देखकर आगे बढ़ गई। मैले गर्द-अँटे फ़्लोर पर पहुँचकर बीचोंबीच बैठकर आँखें मूँद लीं।

अनीसा ने अफ़सोस के साथ यह सारा दृश्य देखा। बोली, ''इम्पीरियल का तो बिलकुल पतन हो गया। कैसे हुआ यह? मैं जब गई थी, उस वक़्त तो इम्पीरियल बहुत उरूज पे था। उस वक़्त कौन यह तसव्वुर कर सकता था कि इसकी यह हालत हो जाएगी?''

''उरूज पर होने की यही तो ख़राबी है। उस हालत में यह गुमान ही नहीं गुज़रता कि इस उरूज का पतन भी हो सकता है! और जब पतन शुरू होता है तो उसे बीच में रोका नहीं जा सकता। पतन अपनी आख़िरी हद तक पहुँचकर दम लेता है।''

''यह तो तुम क़ौमों के पतन की बातें करने लगे हो। मैं इम्पीरियल की बात कर रही थी।''

''पतन जिसका भी हो, जहाँ भी हो, एक ही तरह उसका अमल होता है।''

अनीसा ने मुझे अर्थ पूर्ण अन्दाज़ में देखा, ''तुम इस अरसे में लगता है कि पूरे फ़िलॉसफ़र बन चुके हो। चलो, यहाँ से चलते हैं।''

गाड़ी में बैठकर मैंने सुझाव रखा, ''इस वक़्त 'लौरीन' खुला होगा। वहाँ चाय अच्छी मिलेगी।''

''मुझे कोई एतराज़ नहीं है।''

'लौरीन' में बैठकर वह शरारत से बोली, ''तो मैं लन्दन जाकर बदल गई हूँ?''

मैंने फिर सिर से पैर तक उसे देखा और कहने लगा, ''बिलकुल बदल गई हो।''

''मगर मैं देख रही हूँ कि तुम यहीं बैठे-बैठे बदल गए हो।''

''कैसे?''

''ऐसे कि अब तुम लड़की से बातें कर सकते हो और रात गए होटल में उसके साथ चाय पी सकते हो,'' वह रुकी। फिर बोली, ''तुमने मेरे पीछे कोई मुहब्बत का तजुरबा तो नहीं कर डाला?''

''किया तो नहीं, करना चाहता हूँ।''

''झूठ मत बोलो। तुम्हारा बिहेवियर बता रहा है कि तुमने यह तजुरबा कर डाला है। नाकाम रहे हो तो अलग बात है। ख़ैर, यह कोई ऐसी बात नहीं। पहले तजुरबे में ऐसा ही होता है। दूसरा तजुरबा करो। कामयाबी तुम्हारे क़दम चूमेगी।''

''मैं ओवर-ऐज नहीं हो गया हूँ?''

''नानसेंस! उधर तो इश्क़ो-मुहब्बत का असली पीरियड चालीस के बाद ही शुरू होता है। और जिस मर्द की कनपटी के बाल सफ़ेद हों, उस पर तो लड़कियाँ मक्खियों की तरह गिरती हैं।''

मैंने अनजाने में ही अपनी कनपटी के बालों पर उँगलियाँ फेरीं। ''यह फ़ैशन यहाँ कब पहुँचेगा?''

''पहुँच चुका है। तुम मैदान में उतरो। बस, जल्दी से किसी लड़की के साथ सिलसिला शुरू कर दो। बताओ, किसके साथ शुरू करना चाहते हो?''

''तुम्हारे ही साथ शुरू हो जाए तो क्या मुज़ायक़ा है!''

''मेरे साथ!'' उसने मुझे किसी क़दर ताज्जुब से देखा और फिर बेपरवाही से हँसी, ''तुम में तो वाक़ई हिम्मत आ गई है।''

''बहरहाल इसमें हर्ज क्या है?''

''हर्ज तो कोई नहीं है।'' उसने गम्भीरता से कहा, ''मगर मैं मुश्किल लड़की हूँ। तुम मेरे साथ चल नहीं सकोगे।'' फिर सोचकर बोली, ''सुनो! अगर तुम्हारा मामला रज़िया से करा दिया जाए तो कैसा रहे?''

''मुझे वह लड़की पसन्द नहीं।''

''फिर कौन पसन्द है?''

''तुम।''

''अच्छा!'' वह मुसकराई, ''तुममें वाक़ई मरदाना हिम्मत आ गई है। अच्छी बात है।''

लौरीन से उसके घर जाते हुए मैंने अपनी मरदाना हिम्मत का प्रदर्शन किया। गाड़ी चलाते-चलाते एक हाथ व्हील से हटाया और उसके नंगे बाज़ू पर रख दिया। इस मरदाना हिम्मत पर उसने कोई दाद नहीं दी, हौसला भी नहीं तोड़ा। बाज़ू को सहलाता हुआ मेरा हाथ कंधे पर गया। कंधे का सफ़र करता हुआ जब सीने की तरफ़ बढ़ने लगा तो उसकी तरफ़ से हिदायत जारी हुई, ''आगे नहीं।''

''क्यों?''

''हर बात पूछने की नहीं होती। बस, मैंने तुम्हें बता दिया है।''

''मगर मेरा जी चाहता है।'' यह कहते-कहते मैंने गाड़ी को रास्ते से थोड़ा उतारकर ब्रेक लगा दिए। रात बहुत जा चुकी थी और सड़क इस किनारे से उस किनारे तक ख़ाली पड़ी थी। मैं आहिस्ता से उसके क़रीब सरक आया, इतना क़रीब कि मैं अपने जिस्म से उसके कूल्हे की नरमी और गरमी को महसूस कर सकता था। मैंने आहिस्ता-आहिस्ता उसके बालों पर हाथ फेरे, बिखरी ज़ुल्फ़ों के साथ फिसलती-फिसलती उँगलियाँ नरम कंधों पर उतर आईं, कंधों से फिसलवाँ बाज़ुओं पर। फिर मैंने आहिस्तगी और नरमी से उसके उमड़ते सीने पर हाथ रख दिया। उसने गम्भीरता से नज़रें उठाईं, मुझे देखा। कहा, ''मैंने तुम से क्या कहा था?''

मेरा हाथ उस नरमी और गरमी में उसी तरह पैवस्त रहा। वह मुझे देखे जा रही थी। हुक्म दे दिया था, देख रही थी कि उसका पालन कब होता है? मैंने आहिस्ता से हाथ हटा लिया। मगर हम एक-दूसरे को अब तके जा रहे थे। मैं उसके और क़रीब सरक आया। मेरे होंठ उसके शादाब होंठों की तरफ़ बढ़ने लगे।

उसने साफ़ लहजे में कहा, ''नहीं।''

''क्यों ?''

''मैं मुश्किल लड़की हूँ। तुम सीधे आदमी हो।''

''मैं अब सीधा नहीं रहा हूँ।''

''अच्छा!'' उसने मुझे तीखी नज़रों से देखा।

''हाँ।''

वह हँस पड़ी जैसे बच्चों की कोई अबोध-सी बात सुनकर हँस पड़ते हैं। ''अच्छा चलो, रात बहुत हो गई है। मुझे सोना भी है।''

घर पर गाड़ी से उतरते हुए बोली, ''आओ, तुम्हें कॉफ़ी पिलाते हैं।''

''रात गए घरवालों को परेशान करना कोई शराफ़त की बात है?''

''नहीं मेरा कमरा अलग-थलग है। कॉफ़ी का इन्तज़ाम मैं अपने कमरे में रखती हूँ।''

''मगर इस वक़्त यह खटराग तुम कहाँ फैलाओगी? मैं तुम्हें बोर करना नहीं चाहता।''

मुसकराकर बोली, ''अच्छा, बाई-बाई!''

''बाई-बाई!'' मैंने कहा और गाड़ी स्टार्ट की।

दूर निकल आने के बाद मैं ठिठका। वह मुझे क्यों रोक रही थी? मैंने ब्रेक लगाए, बीच सड़क पर गाड़ी रोककर सोच में पड़ गया। फिर मैंने तेज़ी से गाड़ी स्टार्ट करके मोड़ी और फर्राटे भरता हुआ उसके घर की तरफ़ चला।

गाड़ी कोठी के अहाते में दाख़िल की। रुका, उस कमरे का अनुमान लगाया जो अनीसा ने बताया था कि यह उसका कमरा है, और बाक़ी कमरों में अलग-थलग है। और यह भी तो बताया था कि 'मैं रात गए तक जागती रहती हूँ और पढ़ती रहती हूँ।' मगर इस वक़्त तो कमरा अँधेरे में डूबा हुआ था। रोशनी की कोई किरन किसी खिड़की, किसी शीशे से छनती नज़र नहीं आ रही थी। मैंने बहुत बेदिली से गाड़ी मोड़ी और वापिस हो लिया।

''अरे!'' मैं चलते-चलते ठिठका। इम्पीरियल की इमारत गिरी पड़ी थी। चहारदीवारी बिलकुल ढह गई थी। फ़्लोर पर मनों मिट्टी पड़ी थी।

खड़ा देखता रहा। जाना आगे था। मगर फिर क़दम आगे की तरफ़ उठे ही नहीं। वहीं से पलट लिया। पलटते-पलटते नज़र अचानक सन्दली बिल्ली पर जा पड़ी। वह मनों मिट्टी में दबे फ़्लोर के आस-पास उस झुटपुटे में साये की तरह भटक रही थी। अब वह कितनी मैली और दुबली हो गई थी!

''चूहो! तुम फिर आ गए?'' अफ़ज़ाल ने मंडली जमी देखी और हैरान हुआ।

''हम गए कहाँ थे?'' सलामत और अजमल इकट्ठे बोले।

''सलामत!'' अफ़ज़ाल सलामत से पूछने लगा ''तुझे अमरीका का जो

स्कॉलरशिप मिल रहा था, उसका क्या हुआ? मैं समझ रहा था कि तू अब तक अमरीका पहुँच चुका होगा।''

''अमरीका!'' सलामत ने हिक़ारत-भरे लहजे में कहा, ''तुम्हें पता है कि मैं ऐंटी-अमरीकन हूँ। स्कॉलरशिप की आफ़र हुई थी, मगर मैंने रिजेक्ट कर दी।''

इरफ़ान सलामत को देखकर ख़ामोशी से मुसकराया।

''चूहे! तू क्यों हँस रहा है?''

''कुछ नहीं। मैं बिलकुल नहीं बोलूँगा।'' इरफ़ान ने मुसकराहट को क़ाबू में करके संजीदा-सी सूरत बना ली। सलामत ने उसे ग़ुस्से से देखा, मगर चुप रहा।

''और अजमल, तू?''

''मैं?'' अजमल ने निहायत संजीदगी से ऐलान किया, ''अय्यूब डिक्टेटरशिप के साथ रिकंसाइल नहीं कर सकता था। मैं निकल आया।''

''या निकाल दिया गया?'' अफ़ज़ाल ने फिर अर्थपूर्ण नज़रों से इरफ़ान को देखा।

''मैं ख़ामोश हूँ।'' इरफ़ान एक हलकी-सी मुसकराहट के साथ बोला।

इरफ़ान भी तो फिर शीराज़ में नज़र आने लगा था। दिन-दिन भर और रात-रात भर अख़बार में सिर खपाने के बाद उसे काम को निबटाने और दफ़्तर से निकल भागने के तरीक़े आ गए थे।

सब यार एक-एक करके वापिस आए, मगर गए हुए दिन वापिस नहीं आए।

5

शहर अब एक नए नारे के जादू में था। पुराने नारों की पकड़ ढीली पड़ चुकी थी, अगरचे उन्हें हवा देने वाले इश्तिहार उसी तरह लगे हुए थे। उसी तरह सब गालियाँ, सब इलज़ाम दीवार-दीवार दर्ज थे। किसी धूप, किसी बारिश ने उनका कुछ नहीं बिगाड़ा था। फिर भी सबका रंग, सबके लफ़्ज़ हलके पड़ चुके थे। उसने दीवारों को देखा और ताज्जुब किया कि नारे कितनी जल्दी बासी हो जाते हैं। नया नारा आँधी-धाँदी आया और दीवारों, कारों, ब्लैकबोर्डों पर छाता चला गया। क्रश इंडिया, क्रश इंडिया! घर-घर एक ही चर्चा, महफ़िल-महफ़िल एक ही गुफ़्तगू—जंग, जंग, जंग! एक ही सवाल कि घर-बाहर हर जगह उसका पीछा कर रहा था : जंग होगी या नहीं होगी?

''मौलाना साहिब! तुम्हारे करामत का ख़त आया है। आजकल वह ढाका में लगा हुआ है।''

"क्या लिखता है, ख़ैरियत से तो है न?"

"वैसे तो ख़ैरियत ही से है, मगर ख़त से लगता है कि कुछ परेशान है।"

"परेशान इस ज़माने में कौन नहीं है?"

"हाँ यह बात तो है, हालात तो दिनोंदिन ख़राब ही होते जा रहे हैं।" ख़्वाजा साहिब यह कहते-कहते उसकी तरफ़ सम्बोधित हुए, "क्यों ज़ाकिर पुत्तर?"

"जी हाँ, हालात कुछ अच्छे नहीं हैं।"

"ख़बरें क्या हैं?"

"ख़बरें? कोई ख़ास ख़बर तो है नहीं।"

"मौलाना साहिब!" ख़्वाजा साहिब अब्बाजान से कहने लगे, "हमारे बेटों को क्या हो गया है! इतने घूमते-फिरते हैं, ख़बर पूछो तो कहते हैं कि कोई ख़बर नहीं। सलामत से पूछता हूँ तो एक ही ख़बर सुनाता है कि इंक़िलाब आ रहा है। मैंने कहा कि पुत्तरा! इंक़िलाब नहीं आ रहा है, जंग आ रही है। बोला, बस उसी के साथ इंक़िलाब आएगा। मैंने कहा कि बदबख़्त, देखता नहीं पूर्वी पाकिस्तान में क्या हो रहा है! क्या जवाब देता है कि पूर्वी पाकिस्तान आज़ाद हो रहा है। मैंने कहा कि 'निकल जा हराम दे पुत्तर मेरे घर से।'"

"अल्लाह हम पे रहम करे!" अब्बाजान ने सिर्फ़ इतना ही कहा और हुक्के की नै मुँह में दबा ली।

"हाँ, अल्लाह रहम करे, हालात ख़राब हैं। आज सुबह ही की बात है, मैं नमाज़ पढ़के लौटा तो देखा कि फ़ौजी गाड़ियाँ वाघा की तरफ़ जा रही हैं। बहुत गाड़ियाँ थीं।" रुके, फिर उससे कहने लगे, "पुत्तर! क्या ख़याल है, जंग होगी या नहीं होगी?"

"आपका क्या ख़याल है?" उसने उनका सवाल उन्हें लौटा दिया।

ख़्वाजा साहिब ने अपनी तरफ़ आए सवाल को अब्बाजान की तरफ़ धकेल दिया, "मौलाना साहिब! बेटे के सवाल का जवाब दो।"

अब्बाजान ख़ामोश हुक़्क़ा पीते रहे। मगर ख़्वाजा साहिब उनकी तरफ़ तके जा रहे थे। आख़िर उन्होंने नै से मुँह हटाया, हुक़्क़ा ख़्वाजा साहिब की तरफ़ सरकाया और उससे कहने लगे, "बेटे, सियासी मामले तो तुम समझो। हम एक बात जानते हैं और तुमसे कहते हैं कि जब हाकिम ज़ालिम हो जाएँ और औलादें सरकश हो जाए तो फिर ख़ल्क़ेख़ुदा पर कोई भी आफ़त टूट सकती है।"

"जब हाकिम ज़ालिम हो जाएँ!" वह ठिठका, "जब हाकिम ज़ालिम हो जाएँगे तो रिआया ख़ाक चाटेगी।" अब्बाजान का कहा हुआ भूला-बिसरा फ़िक़रा उसके ज़हन में गूँज गया।

"बिलकुल ठीक है।" ख़्वाजा साहिब का सिर झुक गया।

दोनों बुज़ुर्गों को ख़ामोश देखकर उसने मौक़ा बढ़िया समझा और वहाँ से सरक लिया।

नज़ीरा की दुकान पर भी यही ज़िक्र था। सिगरेट की डिबिया उसे पकड़ाते-पकड़ाते सवाल कर डाला, ''ज़ाकिर साहिब जी! आपका क्या ख़याल है, जंग होगी?''

''तुम्हारा अपना क्या ख़याल है?''

''पता नहीं जी, लोग कह रहे हैं।''

करीम बख़्श, जो कि दुकान के नीचे रखे हुए मूँढे पर डटा बैठा था, यक़ीनी तौर से ऐलान करता बोला, ''जंग तो जी अब होवे ई होवे।''

''करीम बख़्श! तूने यह कैसे जाना?''

''मैं फ़ज्र[1] की नमाज़ पढ़ता हूँ, तू पढ़ता है?''

''नहीं।''

''पढ़, फिर पता चल जावेगा। शाम को आसमान का कुछ पता नहीं चलता, इतना शोर होता है। उस वक़्त तो वह गूँजा होता है। फ़ज्र को उठ के देखो, उस वक़्त आसमान बोलता है। आजकल तो दुमदार सितारा निकला हुआ है।''

''यार, सुना तो है पर मुझे यक़ीन नहीं आया।''

''सुबह को उठ और आसमान को देख, यक़ीन आ जावेगा। दुम बिलकुल झाड़ू की तरह है।''

''यार, कहीं झाड़ू ही न फिर जावे!''

शीराज़ में उसने अभी क़दम रखा ही था और इरफ़ान से, जो वहाँ पहले ही से बैठा हुआ था, अलैक-सलैक की ही थी कि सलामत अपनी पलटन समेत दाख़िल हुआ। सलामत के साथ अब सिर्फ़ अजमल नहीं था, एक पूरी टोली थी। और, अब अपनी लीडराना हैसियत का लिहाज़ रखते हुए वह ज़्यादा ठस्से से बात करता था।

''रजअतपसन्दो[2]!'' सलामत ने पहले उसे, फिर इरफ़ान को घूर कर देखा। ''क्या ख़याल है तुम्हारा, जंग होगी या नहीं होगी?''

''काश! जंग मेरे ख़याल के तावे होती।'' इरफ़ान का लहजा व्यंग्यपूर्ण था।

सलामत का चेहरा फ़ौरन ही तन गया ''इरफ़ान! तुम्हारे शाइस्ता हास्य और व्यंग्य का ज़माना गुज़र चुका है। यह बोर, पुराने हथियार हैं जो कुंद हो चुके हैं। आज तुम्हें सीधा जवाब देना होगा कि तुम जंग चाहते हो या नहीं चाहते? आज इस कमिटमेंट से तुम नहीं बच सकते।''

''कमिटमेंट!'' इरफ़ान ने विरोध किया, ''सलामत, तुमने ग़लत दरवाज़े पर दस्तक दी है। मेरा कमिटमेंट न जंग को रोक सकता है, न जंग करा सकता है।''

''वक़्त के सवाल से बच निकलने की वही सड़ी-गली, जंग खाई, बोर, रिवायती तकनीक।'' सलामत ने इरफ़ान को तिरस्कार से देखा और फिर उससे बोला, ''और तुम ज़ाकिर? तुम क्या कहते हो?''

---

1. सुबह, 2. प्रतिक्रियावादी।

"मैं! मैं क्या कहूँगा?"

"तुम जंग के हक़ में हो या जंग के ख़िलाफ़ हो।"

वह सोच में पड़ गया, "पता नहीं, यार।" रुककर बोला, "कुछ पता नहीं चल रहा कि आज मैं किस चीज़ के हक़ में हूँ, और किस चीज़ के ख़िलाफ़ हूँ।"

अजमल ने घूर कर उसे देखा, "यह शख़्स हमें कन्फ़्यूज़ करना चाहता है।"

पलटन में से दूसरा बोला, "जब हालात ठोस होकर सामने आते हैं और कमिटमेंट माँगते हैं तो रजअतपसन्द बौखला जाते हैं।"

सलामत ने आसतीनें उठाईं, ग़ुस्सैली नज़रें चारों तरफ़ डालीं। वह एक भरपूर तक़रीर के लिए पर तोल रहा था, "कन्फ़्यूज़ करो—यह सामराजियों का पुराना हथकंडा है। आज सब सामराजी एजेंट यही कर रहे हैं।" फिर दाँत किचकिचाए और मेज़ पर मुक्का मारा, "सामराजी देव! तुम्हारे हथकंडे अब नहीं चलेंगे। तुम हिन्दुस्तान से कंफ़ेडरेशन करके अपने-आपको बचा ले जाना चाहते हो, ग़रीबों की आवाज़ को दबाना चाहते हो। ये हथकंडे नहीं चलेंगे। हिन्दुस्तान के साथ कंफ़ेडरेशन नहीं होगा, जंग होगी।" यह सलामत ने इतने ऊँचे लहजे में कहा कि शीराज़ में बैठे हुए सब लोग सुन लें। उन्होंने सुना और उसे और इरफ़ान को ऐसी नज़रों से देखा जैसे वे पाकिस्तान के ख़िलाफ़ कोई बड़ी साज़िश करते हुए पकड़े गए हैं। सलामत ने चारों ओर इत्मीनान-भरी नज़र डाली और फिर शुरू हो गया, "जंग होगी और तुम जिस सड़े-गले निज़ाम के सहारे खड़े हो, उसके परखचे उड़ जाएँगे। यह जो तुम अपने सड़े और बासी, अख़लाकी क़दरें[1] लिये फिर रहे हो और समाज में गन्द फैला रहे हो, इनमें से कोई क़दर बाक़ी नहीं बचेगी! मेरा खूसट दकियानूस बाप मुझसे पूछने लगा कि फिर बाक़ी क्या बचेगा? मैंने कहा कि बुड्ढे, मैं बाक़ी बचूँगा, मैं, इंक़िलाब।"

अफ़ज़ाल जाने किस वक़्त ख़ामोशी से बैठ गया और सलामत को घूरे जा रहा था। जब तक़रीर ख़त्म हुई तो उसने ज़बान खोली, "चूहे, तेरे ख़यालों से इतनी ज़हरीली दुर्गंध उठती है कि अब शीराज़ आने के लिए मुझे गैस-मास्क पहननी पड़ेगी।"

सलामत ने तनतनाई नज़रों से अफ़ज़ाल को देखा। एक दफ़ा फिर मेज़ पर मुक्का मारा और चिल्लाया, "रजअतपसन्दो, सामराज के पिट्ठुओ! सरमायादारों के बूट चाटने वालो! तुम्हारे हिसाब का वक़्त आ गया है।"

"काके, हौले बोल। आदमी तो पिद्दी-सा है और हलक़ से आवाज़ इतनी ऊँची निकलती है!"

सलामत को अफ़ज़ाल के बोलने के अन्दाज़ ने बौखला दिया कि यह बोलने का अन्दाज़ उसकी लीडराना हैसियत पर एक करारी चोट था। शोले बरसाती नज़रों

1. नैतिक मूल्य।

से उसे घूरते हुए एकदम से उठ खड़ा हुआ, ''अवाम के ख़िलाफ़ तुम्हारी साज़िश नहीं चलेगी।''

''नहीं चलेगी, नहीं चलेगी!'' पूरी पलटन ने नारे लगाने शुरू कर दिए और नारे लगाते-लगाते शीराज़ से निकल गए।

पलटन के निकलते ही ख़ामोशी छा गई। तीनों कुछ देर चुप बैठे रहे। फिर अफ़ज़ाल बड़बड़ाया, ''यार, ये इंक़िलाबी तो हमें बरबाद कर देंगे। और यह चूहा कितना बोलता है!''

''यह इन ही लोगों के बोलने का ज़माना है,'' इरफ़ान बोल।

''जब जूते के तस्मे बोलेंगे और कलाम करने वाले चुप हो जाएँगे।'' वह चौंक पड़ा। कब की बात उसे याद आई है? इन दिनों उसके साथ यही हो रहा है। ऐसे ही कोई भूली-बिसरी कहावत, कोई अब्बाजान का कहा हुआ फ़िक़रा, कोई भी अम्माँ की कही हुई बात अचानक ही याद आ जाती और तुरन्त ही बिसर जाती, जैसे साँप घास में से सिर निकाले और फ़ौरन ही घास में गुम हो जाए।

''काके! ऐसे ज़मानों में ऐसा ही होता है,'' अफ़ज़ाल बोला, ''गले ताक़तवर हो जाते हैं और ज़हन कमज़ोर पड़ जाते हैं। जब मैं इस बदनुमा आदमी की आवाज़ सुनता हूँ तो लगता है कि स्कूटर में ट्रक का हॉर्न लग गया है। जब उसके सिर पर नज़र डालता हूँ तो मुझे वह शाह दौले का चूहा नज़र आता है। मैंने कई बार सोचा कि उसके सिर को छूके देखूँ, मगर मेरी तबीयत गिजगिजा जाती है जैसे कोई गिलगिली चीज़ छू ली हो। मैं हाथ खींच लेता हूँ।'' वह रुका, बड़बड़ाया, ''चूहे! चुप हो गया।'' फिर सोचते हुए डरी-सी आवाज़ में बोला, ''यार! कभी-कभी चलते हुए मुझे ऐसा लगता है कि मैं अकेला आदमी हूँ कि चल रहा हूँ, बाक़ी पंजों पर दौड़ रहे हैं। और आवाज़-सी आती है जैसे कोई कुछ कुतर रहा हो।'' वह चुप हो गया। चुप बैठा रहा, गहरी सोच में डूबा हुआ। फिर बोला, ''यारो, उसका कुछ करो।''

''अफ़ज़ाल! आज तुमने ज़्यादा पी ली है।''

''काके! जो कहता हूँ उसे ग़ौर से सुन।'' अफ़ज़ाल ने इरफ़ान की आँखों में आँखें डालकर कहा। फिर वह क़रीब सरक आया और धीमी राजदाराना आवाज़ में बोला, ''पाकिस्तान एक अमानत है। तुम दोनों मेरे बाज़ू बन जाओ। मैं इस अमानत को सँभालता हूँ। नहीं तो ये चूहे इस पाकिस्तान को कुतर-कुतरकर इसका बुरादा बना देंगे।''

सफ़ेद सिर वाला आदमी अपनी मेज़ से उठा, क़रीब आया, बोला, ''अफ़ज़ाल साहिब! आप सच कहते हैं, पाकिस्तान एक अमानत है।''

अफ़ज़ाल ने सफ़ेद सिर वाले को घूरकर देखा। ''सफ़ेद सिर वाले आदमी! तू इस वक़्त वापिस चला जा! मैं इस वक़्त इन दो महान आदमियों को हिदायात दे रहा हूँ।''

"ठीक है, ठीक है," सफ़ेद सिर वाला आदमी वापिस अपनी मेज़ पर गया और अख़बार पढ़ने में व्यस्त हो गया।

अफ़ज़ाल उठ खड़ा हुआ।

"क्यों, जा रहे हो?"

"हाँ यार! नशा ग़ारत हो गया। अब मुझे एक पव्वा और पीना पड़ेगा।" वह रुका, फिर बड़बड़ाया, "चूहे! लग रहा था कि सब अभी शराब के मटके में डुबकी खाकर निकले हैं और अपनी दुमों पर खड़े हैं।" चुप हुआ, कुछ सोचा, फिर बाहर निकल गया।

सफ़ेद सिर वाले आदमी ने अख़बार से सिर उठाया। देखा कि अफ़ज़ाल चला गया है, उठकर आया, "वैसे क्या ख़याल है आपका, जंग होगी?"

"आपका क्या ख़याल है?" इरफ़ान ने जले-भुने लहजे में पूछा।

"मेरा ख़याल," सोच में पड़ गया, "साहिब, हालात बहुत ख़राब हैं।"

"अच्छे कब थे?"

"यह भी आप सच कहते हैं। हालात यहाँ अच्छे कब हुए थे?"

वह चुप हुआ, फिर बड़बड़ाया, "हम बदक़िस्मत लोग हैं।" वापिस अपनी जगह जा बैठा। फिर अब्दुल को आवाज़ दी, बिल अदा किया और चला गया।

"कहता है, मेरे सिर के बाल हिजरत में सफ़ेद हुए हैं," इरफ़ान हँसा।

उसने संजीदगी से इरफ़ान को देखा, "एक बात तो है। हमने जब से इसे देखा है तब से यह शख़्स ऐसा ही है।"

"और कितनी पाबन्दी से यहाँ आता है!" इरफ़ान फिर थोड़ा हँसा। वह इस शख़्स के बारे में संजीदा होने के लिए तैयार नहीं था।

"शुरू ज़माने से आ रहा है इसी तरह। और उस ज़माने में भी इसके सिर के सारे बाल सफ़ेद थे। हम कहा करते थे कि इसके सिर पर बर्फ़ गिरी है।" रुका, चुप हो गया जैसे ख़यालों में खो गया हो। फिर कहने लगा, "यार, उस ज़माने के बाज़ लोग तो बिलकुल ही ग़ायब हो गए।" यह कहते-कहते ख़ुद भी ग़ायब हो गया। कितने भूले-बिसरे चेहरे एकदम से तसव्वुर में उमड़ आए थे। कोई-कोई धुँधला कि आँखों के सामने आया और सरक गया। कोई साफ़ और रोशन कि आँखों के सामने आकर ऐसा टिक गया, जैसे अब नहीं सरकेगा। मुल्ला बनौटिया, छोटा-सा आदमी कि मुट्ठी में आ जाए, छोटी दाढ़ी, ठिगना क़द। "बस जी मुझे तो ग्वालियरी पैसे ने बचा लिया।"

"मुल्ला, वह कैसे?"

"चलते हुए माल-असबाब सब वहीं पे छोड़ आया। बस एक ग्वालियरी पैसा अंटी में उड़स लिया। सिखों ने हमला किया तो मैंने कहा कि अबे मुल्लाँ! आज तेरे हुनर का इम्तहान है और बनौट की इज़्ज़त तेरे हाथ है। ग्वालियरी पैसा अंटी में से खोल रूमाल में बाँध एक दफ़ा जो घुमाया तो सभों की कलाइयाँ उतार दीं। बस जी, छक्के छुड़ा दिए।"

और करनालिया, सूखा चमरख़, गले में लटका पानों का खोमचा, सख़्त बातूनी। ''अमाँ, मैं भी वहीं से आया हूँ जहाँ से तुम्हारे लियाक़त अली खाँ आए हैं। बस एक आँच की कसर रह गई। करनालियों में यही तो गुन है। पूरा पक जावे तो वज़ीरे-आज़म, एक आँच की कसर रह जावे तो जूते बनावेगा या पान बेचेगा।''

और नूरो नानबाई, निख़ालिस अंबालवी होने का मुद्दई। ''सैयद साहिब! इनमें से कोई अंबाले वाला नहीं है। सब साले साढोरे के हैं, ज़ात के शेख़। अंबाले का पुछल्ला दुमों के साथ लगा लिया है। अंबाले का तो अकेला मैं हूँ। जब ही तो वो मुझसे आँख नहीं मिलाते। बस जी, पाकिस्तान में तो ऐसा ही है। वह साला लम्बू बग़चोंच कुरसी का रहने वाला अपने को नखलऊ का नवाब बताता है।''

शहरों से निकले हुए, शहरों की अमानतें सिरों पर उठाए हुए। यही होता है। शहर छुटकर भी नहीं छुटते। फिर तो और पकड़ लेते हैं। ज़मीन उस वक़्त घेरा डालती है, जब क़दमों तले से सरक जाती है। और बेशक मिट्टी की पकड़ सख़्त होती है, मगर मौलवी दियासलाई? वह कहाँ का रहने वाला था? न किसी से बोलना, न बात करना, अपने-आप में गुम और उन माचिस की डिबियों में जो ख़ाली अधखुली सामने बिछी बिसात पर पड़ी रहतीं—मौलवी दियासलाई, ये डिबिया कैसी हैं? बाबूजी, ये बस्तियाँ हैं। मौलवी दियासलाई! इनमें तीलियाँ तो हैं ही नहीं, सब ख़ाली हैं। बाबू, बस्तियाँ ख़ाली हो गईं।

बड़बड़ाया, ''कहाँ-कहाँ से लोग आए थे! जैसे पतंगें कटकर आती हैं। और किसी छत पर गिर पड़ती हैं।'' चुप हुआ और इरफ़ान को तकने लगा, ''यार इरफ़ान!''

''हूँ।''

''बहुत दिन हो गए हमें आए।''

इरफ़ान ने उसे घूर कर देखा, ''फिर?''

''फिर कुछ भी नहीं।'' रुका, फिर बोला, ''तुमने उस सफ़ेद सिर वाले आदमी की बात को हँसी में उड़ा दिया। मैं अन्दर से हिल गया। मुझे सारा पिछला ज़माना याद आ गया। ''यार!'' रुककर बोला, ''अब तो तेरे-मेरे बाल भी सफ़ेद हो चुके हैं।'' और उसकी नज़रें इरफ़ान की सफ़ेद कनपटी पर जम गईं।

''मगर हमारे बाल हिजरत में नहीं, पाकिस्तान की धूप में सफ़ेद हुए हैं।''

''पाकिस्तान की धूप!'' वह फिर जैसे ख़यालों में डूब गया हो। ''यार! हम इस शहर की धूप में कितना चले हैं! गरमी की दोपहरों में तपती माल हुआ करती थी और हमारे क़दम होते थे। हमारी आख़िरी मंज़िल पुल के पार वाला पीपल का पेड़ हुआ करता था। कितना घना था वह पेड़ और कितनी ठंडी हुआ करती थी उसकी छाँव! अब तो वह पेड़ है ही नहीं। सालों ने काट डाला।''

इरफ़ान ने उसकी बात का कोई जवाब नहीं दिया। मगर उस पर असर होना

शुरू हो गया था, जैसे वह भी पिछले दिनों में सफ़र करने पर उतारू हो। ''यार इरफ़ान! मैं सोचता हूँ कि वे दिन हम पर सख़्त ज़रूर थे, मगर अच्छे थे।''

''हाँ, वे दिन अच्छे ही थे।''

''वे दिन भी और वे लोग भी।''

''और अब?'' इरफ़ान ने उसे घूर कर देखा।

''हाँ, और अब?'' आवाज़ इतनी मरी हुई थी कि जैसे वह ढह गया हो।

देर तक चुप बैठे रहे—अपने-अपने ख़यालों में गुम। फिर उसने इरफ़ान की तरफ़ देखा। देखता रहा जैसे कुछ कहना चाहता हो, मगर झिझक रहा हो।

''यार इरफ़ान!''

इरफ़ान ने उसकी तरफ़ देखा, मगर वह चुप था।

''क्या बात है?''

''यार!'' रुका, फिर कुछ झिझकते हुए बोला, ''यार, पाकिस्तान ठीक बना था?''

इरफ़ान ने उसे तेज़ नज़रों से देखा, ''तुम पर भी सलामत का असर हो गया है?''

''सलामत का नहीं, यह तुम्हारा असर है।''

''कैसे?''

''शक की जब शुरुआत हो जाए तो फिर उसकी कोई इंतिहा नहीं होती।''

इरफ़ान ने कोई जवाब नहीं दिया। किसी क़दर बेरहमी से उसे देखा और चुप्पी साध ली, वह भी चुप बैठा रहा।

''मैं बस एक बात जानता हूँ,'' आख़िर इरफ़ान बोला, ''ग़लत लोगों के हाथों में आकर सही बात भी ग़लत हो जाती है।'' और फ़ौरन ही उठ खड़ा हुआ।

''जा रहे हो?''

''ड्यूटी पर नहीं जाना है?'' और फ़ौरन ही निकल गया।

शीराज़ में उस वक़्त बहुत सुकून था। अधिकतर मेज़ें ख़ाली थीं। जो मेज़ें भरी थीं, उन पर भी ज़्यादा शोर नहीं था। इसलिए सोचा कि अभी थोड़ी देर यहाँ इत्मीनान से बैठा जा सकता है। भविष्य में कोई ख़तरा नज़र नहीं आ रहा था। सलामत की बला आकर गुज़र चुकी थी।

मैनेजर ने काउंटर पर बैठे-बैठे देखा कि वह अकेला है। वह उठकर उसके पास आ गया।

''ज़ाकिर साहिब! क्या ख़याल है, जंग होगी?'' उससे ऐसे पूछा, जैसे यह राज़ की बात सिर्फ़ उसे मालूम है।

वह गड़बड़ा गया कि क्या जवाब दे? फिर बोला, ''पता नहीं, क्या होने वाला है?''

"ठीक कहा! किसी को कुछ पता नहीं है कि क्या होने वाला है। मैं जिससे पूछता हूँ वह यही जवाब देता है कि पता नहीं क्या होने वाला है। मगर फ़ौजों की मूवमेंट इस वक़्त बहुत है।"

उसने अनमने भाव से हूँ-हाँ की और उकताकर उठ खड़ा हुआ। बाहर निकलकर कुछ इत्मीनान की साँस ली।

फिर वही दीवारें, दीवारों पर लगे हुए बड़े-बड़े इश्तिहार। उसकी नज़रें अनजाने में ही फिर उन इश्तिहारों के बीच भटक रही थीं। अब शाम के साये फैलते जा रहे थे और इश्तिहारों के लफ़्ज़ उतने रोशन नहीं रहे थे। मगर उसकी नज़रें दीवारों के इश्तिहारों से गुज़रकर कुछ पढ़ने की कोशिश कर रही थीं। ये तो इश्तिहार हैं, लेकिन दीवार पर क्या लिखा है?[1] यूँ भी तो अकसर हुआ है कि दीवारों पर कुछ लिखा गया, दीवार का लेख कुछ निकला। मगर दीवारें इश्तिहारों से पटी पड़ी थीं। दीवार की लिखावट से बेख़बर, इश्तिहारों और नारों के जादू में चलते हुए लोग। जैसे सोते में हैं और चल रहे हैं, चल रहे हैं!

कौन? बराबर से गुज़रते हुए आदमी को देखकर वह ठिठक गया। कई शख़्स आगे-पीछे उसके बराबर से गुज़रे। सूरतें साफ़ तो नज़र नहीं आईं क्योंकि शाम का धुँधलका था और रोशनी का खम्भा उससे किसी क़दर दूर था। यह रोशनी न होने की वजह से है कि धुँधलके में सूरतें अजब-सी नज़र आती हैं या वाक़ई उनकी सूरतें ऐसी ही हैं? एक शख़्स फिर बराबर से गुज़रा। मगर इस बार या तो उसकी नज़रों ने चूक की या वह तेज़ी से गुज़र गया। बहरहाल वह उस शख़्स की सूरत नहीं देख सका। फिर वह इस इन्तज़ार में रहा कि अब जो शख़्स उसके बराबर से गुज़रेगा, वह ग़ौर से उसका चेहरा देखेगा। मगर कोई बराबर से नहीं गुज़रा। आज लोग इतने कम! वह हैरान हुआ। शाम को तो माल पर बहुत भीड़भाड़ होती है। आज क्या हुआ?

और जब वह यह सोच रहा था तो अचानक दो चमकती हुई आँखों से उसकी आँखें लड़ गईं—बिल्ली। फ़ुटपाथ से लगे पेड़ों के बीच बैठी हुई बिल्ली उसे जैसे घूर रही थी। वह बराबर से गुज़रा, मगर वह नहीं हिली, जैसे जमी बैठी हो। बर्फ़ की मूरत-सी बिल्ली। उसकी चिनगारी जैसी आँखें उसे घूर रही थीं। बराबर से एक शख़्स गुज़रा चला गया। वह उस शख़्स की सूरत नहीं देख सका। उसे चलते हुए देख रहा था। यह शख़्स चल कैसे रहा है? वह इतना ही सोच पाया था कि वह बराबर की सड़क पर मुड़ा और नज़रों से ओझल हो गया। वह शख़्स आख़िर चल कैसे रहा था? इस तरह बराबर से गुज़रा कि उसके क़दमों की आहट ही सुनाई नहीं दी। लोग आज कैसे चल रहे हैं? वह सामने से आते हुए एक शख़्स के उठते-गिरते क़दम देखकर हैरान हुआ। अब उसकी नज़रें लोगों के चेहरों पर नहीं, क़दमों पर

1. अँग्रेज़ी के मुहावरे 'राइटिंग ऑन द वाल' के सन्दर्भ में।

थीं। आसपास चलते हुए अलग-अलग लोगों की टाँगों को, उनके उठते हुए क़दमों को ग़ौर से देखने की कोशिश करने लगा।

हम ग़ौर नहीं करते, वरना आदमी अपनी दो टाँगों पर चलता हुआ कितना अजब लगता है, या शायद आज लग रहा है! आदमी अपनी चाल से पहचाना जाता है। हर आदमी, हर इंसान। मगर ये तो ऐसे चल रहे हैं, जैसे अपनी पहचान खो चुके हों। और मैं? कहीं मैं भी तो ऐसे ही नहीं चल रहा हूँ? नहीं, उसने पूरे विश्वास से दिल-ही-दिल कहा और फिर फ़ौरन अपनी चाल का जायज़ा लेने लगा। 'मैं ऐसे तो नहीं चला करता था', वह बड़बड़ाया। फिर उसने अपनी चाल ठीक करने की कोशिश की। क़दमों को सावधानी से उठाया, सावधानी से रखा। मगर जैसे उसकी चाल बिगड़ती चली जा रही हो। आज मेरी चाल को क्या हो गया है? रुका, फिर सोचा कि आज से पहले कभी उसने अपनी चाल पर ध्यान भी तो नहीं किया था। हम चलते रहते हैं और कभी ध्यान नहीं करते कि कैसे चल रहे हैं। यह मैं चल रहा हूँ। वह एकदम से ठिठक गया। अपनी ग़ैरइंसानी-सी चाल को देखकर उसे अजीब-सा ख़याल आया कि वह नहीं, उसकी जगह कोई और चल रहा है। मगर कौन? वह दुविधा में पड़ गया। धीरे-धीरे उसने अपने शक पर क़ाबू पाया। नाप-तोल कर क़दम उठाए, क़दमों की चाप को सुना। नहीं, मैं ही हूँ। मैं यहाँ अपने शहर के इस पुख़्ता फ़ुटपाथ पर, और यह मेरे क़दमों की चाप है। मगर जब वह इस तरह अपने-आपको इत्मीनान दिला रहा था तो उसे वहम-सा हुआ कि उसके क़दमों की चाप उसके क़दमों से दूर होती जा रही है। अजब बात है! मैं यहाँ चल रहा हूँ और क़दमों की चाप वहाँ से आ रही है...। कहाँ से...? या शायद मैं यहाँ हूँ और चल कहीं और रहा हूँ...? कहाँ...? मैं कहाँ चल रहा हूँ? किस ज़मीन पर क़दम पड़ रहे हैं?

उसने हैरान होकर इर्द-गिर्द नज़र डाली। सब सुनसान, वीरान। जैसे बस्ती ख़ाली हो गई हो, जैसे दियासलाई की डिबिया ख़ाली हो जाती है। मकान, बस्तियाँ —सब ख़ाली। कोई आहट, कोई आवाज़, किसी क़दम की चाप—कुछ नहीं। बस चारों तरफ़ से आती हुई कुतरने की आवाज़, जैसे बहुत-से चूहे कुछ कुतर रहे हों। आतंक से ग्रस्त, अचम्भे में डूबा एक कूचे से दूसरे कूचे में, दूसरे कुचे से तीसरे कूचे में। एक कुचे में चलते-चलते उसने आगे रास्ता बन्द पाया। अब क्या किया जाए? हवेली का फाटक बन्द था। उसने बन्द फाटक पर दस्तक दी।

"कोई है?" पुकार पूरी बस्ती में गूँज गई—कोई है, कोई है। जैसे वह आदिकाल से इस बन्द फाटक पर खड़ा हो और पुकार रहा हो। "कोई है?" अपने दो पैरों पर खड़ी एक बिल्ली ने दरवाज़ा खोला। उसे घूर कर देखा और दरवाज़ा बन्द कर लिया। बत्ती हरी से लाल हो गई। वह ज़ेबरा-क्रासिंग को पार करने लगा था कि रुक गया। रुकी हुई मोटरें, रिक्शाएँ और स्कूटर ऐसे अचानक सामने से गुज़रे, जैसे दरिया का बन्द टूट गया हो।

6

यार ज़ाकिर!

पहले तुम मेरा रस्मी सलाम लो और जान लो कि मैं ख़ैरियत[1] से हूँ। और तुम्हारी ख़ैरो-आफ़ियत नेक मतलूब है।[2]

तुम हैरान होकर सोच रहे होगे कि क़म्बख़्त को ख़त लिखने की किस वक़्त सूझी है और ख़ैरियत भेजने और मालूम करने का किस आलम में ख़याल आया है! मैं भी यही सोच रहा हूँ कि कितने बरस से न मैंने ख़त लिखा, न तुमने याद किया। और अब इस ग़ैर-वक़्त में यकायक तुम याद आ गए हो, और मैं ख़त लिख रहा हूँ। मुझे डाक की बदइन्तज़ामी को देखते हुए यह भी एतिबार नहीं कि यह ख़त तुम्हें मिलेगा। पर फिर भी लिख रहा हूँ। आख़िर क्यों? अभी बताता हूँ। पहले यह सुन लो कि मैंने अपना महकमा एक बार फिर तब्दील कर लिया है। अब रेडियो में आ गया हूँ। एक फ़ायदा तो यहाँ आने से यह हुआ कि फ़ाइलों के बोर कारोबार से अच्छी-ख़ासी छुट्टी मिल गई है। यहाँ वास्ता लोगों से पड़ता है, फ़ाइलों से नहीं। फ़ाइलों के मुक़ाबले में यह मुश्किल काम है, मगर बोर काम नहीं है।

यार! यहाँ आकर एक अजब लड़की को देखा। मेरे तो सानोगुमान नें भी नहीं था कि कभी उससे मुठभेड़ होगी। गेहुँवा रंग, पतले-पतले नक़्श, छरहरा बदन, दरमियाना क़द, तौर-तरीके सीधे-सच्चे, हमेशा सफ़ेद सूती साड़ी में नज़र आती है। सीधी माँग निकालकर चुटिया बाँधती है, फिर भी एक लट कभी-कभी उसके मुँह पर पड़ी दिखाई देती है। लिये-दिये रहती है। चुप-चुप, उदास-उदास। यार, उसकी सादगी और उदासी ने मिलकर मुझे लूट लिया। मेरे इस फ़िक़रे पर ठिठकने की ज़रूरत नहीं है। पहले पूरी बात सुन लो।

मुझे वक़्तन-फ़वक़्तन न्यूज़ रूम में भी जाना पड़ता है। मेरी-उसकी मुठभेड़ वहीं हुई। उससे पहले मैंने आते-जाते उसे देखा था। मेरी जानकारी में यह बात थी कि वह यहाँ अनाउंसर है। उसका नाम भी कान में पड़ा हुआ था। मगर फिर भी उसके बारे में मैं ऐसा उत्सुक नहीं हुआ। सादगी शुरू में आदमी से कुछ नहीं कहती और उदासी धीरे-धीरे जादू बनती है। वह चुपचाप आती, ढाका के बारे में ख़बरें मालूम करती और चली जाती। ख़बरें चिंताजनक होतीं, मगर क्या मजाल कि उसके चेहरे से कोई परेशानी का इज़हार हो जाए। यह मैंने अपनी अटकल से जाना कि यह लड़की इन ख़बरों पर अन्दर से बहुत परेशान है। मैंने उससे एक रोज़ पूछ लिया, "बीबी! ढाका में आपके कोई अज़ीज़[3] हैं?"

"जी हाँ, वहाँ मेरी वालिदा और बहन हैं।"

"ख़त-वत आ रहे हैं?"

---

1. सकुशल, 2. आशा करता हूँ कि तुम भी सकुशल होगे, 3. प्रियजन, बन्धु बान्धव।

''आख़िरी ख़त दो हफ़्ते पहले आया था। उसके बाद से मैं दो ख़त भेज चुकी हूँ। तार भी दिया, कोई जवाब नहीं आया।''

''मगर रेडियो पर आने वाली ख़बरों से आपको क्या पता चलेगा?''

''कम-से-कम शहर की हालत का अन्दाज़ा तो हो सकेगा।''

''तो फिर मेरे कमरे में आएँ। मेरी मेज़ पर ढाका के सारे अख़बार होते हैं।''

इसके बाद उसने मेरे कमरे में आना शुरू कर दिया। पाबन्दी से रोज़ आती, ढाका के सारे अख़बारों को काफ़ी ग़ौर से और देर तक पढ़ा करती और चली जाती।

''आपके बाक़ी अज़ीज़ कहाँ हैं?'' एक दिन मैंने पूछा।

''कोई कराची में है, कोई लाहौर में, कोई इस्लामाबाद में।''

''और यहाँ?''

''यहाँ तो अब कोई नहीं है।''

''यहाँ सिर्फ़ आप हैं?''

''जी, मैं हिन्दुस्तान में अकेली हूँ।''

भरे हिन्दुस्तान में अकेली रह जाने वाली एक मुसलमान महिला—मुझे यह बात अजीब-सी लगी। मुझे यह पता है कि यहाँ से पूरे-पूरे ख़ानदान पाकिस्तान चले गए, और पीछे कोई एक फ़र्द रह गया है। मगर यह फ़र्द आम तौर पर बूढ़ा आदमी पाया गया है। अकेले रह जाने वाले उन बूढ़ों को जायदाद के ख़याल ने नहीं रोका है, क़ब्र के ख़याल ने रोका है। जायदाद का क्या है, उसका तो पाकिस्तान में जाकर क्लेम दाख़िल किया जा सकता है और जाली क्लेम दाख़िल करके हर छोटी जायदाद के बदले में बड़ी जायदाद हासिल की जा सकती है। मगर क़ब्र का कोई क्लेम दाख़िल नहीं किया जा सकता। व्यासपुर में वह जो कोटला वाले हकीमजी थे न, उनका पूरा ख़ानदान पाकिस्तान चला गया। वह अपने ठिए पर बैठे रहे और बीमारों की नब्ज़ें देखते रहे। मैंने पूछा, ''हकीम जी! आप पाकिस्तान नहीं गए?''

''नहीं लाला।''

''कारण?''

''लाला! कारण मालूम करते हो? तुमने हमारा क़ब्रिस्तान देखा है?''

''नहीं।''

''ज़रा कभी जाके देखो। एक से एक घना पेड़ है। पाकिस्तान में मेरी क़ब्र को ऐसी छाँव कहाँ मिलेगी?''

मैं दिल में हँसा। यार, तुम मुसलमान लोग ख़ूब हो! यूँ अरब के रेगिस्तानों की तरफ़ देखते हो, मगर क़ब्रों के लिए तुम्हें हिन्दुस्तान की छाँव भाती है। यहाँ पीछे रह जाने वाले बूढ़ों को देखकर मैंने यह जाना कि मुसलमानों की तहज़ीब में क़ब्र

कितनी बड़ी ताक़त है! मगर क्या इस लड़की को भी क़ब्र के ख़याल ने बाँध रखा है? इस ख़याल ने मुझे चकरा दिया। एक रोज़ मैंने उससे पूछ लिया, "आपका पूरा परिवार पाकिस्तान में जा चुका है। आप नहीं गईं?"

"जी, मैं नहीं गई।"

"कारण?"

"कोई ज़रूरी तो नहीं कि हर बात का कोई कारण भी हो।"

"कोई ज़रूरी तो नहीं, पर फिर भी?"

"फिर भी यह कि मैं पाकिस्तान चली भी जाती तो क्या फ़र्क़ पड़ता! मैं पाकिस्तान में भी अकेली होती।"

मैं उसकी सूरत तकने लगा।

"आप रहने वाली किस नगर की हैं?"

"रूपनगर की।"

"रूपनगर!" मैं चौंक पड़ा। "अरे आप वह साबिरा हैं?" वह मेरी इस बात पर कुछ चकरा गई। मगर मैंने उसे ज़्यादा देर चक्कर में नहीं रखा। जल्दी से पूछा, "आप ज़ाकिर को जानती हैं?"

उसने जवाब में मुझे सिर से पैर तक ध्यान से देखा। फिर आहिस्ता से बोली, "अच्छा तो आप वह सुरेन्द्र साहब हैं।"

इसके बाद वह बिलकुल चुप हो गई। मैं भी सटपटाकर चुप हो गया। फिर वह चली गई। दूसरे दिन वह नहीं आई। तीसरे दिन भी नहीं आई। मगर मेरे लिए अब उस लड़की में नए अर्थ पैदा हो गए थे। अब मेरे लिए वह रेडियो की अनाउंसर लड़की नहीं थी, गुमशुदा दोस्त की निशानी थी। मैंने उसे जा पकड़ा और बस बेतकल्लुफ़ हो गया।

"साबिरा! तुम मुझसे नाराज़ हो?"

"किस बात पर?"

"बात जो भी हो, बहरहाल आदमी को दूसरे की ज़ज़्बाती ज़िंदगी के इलाक़े में देखभाल कर क़दम रखना चाहिए।"

उसने इस बात का कोई जवाब नहीं दिया, मगर दूसरे दिन वह आई और ढाका से आए हुए अगले-पिछले सारे अख़बारों को बड़ी तल्लीनता से पढ़ा और तब से उसकी यह चर्या बन गई है कि वह नियत समय पर आती है, ढाका के अख़बार उलटती-पुलटती है, थोड़ी बातचीत करती है, चाय पीती है और चली जाती है। मैंने एक-दो बार तुम्हारा ज़िक्र किया, मगर हर बार यही हुआ कि या तो उसने चुप साध ली या कोई और ज़िक्र छेड़ दिया। सो मैं अब एहतियात बरतता हूँ और तुम्हारा ज़िक्र नहीं करता। मगर मुझे मालूम है कि हम जब मिलते हैं तो दो नहीं होते, तीसरा आदमी ग़ायब होकर भी वहाँ मौजूद होता है। शायद अब वह उसी तीसरे आदमी

की ख़ातिर मुझसे मिलती है। ढाका के अख़बार अब गौण चीज़ हैं। एक दिन मैंने पूछा, ''साबिरा! तुम्हारा शादी-वादी का कोई प्रोग्राम है?''

''कोई नहीं।''

''कारण?''

वह ठिठकी। फिर फीकी-सी मुसकराहट से कहा, ''देखिए, आपने फिर ग़लत इलाक़े में क़दम रख दिया है।''

''सॉरी!'' मैंने क्षमा माँगी।

''कोई बात नहीं,'' उसी फीकी मुसकराहट के साथ उसने कहा और चुप हो गई।

यार ज़ाकिर! यह तुम्हारी साबिरा मुझे लड़की से ज़्यादा इतिहास का अजूबा नज़र आती है। यार बुरा मत मानना, तुम लोगों का इतिहास हिन्दुस्तान में अजब ऊबड़-खाबड़ चला है। पहले तुम्हारे विजेता आए और इस ज़ोर-शोर से आए कि उनके घोड़ों की टापों से यहाँ की ज़मीन हिल गई और तलवारों की झंकार से फ़ज़ा गूँज उठी। फिर राजनीतिक नेता प्रकट हुए और उन्होंने अपनी घन-गरज दिखाई। बाबर, अकबर, शाहजहाँ और औरंगज़ेब। फिर सर सैयद अहमद ख़ाँ, मौलाना मुहम्मद अली और मुहम्मद अली जिन्ना और इन सबके बाद तुम्हारी साबिरा। भरे हिन्दुस्तान में अकेली रह जाने वाली एक उदास ख़ामोश लड़की। पता नहीं, यह तुम्हारे इतिहास का कमाल है या तहज़ीबों का इतिहास ही इस तरह चलता है। शमशीर ओ सिना अव्वल[1]...और आख़िर? तुम्हारे हकीम-उल-उम्मत[2] की नज़र इस आख़िर पर भी थी या नहीं?

तक़दीरे-उमम[3] का एक रंग यह भी है। हाँ, वह ईद का दिन था। मैंने देखा कि साबिरा स्टूडियो से निकल रही है। मैं उस दिन उसे देखकर थोड़ा हैरान हुआ।

''अरे तुम? तुमने आज छुट्टी नहीं की?''

''जी नहीं।'' छोटा-सा जवाब आया।

''तो फिर यहीं ईद मनाओ और हमारी ख़ातिर करो।''

''ज़रूर, चलिए हमारे कमरे में।''

अपने कमरे में जाकर उसने चाय का ऑर्डर दिया, केक मँगाया। वह चाय बना रही थी और मैं सोच रहा था कि ईद के दिन कौन मुसलमान दफ़्तर में ड्यूटी देता है, बल्कि दफ़्तरी बाबू तो इन दिनों शहर में नहीं टिकते। एक दिन पहले ही, वक़्त से पहले दफ़्तर से सटक जाते हैं और टिकट कटाकर सीधे अपनी बस्ती में पहुँचते हैं। और लड़कियाँ? लड़कियाँ तो मरदों से बढ़कर ईद मनाती हैं। मैंने चाय पीते-पीते पूछ लिया, ''साबिरा! तुम रूपनगर नहीं गईं?''

''रूपनगर?'' उसने ताज्जुब से मुझे देखा, ''वह किसलिए?''

''आप लोगों के यहाँ रिवाज यह है कि लोग ईद पर परदेस में नहीं टिकते, घर जाकर ईद मनाते हैं।''

---

1. इक़बाल की कविता का वाक्यांश, 2. मुहम्मद साहब का एक विशेषण, 3. धर्म-समुदायों का भाग्य।

''मैं शायद आपको अपने ख़ानदानी हालात बता चुकी हूँ। रूपनगर में अब हमारा कोई नहीं है।''

मैं चुप हो गया। फिर यूँ ही चाय पीते-पीते पूछ लिया, ''क्या दूर के अज़ीज़ों में भी वहाँ कोई नहीं हैं?''

''दूर के अज़ीज़ भी सब जा चुके हैं। रूपनगर ख़ाली हो चुका है।''

''कितनी अजीब बात है,'' मैं बड़बड़ाया।

''आप चाय और पीजिएगा?'' उसने मेरी बात काटी और मेरे जवाब का इन्तज़ार किए बग़ैर मेरी प्याली में चाय बनानी शुरू कर दी। मगर मैंने चाय पीते-पीते फिर एक सवाल जड़ दिया, ''तुम दिल्ली आकर क्या फिर कभी रूपनगर नहीं गईं?''

''नहीं।''

''अजीब बात है। कितने दिन हो गए इस बात को?''

''अब तो इस बात को ज़माना बीत चुका। फ़िफ़्टीज़ के शुरू में दुल्हा भाई का ढाका से ख़त आया था कि मुझे नौकरी मिल गई है, आप लोग आ जाएँ। उन्हीं दिनों मुझे आल इंडिया रेडियो से अपाइंटमेंट लेटर मिला था। मैंने दिल्ली का रुख़ किया। बाजी और अम्मी ने ढाका की राह ली। रूपनगर की तरफ़ से पाकिस्तान को भेजी जाने वाली यह आख़िरी क़िस्त थी।''

''और तुमने हिन्दुस्तान में टिकने का फ़ैसला किया?''

''यह बताने की ज़रूरत बाक़ी रह गई थी?''

इस जवाब पर मुझे चुप हो जाना चाहिए था, मगर मैंने उसके सधे हुए व्यंग्यपूर्ण लहजे को नज़र-अन्दाज़ किया और कहा, ''मेरा मतलब यह है कि अगर तुम पाकिस्तान चली गई होतीं...।''

मैं थोड़ा रुका और उसने तेज़ लहजे में फ़ौरन मेरी बात काटी, ''तो? तो क्या होता?'' और उसने मुझे ऐसे देखा कि मुझे अपनी बात पूरी करने की हिम्मत ही नहीं हुई। तुम समझ सकते हो कि मैं क्या कहना चाहता था?

यार! कितनी अजीब बात है कि वही एक बस्ती जहाँ से वह चला गया, अपने एक वासी के लिए, पहले से बढ़कर अर्थपूर्ण हो गई है कि वह उसे सपनों में देखता है। और दूसरे के लिए उसके सारे अर्थ जाते रहे कि वह इसी देश में है, मगर कभी उसके यहाँ उस बस्ती को दोबारा देखने की इच्छा पैदा नहीं होती। देश-परिवर्तन ने रूपनगर को कितना अर्थपूर्ण बना दिया है। और साबिरा को हिन्दुस्तान में टिके रहने की कितनी सज़ा मिली है कि रूपनगर उसके लिए अर्थहीन हो गया है। मैं सोचता हूँ कि मेरी तक़दीर भी वही है, जो साबिरा की है। और कभी-कभी मुझे ख़याल आता है कि शायद बालपन में मैंने किसी ऋषि-मुनि का अपमान किया था और उसने मुझे श्राप दिया था कि पुत्र, तेरी जन्म-भूमि तुझे दर्शन देना बन्द कर देगी। सो, व्यासपुर

की नगरी अब मुझे दर्शन नहीं देती। मैं जब भी वहाँ जाता हूँ, मुझे लगता है कि नगरी पूछ रही है कि दूसरा कहाँ है और अब मुझसे जवाब नहीं बन पड़ता तो वह मुझ पर अपने द्वार बन्द कर लेती है। वह जो एक चाहत हुआ करती थी कि कोई छुट्टी आए और दौड़कर व्यासपुर पहुँच जाए, वह चाहत अब बिलकुल मिट चुकी है।

बहुत दिनों के बाद मैं पिछले आसाढ़ में वहाँ गया था। यह आसाढ़ के शुरू के दिन थे। बरसात अभी दूर थी और दोपहरें अपने चरम पर थीं। एक खड़ी दोपहर में मेरी आवारगी की सोई हुई रग फड़की और मैं निकल खड़ा हुआ। एक गली से दूसरी गली में, दूसरी गली में तीसरी गली में। यार! हर गली ने मुझसे यही पूछा कि दूसरा कहाँ है? मैं महसूस कर रहा था कि अब गलियों से मेरा कोई नाता नहीं रहा, जैसे सब गलियाँ मुझसे नाराज़ हैं। रिमझिम वाली गली से भी गुज़रा। वह ड्योढ़ी तो बहुत ही वीरान नज़र आई। रिमझिम की माँ अपने अधखुले शरीर और ढलके जोबन के साथ ड्योढ़ी में अकेली बैठी चरख़ा कात रही थी। मैं उन गलियों से निकला और अपने स्कूल की राह पर पड़ गया।

छुट्टियों के दिन थे, स्कूल बन्द पड़ा था। ख़ाली बरामदों से गुज़रकर फ़ील्ड की तरफ़ चला। यकायक मेरी नज़र प्रार्थना की जगह वाले आम के पेड़ पर पड़ी। मैं उसकी छाँव में जा बैठा। यार! उसकी छाँव में कितनी-कितनी देर बैठे रहा करते थे और ईंटें मार-मारकर अमिया गिराया करते थे। उस समय भी शाख़ें अमियों से लदी हुई थीं। मेरा अनजाने ही जी चाहा कि ईंट मारकर अमियाँ गिराऊँ। मगर यार! हाथ जैसे सुन्न हो गया हो। ईंट मारने के लिए उठा ही नहीं। मैं चुप बैठा रहा और अमियों से लदी हरी-भरी शाख़ों को देखता रहा। टप ने एक अमिया मेरे सामने आकर गिरी। यह क्या? इस समय तो हवा भी नहीं चल रही है और तोतों की कोई डार भी पेड़ पर उतरी हुई नहीं है। क्या अपने आम के पेड़ ने मुझे पहचान लिया है? बस, मैं उदास हो गया और उठ खड़ा हुआ। गलियाँ, चिड़ियाँ और पेड़ न पहचानें तो दुख होता है, पहचान लें तो तबीयत उदास होती है। तू नीम के पेड़ को तलाश करता फिरता है (कोई नीम का पेड़ मिला?), यहाँ सूरत यह है कि नीम, इमली, आम, पीपल—सब अपने-अपने स्थान पर मौजूद हैं, मगर वे मुझे देखकर अनजाने बन जाते हैं। एक वृक्ष ने पहचाना तो मैं उदास हो गया।

प्यारे! अपने लिए तो अब उदासी-ही-उदासी है। तूने वहाँ जाकर कुछ कमाया होगा। मैंने तो यहाँ रहकर कुछ नहीं कमाया, बस उम्र ही गँवाई है। यार, मेरी कनपटियाँ बिलकुल सफ़ेद हो चुकी हैं। तेरी कनपटियों का क्या हाल है? और एक बात बताऊँ। और सबसे ज़्यादा उदास कर देने वाली यही बात है। कल जब मैं साबिरा के साथ चाय पी रहा था तो मेरी नज़र उसकी माँग पर जा पड़ी। किस सलीक़े से सीधी माँग निकालती है। मैंने देखा कि काले बालों के बीच एक बाल चाँदी की तरह चमक रहा है। तो ऐ मेरे दोस्त! समय बीत रहा है। हम सब समय

के घेरे में हैं। तू बस जल्दी कर और आ जा। आकर शहर दिल्ली को देख और शहरे-ख़ूबी से मिल कि दोनों तेरे इन्तज़ार में हैं। आ और मिल इससे पहले कि, उसकी माँग में चाँदी भर जाए और इससे पहले कि तेरा सिर बर्फ़ का गोला बन जाए और हम कहानी बन जाए।''

फ़क़त—सुरेन्द्र

''और इससे पहले कि...,'' वह बड़बड़ाया, ख़त को जहाँ-तहाँ से फिर पढ़ा और सोच में डूब गया।

मुझे ख़त लिखना चाहिए, देर तक सोच में डूबे रहने के बाद वह बड़बड़ाया। ख़त—अब इतने ज़माने के बाद—अब इतने ज़माने के बाद उसे ख़त लिखने की कोई तुक नज़र नहीं आ रही थी। कमाल है, मैंने यहाँ आकर उसे ख़त ही नहीं लिखा। फिर वह धीरे-धीरे मेरे ज़हन ही से उतर गई। और उसे देखो कि उसने भी करवट नहीं ली। चुप साध ली जैसे वह है ही नहीं या जैसे मैं नहीं हूँ। और अब यकायक कि वह तो है और मैं भी हूँ। पहले वह मेरी याद में ज़िन्दा हुई। और अब एक गुमशुदा दोस्त ज़ाहिर होता है और ऐलान करता है कि वह मेरी याद से अलग अपनी तरह मौजूद है, अपनी याद के साथ जिसमें मैं अभी भी ज़िन्दा हूँ। वह ठिठका। मैं उसकी याद में ज़िन्दा हूँ? वाक़ई? अगर नहीं तो वह उदास क्यों है और कुढ़ क्यों रही है? मैं उसकी उदासी और कुढ़न में ज़िन्दा हूँ। उसने यह सब-कुछ सोचा, जैसे यह कोई हैरत-भरी वारदात हो। और अचानक उसके अन्दर एक लहर-सी उठी, मुझे जाना चाहिए और तभी उसकी यादों की किसी गहरी तह में से एक तसवीर उभरी—

सड़क के बीचोंबीच लेटा हुआ बेसुध आदमी जिसके पाँव में जंज़ीर बँधी थी और माथा ईंट लगने से ख़ूनम-ख़ून था। 'ज़ाकिर! मजनूँ मर गया?' 'नहीं, वह ज़िन्दा है।' 'नहीं, मजनूँ मर गया।' वह रोए जा रही थी। हाँ! मुझे जाना चाहिए और ऐलान करना चाहिए कि मैं...।

''बेटे, कहाँ से ख़त आया है?'' अम्मी ने कमरे में दाख़िल होते हुए पूछा।

''हिन्दुस्तान से।''

''हिन्दुस्तान तक से ख़त आ रहे हैं। बस एक ढाका ही को कुछ हो गया है कि वहाँ से कोई ख़त नहीं आता।'' अम्मी ने निराश लहजे में कहा और चुप हो गईं, ''हिन्दुस्तान से किसका ख़त आया है?''

''सुरेन्द्र का।''

''सुरेन्द्र?'' अम्मी चकराईं।

''अम्मी, आपको सुरेन्द्र याद नहीं है, वह जो मेरा दोस्त था।''

''अच्छा सुरेन्द्र। आए उस क़िस्मत के मारे ने किन दिनों में ख़त लिखा है!''

''अम्मी,'' उसने कुछ सोचते हुए पूछा, ''रूपनगर में अब क्या कोई नहीं है?''

अम्मी ने उसे ग़ौर से देखा, ''बेटे! पाव सदी बाद तुझे यह पूछने का ख़याल आया है? वहाँ अब कौन बैठा है? हम तो पहले ही आ गए थे। बतूल रह गई थी, फिर वह भी बेटी के साथ ढाका चली गई।''

''मगर साबिरा... ?''

''साबिरा का नाम मेरे सामने मत ले,'' अम्मी ने ग़ुस्से से कहा।

''क्यों ?'' वह अम्मी का मुँह ताकने लगा।

''वह तो बहुत ही आज़ाद लड़की निकली।'' अम्मी ने स्पष्ट किया, ''अव्वल तो मैं पूछूँ हूँ कि जब सारा ख़ानदान ही वहाँ से चला आया तो वह वहाँ क्यों रुकी? अरे, वह यहाँ आ जाती तो उसका कोई-न-कोई ठिकाना हो ही जाता। ख़ानदान में ही कहीं खप जाती। वहाँ कुँवारी बैठी है और गू खा रही है। अच्छा ख़ैर, अगर वहाँ रही थी तो हवेली का कुछ ख़याल रखती। बतूल ने उसे कितनी ताक़ीद की थी, मैंने भी उसे ख़त लिखा था कि बेटी मुहर्रम के दस दिनों के लिए वहाँ का एक फेरा लगा लिया कर कि इमामबाड़े में चिराग़ जल जाया करे और अलम खड़े हो जाया करें, मगर उस ख़ुदा की बन्दी ने वहाँ एक दफ़ा जाके झाँका हो! आख़िर को शरणारथी वहाँ आके बैठ गए। अब मिलेगा उसे ठेंगा! वरना वह अकेली घर की मालिक होती। यहाँ से कौन हिस्सा बँटाने जा रहा था?''

''अम्मी, हम वहाँ जाएँ तो ठहरेंगे कहाँ?''

''लड़के, तेरा दिमाग़ चल गया है, वहाँ अब हम क्यों जाएँगे? वहाँ हमारा कौन बैठा है?''

''ख़ुद रूपनगर तो है,'' उसने सोचते हुए आहिस्ता से कहा और अम्मी जैसे लाजवाब हो गई हों, बिलकुल चुप हो गईं।

अम्मी तो चुप हो गई थीं, मगर फिर उन्हें कुछ ख़याल आ गया। कहने लगीं, ''अए, रात मैंने एक ख़्वाब देखा। जैसे हम वहाँ गए हैं, मैं बतूल से कह रही हूँ कि बहन तू तो घर को बिलकुल खुला छोड़ गई थी। भला देखो, भरा घर और किसी एक कमरे में ताला नहीं है!'' अम्मी चुप हुईं, फिर बड़बड़ाईं, ''पता नहीं, इसका क्या फल है! तेरे बाप से पूछूँगी कि कैसा ख़्वाब है?''

अम्मी चुप हो गईं और सोच में डूब गईं। उनके साथ-साथ वह भी किसी दूर के ध्यान में खो गया। कितने ज़माने के बाद माँ-बेटा इकट्ठे बैठे ध्यान की एक ही लहर में बह रहे थे। लहर उन्हें बहाकर कहाँ ले गई थी? इस समय वे यहाँ कहाँ थे? रूपनगर के बीच अपनी हवेली में भटक रहे थे।

अब्बाजान उस समय जाने कहाँ से प्रकट हुए! माँ-बेटों को देखकर कुछ हैरान हुए।

''ज़ाकिर! क्यों, क्या हुआ?''

''कुछ नहीं, अब्बाजान,'' आहिस्ता से कहा और चुप हो गया।

फिर उन्होंने बीवी की तरफ़ देखा, ''बात क्या है?''

''बात तो कुछ भी नहीं, बस यूँ ही पिछली बातों का ख़याल आ गया था।''

एक लम्बी-ठंडी साँस के साथ वह रूपनगर के सफ़र से वापिस आईं। वापिसी पर उन्हें इस छोटे-से किराए के घर के दरो-दीवार कितने अजब और अजनबी नज़र आए! थोड़ी देर के लिए वह फिर गुम हो गईं। फिर अचानक बोलीं, ''अजी, मैंने कहा कि कोठरी के ताले की चाबी कहाँ है?''

''कोठरी? कौन-सी कोठरी?''

''ऐहै, अभी से भूल गए! अपनी हवेली में कोठरी नहीं थी?''

''अच्छा, हवेली की कोठरी।'' अब्बाजान चुप हुए, फिर बोले, ''ज़ाकिर की माँ, पच्चीस बरस गुज़र चुके हैं।''

''अजी, मैंने कोठरी की चाबी को पूछा है, बरसों का हिसाब नहीं पूछा।''

''तुमने कोठरी की चाबी को पूछा तो मैंने सोचा कि तुम्हें यह बता दूँ कि कितना ज़माना गुज़र चुका है।''

''अजी, ज़माने का क्या है वह तो गुज़रता ही रहता है, मगर कोठरी की चाबी खो गई तो ग़ज़ब हो जावेगा। हमारी तो सारी जद्दी-पुश्ती चीज़ें उसी में बन्द हैं। मेरा सारा दहेज़ का सामान उसी में है। और अल्लाह रखे, जब ज़ाकिर पैदा हुआ था तो दादा ने पोता होने की ख़ुशी में चाँदी की रक़ाबियों में बालूशाहिएँ बिरादरी में बाँटी थीं। उस वक़्त की बची हुई बारह रक़ाबिएँ भी वहीं रखी हैं। और हाँ तुमने जो करबलाए-मुअल्ला से कफ़न मँगाया था, वह भी वहीं उसी ट्रंक में रखा है जिसमें बड़े अब्बा की मदीना मुनव्वरा वाली जा-नमाज़[1] और ख़ाकेशिफ़ा की सज्दागाह[2] रखी है और बड़ी अम्माँ की पिटारी और रहल[3] रखी है।''

''कफ़न?'' उसने ताज्जुब से अम्मी को देखा।

''हाँ बेटे, कफ़न। जब तेरे दादा करबला की ज़ियारत से आए थे तो दो कफ़न ख़ास वहाँ के तैयार किए हुए और इमाम के रौज़े[4] से मस[5] किए हुए अपने साथ लाए थे। एक में तो ख़ुद दफ़्न हुए। अरे, जब ही तो उनकी क़ब्र से चालीस दिन तक मुश्क़ की-सी ख़ुशबू आती रही थी।''

''चालीस दिन? तुम चालीस दिन की बात कर रही हो! मैं तो यह जानता हूँ कि जब भी मैंने वहाँ जाके फ़ातेहा पढ़ी मुझे यह महसूस हुआ कि क़ब्र से ख़ुशबू निकल रही है। अजीब ही तरह की ख़ुशबू होती थी।'' अब्बाजान चुप हुए, फिर ठंडी साँस भर कर बोले, ''अल्लाह बेहतर जानता है कि वो सब क़ब्रें किस हाल में हैं!''

''मैं जो कर सकती थी वह तो मैंने कर दिया। व्यासपुर के लिए जब हम चले हैं तो उसी वक़्त मैंने जद्दी-पुश्ती निशानियाँ कोठरी में सँभालके रख दी थीं और

1. दीप्तिमान मदीना से लाया गया नमाज़ पढ़ने का आसन, 2. सजदे के स्थान की पवित्र मिट्टी, 3. धार्मिक ग्रंथ रखने की टेक, 4. मक़बरा, 5. स्पर्श।

ताला डाल दिया था। और मैंने पाकिस्तान चलने से पहले बार-बार तुमसे कहा था कि मैं रूपनगर का एक फेरा लगा आऊँ और जो चीज़ वहाँ से लेनी हो ले लूँ, मगर तुमने मेरी एक न सुनी। अरे, मैं एक मरतबा ताला खोल के चीज़ों को कम-से-कम धूप तो लगा आती। इतना ज़माना हो गया, कमबख़्त दीमक न लग गई हो! उस घर में दीमक बहुत थी।''

मुझे जाना चाहिए, पेशतर इसके कि दीमक सब-कुछ चाट जाए—उसने दिल-ही-दिल में सोचा। फिर उसके दिमाग़ में सवाल उठा कि आख़िर वक़्त के साथ चीज़ों को दीमक क्यों लग जाती है? वक़्त और दीमक का आपस में क्या ताल्लुक़ है? वक़्त दीमक है या दीमक वक़्त है?

''ज़ाकिर की माँ! तुम्हें याद नहीं कि उस वक़्त गाड़ियों में क्या हो रहा था। मैं तो ख़ुद चाहता था कि चलने से पहले रूपनगर का एक फेरा लगा लूँ। बुज़ुर्गों की क़ब्रों पर आख़िरी फ़ातेहा तो पढ़ ली होती।''

अब्बाजान रुके, फिर बोले, ''और कम-से-कम अपना कफ़न तो ले आता।''

रुके और उससे कहने लगे, ''बेटे, वहाँ तो हमने अपने कफ़न-दफ़न का सारा इन्तज़ाम कर रखा था। कफ़न आया रखा था, क़ब्र की जगह भी तय कर ली थी। बस अज़ीज़ों को इतनी ज़हमत करनी पड़ती कि बेरी की चार टहनियाँ तोड़के हमें ग़ुस्ल दे दें। और काँधा देकर क़ब्र में उतार दें। मगर यहाँ कोई इन्तज़ाम नहीं है। सब इन्तज़ाम तुम्हें करना है।''

मुसलमानों की सभ्यता में क़ब्र कितनी बड़ी ताक़त है! उसे सुरेन्द्र के ख़त का फ़िक़रा याद आया।

''अरे मुझे तो यही फ़िक्र खाए जा रही है कि हमारा मरना कैसे होगा?'' अम्मी फ़िक्रमन्द लहजे में बोलीं, 'ज़िंदगी तो जैसे-तैसे गुज़र गई, मगर मरने पर तो सौ इन्तज़ाम करने होते हैं।''

तो गोया मौत ज़िंदगी से ज़्यादा इन्तज़ाम चाहती है—उसने दिल में सोचा।

दरवाज़े पर तभी दस्तक हुई।

''कौन?''

''मैं इरफ़ान।''

''आया।'' वह उठकर दरवाज़े की तरफ़ चला।

अम्मी तो फ़ौरन ही कमरे से निकल गईं, मगर अब्बाजान ने इरफ़ान के आने का इन्तज़ार किया। उसके दाख़िल होते ही सवाल जड़ दिया।

''मियाँ! कोई ख़बर?''

''जी कोई ख़ास ख़बर तो है नहीं।''

''मियाँ, तुम कैसे अख़बारनवीस हो?'' रुककर बोले, ''मगर तुम्हारी भी क्या ख़ता है, आजकल अख़बारों का हाल ही ऐसा है। आगे ख़बरों को उछाला करते थे,

अब ख़बरें छुपाते हैं। बहरहाल अल्लाह रहम ही करे, हालात कुछ अच्छे नज़र नहीं आ रहे,'' यह कहते-कहते उठे और अन्दर चले गए।

''यार! मैं तेरा इन्तज़ार करता रहा। बहुत बोरियत रही। शीराज़ तो आज बिलकुल ख़ाली पड़ा था।''

''अच्छा? कोई नहीं आया?''

''बस वही सफ़ेद सिर वाला आदमी। आज उसने मुझे अकेला पाकर दबोच लिया। बहुत बोर किया।'' रुका, फिर बोला, ''यार मुझे तो इस आदमी पर बहुत शक होता है।''

''यह बात तुम पहले भी कह चुके हो।''

''मगर आज मुझे यक़ीन हो गया है।''

''कैसे?''

''यार! जो शख़्स क़ौमी दर्द का दिखावा करे, उसके बारे में मुझे ख़ामख़्वाह शक होने लगता है।''

''छोड़ो यार इस क़िस्से को। तुझे एक ख़बर सुनाऊँ!''

''अच्छा? सुना।''

''यार, आज एक ख़त आया है।'' उसने राज़दाराना लहजे में कहा।

''कहाँ से?''

''हिन्दुस्तान से।''

''हिन्दुस्तान से?'' इरफ़ान ने उसे सिर से पैर तक शक-भरी नज़रों से देखा, ''हिन्दुस्तान से ख़त? इस ज़माने में? किसी अज़ीज़ का है?''

''नहीं, अपने पुराने दोस्त सुरेन्द्र का।''

''सुरेन्द्र का ख़त इस ज़माने में?'' इरफ़ान ने व्यंग्य-भरे लहजे में कहा, ''यार ज़ाकिर, मुझे कभी-कभी तुझ पर भी शक होने लगता है।''

''मैंने ख़ुद अपने बारे में अकसर शक किया है। मगर ख़ैर, फ़िलहाल तू इस ख़त को पढ़।'' उसने ख़त इरफ़ान के हवाले किया।

इरफ़ान ने शुरू से आख़िर तक ध्यान से पढ़ा। वह ख़त पढ़ रहा था और ज़ाकिर उसके चेहरे के उतार-चढ़ाव से उसकी प्रतिक्रिया को समझने की कोशिश कर रहा था।

ख़त पढ़ चुकने के बाद इरफ़ान हँसा, ''यार, मैं समझता था कि साबिरा तुम्हारी नासटेलजिया-ज़दा कल्पना का फ़ितूर है। मगर वह तो सचमुच वुजूद रखती है।'' रुका, फिर बोला, ''बहरहाल तुम्हारे इश्क़ की टाइमिंग ख़ूब है। इश्क़ का फल किस मौसम में आकर पका है!''

उसने इरफ़ान के बयान को नज़र-अन्दाज़ किया और कहने लगा, ''यार, मैं वहाँ जाना चाहता हूँ।''

"क्या कहा! जाना चाहते हो?"

"हाँ यार! जी चाहता है कि एक बार जाकर मिला जाए, इससे पहले कि...।" वह कुछ कहते-कहते रुक गया।

"इससे पहले कि," इरफ़ान ने व्यंग्यपूर्ण लहजे में उसके कहे हुए शब्द दोहराए। फिर बोला, "मेरे अज़ीज़! वक़्त बहुत गुज़र चुका है।"

"हाँ, वक़्त बहुत गुज़र चुका है, मगर फिर भी...," कहते-कहते वह सोच में पड़ गया।

अम्मी ने कमरे में झाँका। "अरे बेटा, यह बाहर शोर कैसा मच रहा है?"

"शोर? कैसा शोर?"

"कह रहे हैं कि जंग शुरू हो गई।"

"क्या? जंग शुरू हो गई?" दोनों एकदम से उठ खड़े हुए और तेज़ी से बाहर निकले।

अब शाम थी और गली में इस तरफ़ से उस तरफ़ तक अँधेरा था। दूर के कई मकानों की खिड़कियों और रोशनदानों से रोशनी छनकर आ रही थी। मगर साथ ही गली में एक शोर उठ रहा था कि 'बिजली गुल करो', 'लाइट ऑफ़ कर दो'—और घरों की रोशनियाँ बुझती चली गईं। अब दूर-दूर तक पूरा अँधेरा था। रज़ाकार नौजवानों की एक टोली सीटियाँ बजाती तेज़ी से गली में दाख़िल हुई। ज़ाकिर आगे बढ़ा, 'क्या बात है, भई?"

"जंग शुरू हो गई।"

"कौन कहता है?"

"रेडियो से ऐलान हुआ है।" और टोली सीटियाँ बजाती हुई तेज़ी से दूसरी गली में मुड़ गई।

वे दोनों थोड़ी देर तक चुप खड़े रहे। फिर वह अपने घर की ड्योढ़ी पर बैठते हुए बोला, "यार, जंग तो वाक़ई शुरू हो गई।"

"हूँ," इरफ़ान सोचते हुए बोला और उसके बराबर बैठ गया।

दोनों देर तक उस गर्द से अंटी ड्योढ़ी पर बैठे रहे—अँधेरी गली में दो अचल साये।

यकायक सायरन बजना शुरू हो गया और उसके साथ क़रीब और दूर से सीटियों की तेज़ आवाज़ें आनी शुरू हो गईं। सीटियों की आवाज़ें और भागते-दौड़ते क़दमों की चाप।

"अन्दर न चले चलें?" उसने आहिस्ता से कहा।

"अन्दर बहुत महफ़ूज़ है?" इरफ़ान ने खिन्न लहजे में पूछा।

"नहीं।"

"तो फिर?"

सायरन की आवाज़ धीरे-धीरे बन्द हो गई। भागते-दौड़ते क़दमों की चाप, सीटियों की आवाज़, लोगों की चीख़ो-पुकार, 'लाइट ऑफ़ करो' की ग़ुस्सैली हिदायतें—धीरे-धीरे सब आवाज़ें ख़ामोश हो गईं, फ़िज़ा में सन्नाटा छा गया। कान उस सन्नाटे में कोई बड़ी आवाज़ सुनने की बाट देख रहे थे। देर तक बाट देखते रहे, कोई बड़ी आवाज़, कोई धमाका सुनाई नहीं दिया।

"यार!"

"हूँ।"

"यार, मैं सोच रहा हूँ कि साबिरा..."

"तो तुम साबिरा के बारे में सोच रहे हो?"

"हाँ।"

"इस वक़्त?"

"हाँ, इस वक़्त।"

दूर से आती हुई एक घूँ-घूँ की मद्धम आवाज़ ने उन्हें ख़ामोश कर दिया। वे फिर ध्यान से आवाज़ सुनने लगे।

"ये हिन्दुस्तान के जहाज़ हैं?"

"हाँ, हिन्दुस्तान के, जहाँ से आज तुम्हें प्रेमपत्र मिला है।"

"मगर यार, मैं कुछ और सोच रहा था।"

"क्या?"

"यह कि अब साबिरा ढाका को भूलकर इस शहर की ख़बरें मालूम करती फिरेगी।"

"सुनो," इरफ़ान ने चिन्ता-भरे लहजे में धीरे से कहा और दोनों फिर ध्यान से आवाज़ सुनने लगे। धमाके की मद्धम आवाज़, जैसे दूर परे किसी अनजानी बस्ती में गोला गिरा हो। और फिर अथाह ख़ामोशी, एक ख़ौफ़-भरा सन्नाटा। पूरा शहर जैसे साँस रोककर दम साध गया था।

7

मोटरें, टैक्सियाँ, रिक्शे, ताँगे—सब सवारियाँ इतनी जल्दी में थीं कि एक-दूसरे पर चढ़ी जा रही थीं। उसे सड़क पार करना कठिन नज़र आ रहा था। सवारियों को देखा। अचानक एक कार, जिसकी पुश्त पर 'क्रश इंडिया' लिखा हुआ था, सवारियों से भरी, सामान से लदी फर्राटे के साथ उसके बराबर से गुज़री चली गई। कार की पुश्त पर लिखा हुआ नारा ज़रा देर के लिए उसकी नज़रों के सामने आया और फिर

उड़ती गर्द में धुँधला गया। कार बहुत तेज़ी में थी कि सड़क से उतरकर कच्चे में आई और गर्द उड़ाती उड़ी चली गई।

उसने गुज़रते ट्रैफ़िक का अब विस्तार से जायज़ा लिया। कारें और टैक्सियाँ अपनी चमक-दमक खो बैठी थीं। उनके ढाँचों पर मिट्टी लिपी हुई थी। हर कार, हर टैक्सी सवारियों से भरी हुई, सामान से लदी हुई। ताँगों में सामान और सवारियाँ एक-दूसरे में गडमड थीं। या अल्लाह! ये लोग कहाँ जा रहे हैं? अपनी इस हैरानी का ज़िक्र उसने शीराज़ पहुँचकर इरफ़ान से किया।

''यार! आज हमारी सड़क पर बहुत ट्रैफ़िक था। सड़क पार करना मुश्किल हो गया। लोग आख़िर कहाँ जा रहे हैं?''

''तुमने सिर्फ़ सड़क का ट्रैफ़िक देखा है। मैं अभी स्टेशन का नक़्शा देख के आ रहा हूँ।''

''वह नक़्शा भी बता दो।''

''मत पूछो। प्लेटफ़ार्म पर इतना मुसाफ़िर है कि वहाँ साँस लेना मुश्किल है और गाड़ी कोई नहीं आ रही। बस, क़यामत का समाँ है।''

''और यहाँ शीराज़ ख़ाली पड़ा है,'' उसने इर्द-गिर्द नज़र डालते हुए कहा। आज शीराज़ बिलकुल ही ख़ाली था। वह और इरफ़ान—बस दो जने एक मेज़ के गिर्द बैठे थे।

''यार, आज वह अपना दोस्त सफ़ेद बालों वाला भी नहीं आया।''

अचानक दरवाज़ा खुला और अफ़ज़ाल दाख़िल हुआ। इर्द-गिर्द नज़र डाली। ''ख़ाली?''

''ख़ाली।'' उसने बुझे लहजे में जवाब दिया।

''चूहे कहाँ चले गए?''

''तुम्हारी बाँसुरी का इन्तज़ार कर-करके इतने फ्रस्टेट हुए कि ख़ुद ही समुदर की तरफ़ चले गए।'' इरफ़ान ने व्यंग्यपूर्ण लहजे में जवाब दिया।

अफ़ज़ाल ने घूरकर इरफ़ान को देखा। कुरसी घसीटकर बैठते हुए बोला, ''बदनुमा आदमी! चाय मँगा।''

''अब्दुल!'' इरफ़ान ने आवाज़ दी।

अब्दुल जैसे आर्डर का ही इन्तज़ार कर रहा था, फ़ौरन लपककर आया, ''हाँ जी!''

''चाय।''

अफ़ज़ाल सोचते हुए बोला, ''यार, परिंदे बहुत परेशान हैं। मैं अभी-अभी रावी की तरफ़ से आ रहा हूँ। जब जहाज़ आते हैं तो आसपास के बाग़ों से परिंदे हवास खोकर उड़ते हैं, बेमानी तौर पर आसमान में चक्कर काटते हैं और ग़रीब फिर पेड़ों में छुप जाते हैं।'' रुका, बड़बड़ाया, ''इस नगर के परिंदे परेशान हैं।''

"और तुम ?" इरफ़ान ने उसे घूरकर देखा।

"मैं भी परेशान हूँ।"

"तुम्हें पता नहीं कि जो परेशान हैं, वे शहर छोड़कर जा रहे हैं।"

अफ़ज़ाल सोच में पड़ गया। फिर कहने लगा, "एक मुसाफ़िर ने किसी जंगल से गुज़रते-गुज़रते देखा कि एक चन्दन के पेड़ में आग लगी हुई है। शाख़ों पे बैठे हुए परिंदे उड़ चुके हैं, मगर एक राजहंस शाख़ पे जमा बैठा है। मुसाफिर ने पूछा कि ऐ राजहंस! क्या तू देख नहीं रहा कि चन्दन में आग लगी हुई है ? फिर तू यहाँ से उड़ता क्यों नहीं ? क्या तुझे अपनी जान प्यारी नहीं ? हंस बोला कि ऐ मुसाफ़िर! मैंने इस चन्दन की छाँव में बहुत सुख पाया है। क्या यह अच्छा लगता है कि अब जब कि वह दुख में है, मैं इसे छोड़के चला जाऊँ ?"

अफ़ज़ाल चुप हो गया। फिर बोला, "जानते हो, वह कौन था ? शाक्य मुनि ने जातक कथा सुनाई। भिक्षुओं को देखा और कहा कि हे भिक्षुओ! जानते हो वह राजहंस कौन था ? वह राजहंस मैं था।"

"अच्छा!" इरफ़ान व्यंग्य-भरे लहजे में बोला, "मैं भी तुमसे इसी तरह के ऐलान की उम्मीद कर रहा था।"

अफ़ज़ाल इरफ़ान का मुँह तकने लगा। फिर बोला, "तू ठीक कहता है, बिलकुल ठीक। वह राजहंस मैं था।"

वह उठ खड़ा हुआ। दरवाज़े तक गया, मगर कुछ सोचकर फिर पलटा। इरफ़ान के क़रीब आया, बोला, "बुद्ध भी सच्चा था, मैं भी सच्चा हूँ। असल में पिछले जनम में हम दोनों एक थे।"

अफ़ज़ाल पलटकर जाने लगा था कि अब्दुल चाय लेकर आ गया। इरफ़ान बोला, "चाय आ गई है।"

अफ़ज़ाल ने इरफ़ान को दया की नज़र से देखा। "इरफ़ान, तू अच्छा आदमी है।"

अफ़ज़ाल बैठ गया। इरफ़ान ने चाय बनाई। अफ़ज़ाल चाय पीते-पीते बोला, "यार, जो कुछ हुआ अच्छा हुआ।"

"क्या अच्छा हुआ ?"

यही कि बदनुमा लोग शहर छोड़ रहे हैं। शीराज़ आज कितना पाकीज़ा नज़र आ रहा है!" रुका, और बोला, "यार, मैंने बहुत सोचा। आख़िर इस नतीजे पे पहुँचा कि वे लोग जो समझदार हैं, इस मुल्क को बचा सकते हैं।"

"वे कहाँ हैं ?" इरफ़ान ने अपने ख़ास व्यंग्यपूर्ण लहजे में पूछा।

"कहाँ हैं ? काके, तुझे वो नज़र नहीं आते। मैं और तुम दोनों। यार, तीन बहुत होते हैं।" फिर जेब से नोटबुक निकाली, क़लम खोली, नोटबुक खोलकर कुछ लिखते हुए बोला, "इरफ़ान! मैंने तुझे माफ़ कर दिया। समझदार लोगों की फ़ेहरिस्त में तेरा नाम शामिल कर लिया है।"

फिर बड़बड़ाया, ''मेरी नोटबुक में समझदार लोगों की फ़ेहरिस्त दिनों-दिन छोटी होती चली जा रही है।''

अचानक सायरन बजने लगा। उसके साथ ही सीटियाँ तेज़-तेज़ बजने लगीं। अफ़ज़ाल उठ खड़ा हुआ, ''मुझे चलना चाहिए।''

''यह हवाई हमले का सायरन है। बाहर मत निकलो, बैठे रहो।''

''ज़ाकिर! तू बहुत डरा हुआ है।'' रुका, फिर बोला, ''काका, मत डर। आज दाता से मेरी बात हो गई है। मैंने कहा कि दाता, मैं तेरे शहर को अपनी पनाह में ले लूँ? कहा कि ले ले। सो यह शहर अब मेरी पनाह में है। इसे कुछ नहीं होगा।'' यह कहते-कहते वह उठा और बाहर निकल गया।

बस इसी तरह रात और दिन में अन्तर किए बिना, थोड़ी-थोड़ी देर बाद सायरन बोलता, सायरन के साथ सीटियाँ बजतीं। ट्रैफ़िक के सिपाही और सिविल डिफ़ेस के रज़ाकार हर सड़क पर सीटियाँ बजाकर और इशारे करके हिदायतें देते नज़र आते। सड़क-सड़क सवारियों की रफ़्तार अचानक तेज़ हो जाती, फिर धीमी पड़ती चली जाती कि वे सड़क से उतरकर पेड़ों के साए में ठिकाने बनाती चली जातीं। धीरे-धीरे सड़कें ख़ाली हो जातीं और सिर्फ़ ट्रैफ़िक के सिपाही और रज़ाकार सीटियाँ मुँह में दबाए जहाँ-तहाँ खड़े दिखाई देते। एक किनारे से दूसरे किनारे तक सड़क ख़ाली। किनारे-किनारे खड़ी हुई मोटरों, रिक्शाओं, टैक्सियों और स्कूटरों की लम्बी क़तार। ट्रैफ़िक का सारा शोर, शहर की सारी आवाज़ें बन्द। चारों तरफ़ ठहराव और ख़ामोशी। तेज़ी से गुज़रती हुई कोई जीप इस ठहराव और ख़ामोशी को तोड़ने की कोशिश करती, मगर वह दम-के-दम में ओझल हो जाती। इसके बाद ख़ामोशी और उमड़ आती, ठहराव और गहरा हो जाता। और वह कभी किसी सड़क के किनारे पेड़ के सहारे बैठकर, कभी पेड़ों के पीछे किसी खाई में अजनबी राहगीरों के बीच पसरकर, कभी शीराज़ के किसी कोने में दुबककर कान खड़े करता। इस अन्देशे के साथ कि अभी एक अजीब शोर उठेगा और फ़िज़ा का ठहराव बिखर जाएगा। मगर न कोई शोर सुनाई देता, न कोई बड़ा धमाका, न कोई ऊँची आवाज़। बस, दूर से आती एक मद्धम घूँ-घूँ। इसके बाद फिर एकदम ख़ामोशी।

और फिर सायरन बोलता कि अब उसके बोलने के साथ छुपे हुए लोग कोनों-ख़ुदरों से निकलते और रिक्शाएँ, स्कूटर, मोटरें, टैक्सियाँ एक दम से पूरे शोर के साथ चल पड़तीं। अभी फ़िज़ा पुरशोर है और ट्रैफ़िक रवाँ-दवाँ है और अभी फिर सायरन बोलने लगा। फिर वही सीटियाँ, फिर वही छुपते हुए लोग और थमी हुई सवारियाँ और फैलती हुई ख़ामोशी। दिन में कितनी बार यह अमल दोहराया जाता। मगर शाम होने पर सायरन दूसरे रंग से बजता कि उसके साथ सवारियों की रफ़्तार में और पैदल चलने वालों की चाल में अचानक एक गति पैदा हो जाती। रुकने की

बजाय हर सवारी बेतहाशा दौड़ रही है और हर पैदल चलने वाला भागम-भाग चला जा रहा है। मगर धीरे-धीरे शोर दूर होता चला जाता। ख़ामोशी शाम के धुँधलके के साथ फैलती चली जाती और रात के फैलते साए के साथ मिलकर पूरे शहर पर छा जाती। इस ख़ामोशी से फ़ायदा उठाकर कुत्ते रात शुरू होते ही भौंकना शुरू कर देते। बस फिर लगता कि रात बहुत गुज़र चुकी है। इतनी जल्दी इतनी रात हो गई। मगर इसके बाद रात पड़ जाती और गुज़रने का नाम न लेती।

फिर अचानक सायरन बोल पड़ता। फिर वही सीटियाँ। इसके साथ ही कुत्ते एक नई तेज़ी के साथ भौंकना शुरू कर देते। लगता कि सारे शहर के कुत्ते एकदम से झुरझुरी लेकर उठ खड़े हुए हैं। सीटियों और कुत्तों के भौंकने का शोर उसके दिल और दिमाग़ पर छाता चला जाता। बिस्तर में लेटे-लेटे उसे लगता कि सारी फ़िज़ा उस भद्दे शोर से भर गई है। क़रीब पलंग पर लेटे हुए अब्बाजान आहिस्ता से उठकर बैठ जाते और मुँह-ही-मुँह में कुछ पढ़ना शुरू कर देते। फिर अम्मी करवट लेतीं और उठकर बैठ जातीं।

''ज़ाकिर बेटे! जाग रहे हो?''

''जी अम्मी।'' और वह उठकर बैठ जाता।

और इसके बाद अम्मी दुआ के लिए दोनों हाथ उठातीं, ''या इलाही! ख़ैर।'' अब्बाजान मुँह-ही-मुँह में अरबी में कुछ पढ़ते। कभी नादे-अली[1], कभी आयतुल-कुरसी[2]। अम्मी ऊँची-काँपती आवाज़ में दुआ माँगतीं। जब से जंग शुरू हुई है अम्मी की इच्छा के अनुसार हम एक ही कमरे में सोते हैं। रात के अँधेरे में अपने-अपने पलँग पर बैठे हुए तीन साए। अब्बाजान आयतों का पाठ कर रहे हैं। अम्मी दुआ माँग रही हैं और मैं ख़तरे की इतनी रातें गुज़ारने के बाद भी अपने ज़हन को ऐसे वक़्त में मसरूफ़ रखने के लिए कोई सूरत नहीं सोच सका हूँ।

सन्नाटे में कान कुछ सुनने की कोशिश कर रहे हैं। ख़ामोशी की तहों से उभरती हुई एक आवाज़, घूँ-घूँ-घूँ। दिन में यह आवाज़ कितनी मद्धम होती है, मगर इस वक़्त यह आवाज़ कितनी तेज़ और कितनी भयानक है! अचानक कहीं दूर से धमाके की आवाज़ आई।

''ज़ाकिर!''

''जी!''

''बेटा! यह तो बम की-सी आवाज़ है।''

''जी।''

''कहाँ गिरा है?''

बम कहाँ गिरा है? शहर के मुख़्तलिफ़ कूचे मेरे तसव्वुर में उभरते हैं। मैं अन्दाज़ा लगाने की कोशिश करता हूँ कि धमाके की आवाज़ किस तरफ़ से आई

1. एक दुआ जो अपनी सुरक्षा के लिए पढ़ी जाती है, 2. क़ुरआन की एक सूरत (खंड)।

थी और उस तरफ़ कौन-कौन-से मोहल्ले पड़ते हैं? अब्बा जान उसी लगन के साथ आयत का पाठ करने में मगन हैं और मेरा ज़हन शहर के मुख़्तलिफ़ कूचों में भटक रहा है।

शामनगर में अचानक ठिठक जाता हूँ और शामनगर का वह मकान जिसमें हमने पाकिस्तान आकर पड़ाव डाला था, मेरे तसव्वुर में उभर आता है। क्या यह बम वहाँ गिरा है? नहीं, उसे वहाँ नहीं गिरना चाहिए। मेरा उस मकान से कोई जज़्बाती लगाव नहीं है। बस, वहाँ से निकलते ही वह मकान मेरे दिलोदिमाग़ पर कोई नक़्श छोड़े बग़ैर याद से उतर गया था। मगर इस वक़्त अचानक वह मकान मेरे तसव्वुर में उभर आया है। वह कमरा मेरी आँखों में फिर रहा है, जिसमें मैंने पाकिस्तान आकर पहली रात बसर की थी। नहीं, बम उस इलाक़े में नहीं गिरना चाहिए। उस घर को महफ़ूज़ रहना चाहिए, उस पूरे घर को और उस कमरे को कि वह पाकिस्तान में मेरी पहली रात के आँसुओं का गवाह है।

5 दिसम्बर

जंग की रातों में अपने ज़हन को एक रास्ते पर लगाकर रखने की तरकीब मैंने सोच ली है और उस पर अमल शुरू कर दिया है। यानी इस वक़्त जब बाहर कहीं दूर कुत्ते भौंक रहे हैं, मैं लिहाफ़ में बैठा लालटेन सामने रखे डायरी लिख रहा हूँ।

जाड़े की रातें लम्बी होती हैं, जंग की रातें उनसे ज़्यादा लम्बी होती हैं। अब जाड़े और जंग के मौसम साथ-साथ आए हैं। जंग का दिन तो जीत की ख़ुशख़बरी और हार की अफ़वाहें सुनने और कल्पना के घोड़े दौड़ाने में गुज़र जाता है, रात कैसे गुज़ारी जाए?

करफ़्यू के वक़्त से पहले-पहले घर आ जाता हूँ। अम्मीजान की कोशिश होती है कि ब्लैकआउट से पहले-पहले ख़ाने-पीने से छुट्टी पा ली जाए। यही होता भी है। हम ब्लैकआउट से पहले ख़ाना खा लेते हैं। फिर अम्मी बावरचीख़ाना बन्द करके इत्मीनान से कमरे में आ बैठती हैं। बस, उसके साथ-साथ बाहर गली से क़दमों की आहट आनी बन्द हो जाती है। न क़दमों की आहट, न बच्चों का शोरोग़ुल, न बच्चों को पुकारती हुई माँओं की चीख़ो-पुकार। बस, एकदम से सन्नाटा हो जाता है। रज़ाकारों की सीटियों की आवाज़ भी आनी बन्द हो जाती है। अचानक मोहल्ले के कुत्ते इकट्ठे होकर भौंकना शुरू कर देते हैं। उन्हें दूर के मोहल्लों के कुत्तों से अपने पहल करने की ताईद हासिल होती चली जाती है। रात के शुरू होते ही आधी रात का समाँ पैदा हो जाता है। सन्नाटा, फिर सायरन और सीटियाँ। फिर कहीं दूर आसमान पर उड़ते जहाज़ों की बहुत धीमी घूँ-घूँ। फिर सायरन। फिर सन्नाटा। रात खिंचती चली जाती है। किसी तरह ख़त्म होने में नहीं आती।

अब्बाजान ने जंग की लम्बी रातों को गुज़ारने का अच्छा तरीका सोचा है। मुसल्ला बिछाकर बैठ जाते हैं और रात गए तक बैठे रहते हैं। उनकी देखा-देखी अम्मीजान ने भी अपनी इशा[1] की नमाज़ ज़्यादा देर तक करना शुरू कर दिया है।

मेरी समझ में इन रातों को गुज़ारने का तरीक़ा नहीं आ रहा था। लालटेन की रोशनी में किताब ज़्यादा देर तक पढ़ नहीं सकता। बिजली अम्मी जान जलाने नहीं देतीं। वह भी सच्ची हैं। बिजली की तेज़ रोशनी किसी-न-किसी तरह छनकर बाहर पहुँच जाती है। फिर रज़ाकार ग़ुल मचाते हैं, 'लाइट बन्द करो।' और लालटेन यूँ मुझे अच्छी लगती है। लालटेनों के ज़माने को, जब हमारे रूपनगर में अभी बिजली नहीं आई थी और अन्दर घर में भी और बाहर गली में भी लालटेन ही की रोशनी होती थी, मैं किस मुहब्बत से याद करता हूँ। बड़े होकर मैंने तालीम की सारी मंज़िलें भी लालटेन ही की रोशनी में तय कीं। मगर अब यह हाल है कि लालटेन के ज़माने को सिर्फ़ याद कर सकता हूँ। लालटेन की रोशनी में किताब नहीं पढ़ सकता। मगर मैंने आज तजुरबा किया है, लिख सकता हूँ।

इस डायरी को लिखने का पहला मक़सद तो यही है कि जंग की लम्बी रातों में मेरा ज़हन जो उनींदेपन का मरीज़ बनकर आवारा भटकता फिरता है, उसे किसी रास्ते पर लगा दिया जाए। मगर इसी के साथ इसमें मुझे एक और फ़ायदा भी नज़र आ रहा है। इस तरह मेरी जंग की आपबीती कलमबन्द हो जाएगी। जंग गुज़रने के बाद ज़िंदगी रही तो मैं जान सकूँगा कि जंग के दिनों में कितना झूठ सुना और कितना झूठ कहा और जंग की रातों में मैंने कितना ख़ौफ़ खाया, जिस्म में कितनी मरतबा कँपकँपी पैदा हुई। मेरे झूठ और मेरी बुज़दिली का रिकार्ड मेरे पास महफ़ूज़ होना चाहिए।

6 दिसम्बर

अहलेवतन[2] ख़ुश हैं, सबसे ज़्यादा वतन के अख़बार ख़ुश हैं। यकायक उनकी बिक्री दोगुनी-चौगुनी हो गई है। रोज़ फ़तह की एक नई ख़बर आती है। रोज़ लोग अख़बारों पर टूटकर गिरते हैं और फ़तह की ख़बर पढ़कर ख़ुश हो जाते हैं। मगर 'फ़तह लन्दन की होती है, क़दम जर्मन के बढ़ते हैं।' मगर ख़ैर, आज फ़तह के साथ आगे बढ़ने की भी ठोस ख़बर है। अमृतसर पर भी क़ब्ज़ा हो गया। ख़्वाजा साहिब ने इतने वसूक़[3] और इतने जाने-माने अख़बार-नवीसों के हवाले से यह ख़बर सुनाई कि अब्बाजान को एतिबार करना पड़ा। मगर अब्बाजान जीत और हार दोनों तरह की ख़बरें मलानत[4] से सुनते हैं। ख़्वाजा साहिब के ख़बर सुनाने के बाद मैंने ग़ौर से उन्हें देखा। उस गम्भीर चेहरे पर सन्तोष की एक झलक तो थी।

1. रात की नमाज़, 2. देशवासी, 3. विश्वसनीय, 4. उदासीनता।

मैं घर से निकला तो नज़ीरा की दुकान से लेकर शीराज़ तक यह ख़बर सुनता चला गया कि अमृतसर पर क़ब्ज़ा हो गया है।

7 दिसम्बर

आज की ताज़ा ख़बर, आगरा के हवाई अड्डे को तबाहो-बरबाद कर दिया गया। कैसे? ब्लैकआउट के अँधेरे में संगमरमर का ताज जगमग-जगमग कर रहा था। उससे आगरा का और आगरा के हवाई अड्डे के ठिकाने का पता चल गया और बमबारी करके उसे तहस-नहस कर दिया गया।

लोग इस ख़बर को पढ़कर और बाख़बर ज़राए[1] से सम्बन्ध रखने वाले यारों से तमाम तफ़सीलों के साथ सुनकर कितने ख़ुश हुए। इस ख़बर के साथ ही ताजमहल की गिरी हुई साख यकायक बहाल हो गई, वरना हम यह तय कर चुके थे कि ताजमहल से और उस तारीख़ से जिसने ताजमहल को जन्म दिया है, पाकिस्तान का कोई रिश्ता नहीं है।

संगमरमर की तरह सफ़ेद एक इमारत इस शहर में भी है। आज जब हम शीराज़ में बैठे थे तो इरफ़ान ने अपने व्यंग्य-भरे लहजे में कहा कि यार हमने इम्पीरियल होटल को ढाकर जो एक झूठा-सच्चा ताजमहल खड़ा किया है, वह कहीं अपने साथ हमें भी न ले बैठे।

''वह कैसे?''

''यार, दफ़्तर से वापिस आते हुए मैं उस राह से गुज़रा तो मैं बहुत डरा। वह इमारत ब्लैक आउट के अँधेरे में इतनी साफ़ नज़र आ रही थी, जैसे वहाँ हलकी-हलकी रोशनी का इन्तज़ाम हो। दुश्मन के जहाज़ उसे आसानी से ताड़ सकते हैं।''

मुझे उस इमारत के सफ़ेद होने पर ज़माना-ए-अम्न[2] से एतराज़ चला आता है। इमारत सफ़ेद होने के साथ ताजमहल बन जाए तो अलग बात है, वरना सफ़ेदी इमारत के बावक़ार[3] बनने में आम तौर पर खंडत डालती है। धूप, आँधी, बारिश, चील की बींट—यह चार चीज़ें मिलकर किसी भी इमारत को बड़प्पन और अज़मत बख़्शती हैं, मगर यह हमारे शहर की सफ़ेद इमारत इतनी नई और इतनी उजली है कि अभी बहुत अरसे तक उसे वह दरजा हासिल नहीं हो सकेगा, जो अकसर इमारतों को वक़्त के साथ-साथ मौसमों के उतार-चढ़ाव से गुज़रने के बाद मिल जाया करता है।

बहरहाल, अब जब कि इम्पीरियल इस शहर के तख़्ते से रेत के निशान की तरह मिट चुका है और डौली और उसके परवाने कहानी बन चुके हैं, सदली बिल्ली ग़ायब हो चुकी है, उस इमारत को बरक़रार रहना चाहिए। एक वक़्त आएगा कि

1. विश्वस्त सूत्रों, 2. शान्तिकाल, 3. प्रभावशाली।

उसकी मुँडेरें काई लग-लगकर सियाह हो चुकी होंगी और परिंदे अपनी कब-कब की सफ़ेद-काली बींटों के ढेर के साथ बैठा करेंगे।

नए ज़मानों की जंगों का एक नुक़सान यह है कि वे इमारतों को महान नहीं बनने देतीं। ऊँची-ऊँची इमारतें पुरानी नहीं होने पातीं कि कोई जंग छिड़ जाती है और बमबार हवाई जहाज़ उन्हें नष्ट कर डालते हैं। जंग के बाद शहरों को नए सिरे से दुरुस्त किया जाता है और पहले से ज़्यादा ऊँची इमारतें बनाई जाती हैं। मगर अभी वो नई होती हैं कि फिर कोई जंग शुरू हो जाती है और इससे पहले कि उनके गिर्द महानता और पुरानेपन का हाल बुना जाए, गिरकर ढेर हो जाती हैं।

8 दिसम्बर

कल रात तो हद ही हो गई। डायरी लिख चुकने के बाद मैं लेटा। फ़ौरन ही आँख लग गई, मगर थोड़ी ही देर बाद अम्मी ने झिंझोड़कर जगा दिया।

"बेटे! सायरन बज रहा है।"

बस, फिर रात-भर यही होता रहा। जाने कितनी बार सायरन बजा। मैं बहुत डरा। डरा यह सोचकर कि इस शहर में, जहाँ मैंने इतने दुख सहे हैं, जहाँ बैठकर मैंने रूपनगर को इतना याद किया है और अपनी याद में अब तक ज़िंदा रखा है, इसे अगर कुछ हो गया तो मैं क्या करूँगा? मैं अपने दुखों को याद रखना चाहता हूँ। बस्ती बरबाद होती है तो उसके साथ वे दुख भी ख़ामोश हो जाते हैं, जो वहाँ रहते हुए लोगों ने सहे होते हैं। इस जंग के मारे वक़्त की ख़ूबी यह है कि हमारे दुख हमारी यादें नहीं बन पाते। जो इमारतें, जो जगह उन दुखों की गवाह होती हैं, उन्हें कोई एक बम का गोला दम-के-दम में नेस्तोनाबूद कर देता है।

मैं इस शहर के लिए और कुछ नहीं कर सकता। दुआ कर सकता हूँ, सो करता हूँ। यह मेरी याद में आबाद रूपनगर के लिए भी दुआ है कि उसे मैं अब इस शहर से अलग करके तसव्वुर में नहीं ला सकता। रूपनगर और यह शहर मेरे अन्दर घुल-मिलकर एक बस्ती बन गए हैं।

9 दिसम्बर

सड़क को इस शहर में पार करना अब कुछ मुश्किल नहीं रहा। जंग की पहली सुबह को मैंने किस मुश्किल से सड़क पार की थी! मगर फिर कितनी जल्दी ट्रैफ़िक का ज़ोर टूट गया। दिन गुज़रते गए, ट्रैफ़िक कम होता गया। रिक्शाओं का शोर अब कितना कम हो गया है और लोगों की चीख़ोपुकार भी। कभी-कभी लगता है कि शहर में अब सिर्फ़ बस की सवारी मिलती है कि यह सवारी उसी पहली निरन्तरता

के साथ सड़क-सड़क चलती नज़र आती है, इस फ़र्क़ के साथ कि अब उसके फ़ुटबोर्ड पर सवारियाँ लटकी दिखाई नहीं देतीं और अन्दर लोग डंडा पकड़े खड़े नज़र नहीं आते। थोड़ी सवारियाँ, ज़्यादा जगह। किसी बस-स्टैंड पर भीड़ भी दिखाई नहीं देती। हाँ, जब हवाई-हमले का सायरन बजता है और ट्रैफ़िक के सिपाही सीटियाँ बजाते बीच सड़क पर आ जाते हैं तो सड़क के दोनों तरफ़ सवारियों की क़तारें लगती चली जाती हैं। उस समय अहसास होता है कि शहर में रिक्शे और टैक्सियाँ अब भी चल रही हैं।

शाम पड़े करफ़्यू का ऐलान करती हुई सीटियों के साथ जब मैं घर लौटता हूँ, तो अम्मी मुझसे शहर का हाल पूछती हैं और मोहल्ले का हाल सुनाती हैं कि आज फ़लाँ घर के लोग फ़लाँ शहर चले गए हैं। रोज़ सुबह को ख़्वाजा साहिब दरवाज़े पर दस्तक देते हैं और ड्राइंगरूम में इत्मीनान से बैठकर हुक़्क़े के घूँट भरकर सीना-ब-सीना सफ़र करके आई हुई किसी नई फ़तह की ख़बर सुनाते हैं, और रोज़ मोहल्ले के एक और घर में ताला पड़ा नज़र आता है। रोज़ अम्मी जाने वालों पर तब्सिरा[1] करती हैं।

आज अम्मी कुछ ज़्यादा घबराई नज़र आती थीं, ''अयहै, क्या मोहल्ले में हम अकेले ही रह जाएँगे?''

''ज़ाकिर की माँ,'' अब्बाजान मतानत[2] के साथ बोले, ''मौत हर जगह है। उससे भागकर आदमी कहाँ जा सकता है? हुज़ूर की हदीस है कि जो मौत से भागते हैं वो मौत ही की तरफ़ भागते हैं।''

मैं हैरान अब्बाजान को तकने लगा। यह तो वही बात है, जो अब्बा जान ने दादी अम्माँ से कही थी, जब रूपनगर में महामारी फैली थी और लोग घरों को छोड़-छोड़कर नगर से बाहर जा रहे थे।

दो जीव हमारे घर से भी रुख़सत हो गए हैं। हमारे आँगन में एक अमरूद का पेड़ है। बीते हुए भले मौसम में बुलबुलों का एक जोड़ा सूँघते-सूँघते यहाँ पहुँचा और यहीं का हो रहा। अम्मी उन बुलबुलों से बेज़ार थीं। ''अरे इन कमबख़्तों ने अमरूदों का नास कर डाला। ज़रा पकता है तो उसमें चोंच मार देती हैं। किसी अमरूद को जो पूरा पकने दिया हो!''

''अम्मी! दरख़्तों से उतरने वाले दानों में परिंदों का भी तो हिस्सा होता है।''

अम्मी ने मुझे घूरकर देखा, ''यह अच्छी रही कि दुख हम भरें और खाएँ चिड़ियाँ-तोते।''

मगर अब वे बुलबुले कहाँ हैं? जंग की पहली सुबह को वे दोनों बुलबुले उड़ती-उड़ती आईं और अमरूद पर उतर पड़ीं। किस मज़े के साथ पकते अमरूदों का अपनी चोंच से जायज़ा ले रही थीं कि घन-गरज के साथ एक हवाई जहाज़ ऊपर से गुज़रा। दोनों घबराकर अमरूदों को छोड़ उड़ गईं।

---

1. टिप्पणी, 2. गम्भीरता।

अमरूद हमारे दरख़्त में अब बहुत पक गए हैं। अम्मी रोज़ तोड़कर चाट बनाती हैं। अब किसी अमरूद पर किसी चोंच का निशान नहीं होता। हमारे घर आए हुए वे मेहमान, हमारे फलों के ख़ाने में हिस्सेदार जा चुके हैं।

आज शीराज़ से निकलते-निकलते शाम हो गई। बस, करफ़्यू में थोड़ा वक़्त बाक़ी था कि मैंने चाय का आख़िरी घूँट लिया और बाहर निकला। बाहर भीड़ भागमभाग चली जा रही थी। सवारियाँ सरपट दौड़ रही थीं। मोटर, ताँगे-स्कूटर, टैक्सी, रिक्शा। बस गदर-सा मचा हुआ था, जैसे कोई फ़िल्म का शो छूटा हो। मुझे बहुत हैरत हुई। दिन-भर तो सड़कें ख़ाली पड़ी रहती हैं। सवारियों का यह सैलाब कहाँ से उमड़ आया? किन ओझल राहों पर ये सवारियाँ चल रही थीं कि अचानक माल रोड पर खिंच आई हैं!

मैंने कितने रिक्शा वालों को पुकारा मगर किसी ने नहीं सुना, कोई नहीं रुका, हालाँकि वे रिक्शाएँ ख़ाली थीं। सवारियों के हुजूम में फँसकर एक रिक्शा मेरे क़रीब आकर रुकी। मैंने रिक्शा वाले की मिन्नत की तो बोला, "बाऊ, बाग़बानपुरे चलना हो तो चल।"

"बाग़बानपुरे किस ख़ुशी में?"

"एस ख़ुशी में कि मैनूँ घर पहुँचना है और भौंपू बजने वाला है।"

तब मैंने सोचा कि सवारी की तलाश में और वक़्त ख़राब करना बेकार है। इस वक़्त सबको अपनी पड़ी है। बेहतर यही है कि पैदल चल पड़ो, रास्ते में मुमकिन है उधर जाती हुई कोई रिक्शा मिल जाए या कोई भला-मानस मोटर-सवार तरस खाकर लिफ़्ट दे दे।

शाम के झुटपुटे में दुकानों के शटर एक शोर के साथ जल्दी-जल्दी गिर रहे थे। दुकानदार झटपट ताला लगा, यह जा वह जा। कोई मोटर में, कोई स्कूटर पर, कोई पैदल। दोनों वक़्त बिजली की रोशनी के एहसान से शर्मिंदा हुए बग़ैर मिल रहे थे। अँधेरा धीरे-धीरे सड़कों और गलियों में फैल रहा था। यूँ ही मुझे ख़याल आया कि गुज़रे ज़मानों में रोज़ शाम को यही कुछ हुआ करता होगा। जंगलों में ज़िंदगी का बेचिराग़ ज़माना, जब शिकारी दिन-भर शिकार खेलने के बाद, शिकार के बोझ के साथ शाम पड़ने से पहले-पहले अपनी-अपनी गुफ़ाओं में पहुँचने की कोशिश करते होंगे। वह ज़माना जब जहाँ-तहाँ बस्तियाँ आबाद हो गई थीं और चिराग़ जलने लगे थे, जब बस्ती वाले दिन की रोशनी में सारे काम करने के बाद, दिन ढलते, लम्बे-लम्बे डग भरते हुए घरों की तरफ़ चलते कि चिराग़ में बत्ती पड़ने से पहले घर पहुँच जाएँ। वह ज़माना जब बड़े शहर आबाद हो गए थे और शहरों के गिर्द फ़सीलें खिंच गई थीं, जब क़ाफ़िले दहकते सूरज-तले बेआबाद गरम राहों पर सफ़र की मुसीबतें झेलते मंज़िल-मंज़िल गुज़रते, रात पड़ने से पहले शहर में दाख़िल होने की कोशिश

करते। जो क़ाफ़िला सुस्त क़दम हुआ, उसने शहर के दरवाज़ों को बन्द पाया और बेअमाँ काली रात फ़सील के साए में बसर की।

जंग ने शहर की ज़िन्दगी को अस्त-व्यस्त कर दिया है। मेरे अन्दर ज़माने और ज़मीनें अस्त-व्यस्त हैं। कभी-कभी बिलकुल पता नहीं चलता कि कहाँ किस जुग में हूँ! दिन ढल चुका, शाम होने को है, जंगल के रास्ते सुनसान होते जा रहे हैं। मैं लम्बे डग भरता अपनी गुफ़ा की तरफ़ जा रहा हूँ।

10 दिसम्बर

कॉलिज में क्लासें-विलासें तो होतीं नहीं, बस उसे छूकर शीराज़ में आ बैठता हूँ। फिर इरफ़ान आ जाता है। कभी-कभी अफ़ज़ाल भी आ धमकता है। सलामत और अजमल दिखाई नहीं देते, मगर सुना है कि इन्क़िलाबी से वतन-परस्त बन गए हैं और सिपाहियों के लिए तोहफ़े जमा करते फिरते हैं। हम से तो वही अच्छे रहे।

'हम से क्या हो सका मुहब्बत में...!'

शीराज़ में बैठकर बातें कर लेते हैं। बातें भी ऊलजलूल। आज मैं इरफ़ान से कहने लगा, "यार! तुम्हारी अख़बार नवीसी से मुझे कोई फ़ायदा नहीं पहुँच सकता।"

"क्या फ़ायदा चाहते हो?"

"यार! तुम्हारे पास करफ़्यू-पास होता है, अख़बार की गाड़ी होती है, तुम मुझे ब्लैकआउट में शहर नहीं दिखा सकते?"

"दिखा सकता हूँ। मगर शाद-आबाद शहर को सुनसान सूरत में देखने के लिए हिम्मत चाहिए।"

"हमने इस शहर में इतने करफ़्यू देखे हैं, क्या अब भी यह हिम्मत पैदा नहीं हुई?"

"करफ़्यू में शहर को देखने का तजुरबा अलग है। यह तजुरबा उससे बिलकुल अलग है।"

अफ़ज़ाल बीच में बोल पड़ा, "इरफ़ान ठीक कहता है। मत देख। डर जाएगा।"

"देखा है या बेदेखे कह रहे हो?"

"काके! देखा है, तभी तो कह रहा हूँ," रुका और फिर ऐसे बोला जैसे डरा हुआ आदमी बोलता है, "परसों रात जब इरफ़ान ने अपनी दफ़्तर की गाड़ी में मुझे घर पहुँचवाया था तो मैं सुनसान अँधेरी सड़कों से गुज़रते हुए दाएँ-बाएँ की इमारतों को दहशत से देख रहा था। हर इमारत सुनसान, जैसे अन्दर कोई न हो। मुझे लगा कि ये लोगों के मकान नहीं, चूहों के बिल हैं। चूहे डरे-सिमटे बैठे थे। मैं डर रहा था।"

अफ़ज़ाल मुझसे आगे बढ़ गया। मुझे अपने मोहल्ले के घर, जब मैं रात में कभी

गली में निकलकर नज़र डालता हूँ, अँधेरे में लिपटे बेआवाज़, बेआहट ऐसे नज़र आते हैं जैसे गुफ़ाएँ हों।

11 दिसम्बर

गुफ़ा में बैठा हूँ। बाहर काली रात मुँह खोले खड़ी है। सायरन, सीटियाँ, कुत्तों के भौंकने की आवाज़ें, इंसानी आवाज़—सब नदारद्र। जैसे लोग कहीं चले गए हों। जंग के तिलिस्म में बँधा शहर। कभी-कभी आस-पास के सारे कुत्ते इस ज़ोर-शोर से भौंकते हैं कि लगता है, मेरी गुफ़ा में घुस आएँगे। फिर चुप हो जाते हैं, मगर दूर से आवाज़ें आती रहती हैं। रात को जंगल में सफ़र करते हुए यही कुछ होता है। दूर की अनदेखी, अनजानी बस्तियों से लगातार भौंकते हुए कुत्तों की आवाज़ें आती हैं, आती रहती हैं। एक घेरा-सा बन जाता है, जैसे आदमी भौंकते कुत्तों के घेरे में चल रहा है। जैसे पूरी ज़मीन के गिर्द कुत्तों ने घेरा डाला हुआ है। मैं ख़ौफ़ के घेरे में हूँ। अपनी गुफ़ा से दूर बीच जंगल में। ज़माने और ज़मीनें मेरे अन्दर अस्त-व्यस्त हैं। मैं कहाँ चल रहा हूँ? किस ज़माने में? किस ज़मीन पर? हर तरफ़ बिखराव, हर जगह गिरावट।

जंगल से निकलकर बस्ती में आया। मगर कैसी बस्ती में? आदमी न आदमज़ाद! सुनसान कूचे, वीरान गलियाँ, दुकानें बन्द, हवेलियाँ तालाबन्द। अज़ीजो! मैं देर तक हैरान-हैरान फिरता रहा। आख़िर में एक बड़े फाटकों वाली हवेली को देखकर मुझे कुछ आस हुई कि शायद इसके अन्दर लोग हों। मैंने दस्तक दी और चिल्लाया, कोई है? जवाब नदारद। फिर ज़ोर से दस्तक दी और ऊँची आवाज़ से चिल्लाया : कोई है? बस, मेरी आवाज़ की गूँज ही मुझे सुनाई दी। मुझ पर दहशत ग़ालिब आ गई। दिल में कहा कि इस बस्ती से निकल चलो। कहीं कोई मुसीबत न आ पड़े। यह सोचना था कि देखता हूँ कि एक झील है। पानी झील का कुछ उजला, कुछ गँदला। झील के बीचोंबीच एक हाथी और एक कछुवा एक-दूसरे से लड़ रहे थे, मगर दोनों में से न कोई जीतता था और न हारता था।

मैं हैरान खड़ा उस लड़ाई को देखता था कि एक फ़क़ीर नमूदार हुआ। झील के क़रीब पहुँचा। रुककर हाथी और कछुवे पर एक अफ़सोस-भरी नज़र डाली और एक ठंडी आह खींची। फिर कहा कि काश वो इल्म से महरूम होते और उनकी ज़बानें बेअसर होतीं!

फ़क़ीर के इस कहने ने मुझे हैरान किया। मैंने उसके सामने पहुँच हाथ जोड़कर अर्ज़ की कि ऐ फ़क़ीर! आपने क्या देखा और क्या जाना कि ऐसी बात ज़बान पर आई? वह बोला कि ऐ अज़ीज़, आदमी को तीन चीज़ों के हाथों नीचा देखना होता है—औरत के हाथों जब वह वफ़ादार न हो, भाई के हाथों जब वह हक़ से ज़्यादा माँगे, इल्म के हाथों जब वह रियाज़त के बग़ैर हासिल हो जाए। और ज़मीन तीन

चीज़ों से बेआराम होती है—कमज़र्फ़ से जब उसे पद मिल जाए, ज्ञानी से जब वह धनी हो जाए, हाकिम से जब वह ज़ालिम हो जाए।

मैं यह सुनकर उस बुज़ुर्ग का मुँह तकने लगा और उसके बयान की गुत्थी को अक़्ल की धार से सुलझाने की कोशिश करने लगा। जब न सुलझा सका तो हाथ जोड़कर अर्ज़ की कि ऐ बुज़ुर्ग! इस पहेली का खुलासा करें।

तब उसने मुझसे पूछा कि अज़ीज़, तूने इस बस्ती को कैसा देखा? मैंने कहा कि बुज़ुर्ग! मैंने इस बस्ती को बेआबाद देखा।

तब उस महात्मा ने कहा कि अज़ीज़! दास्तान इस बस्ती की यूँ है कि मालिक इसका एक शरीफ़ और भले दिल वाला इन्सान था। धन-दौलत के साथ दौलते-रूहानी[1] से मालामाल था। जब उसका आख़िरी वक़्त आया तो उसने अपने बेटों को जो कि गिनती में दो थे, पास बुलाकर बारी-बारी छाती से लगाया। तबीयत उसकी इससे हलकी हुई। बोला कि बेटो! मैंने अपना इल्म तुम दोनों के बीच बराबर-बराबर तक़सीम किया और ऐ मेरे बेटो! तुम मेरे बाद मेरी इस बाक़ी दौलत को भी आपस में इसी तरह बाँट लेना कि मैं डरता हूँ उस दिन से कि तुम अपने हक़ से ज़्यादा तलब करो और ख़ुदा की दुनिया के लिए ख़तरा बन जाओ।

ऐसा कह उस शरीफ़ इंसान ने आख़िरी साँस लिया और इस दारेफ़ानी[2] से आलमे जाविदानी[3] को कूच कर गया। दोनों बेटों ने इसका बहुत सोग मनाया, पर जब दौलत का बँटवारा करने बैठे तो बाप की वसीयत को भूल गए और अपने-अपने हक़ से ज़्यादा माँगने लगे। इस पर झगड़ा हुआ। झगड़ा करते-करते दोनों ने बाप से पाए हुए इल्म के ज़ोर पर एक-दूसरे के लिए बद्दुआ की। बड़े ने ग़ुस्सैली आँखों से छोटे को देखा और बद्दुआ के लहजे में कहा कि तू कछुवा है। छोटे ने नफ़रत से बड़े को देखा और बद्दुआ के लहजे में कहा कि तू बदमस्त हाथी है। सो इसके बाद छोटा कछुवा बन गया और बड़े ने बदमस्त हाथी का रूप धार लिया। तब से दोनों ग़ुस्से में दीवाने हो रहे हैं और लड़ रहे हैं।

यह क़िस्सा-ए-इबरत[4] सुनकर मैंने जानना चाहा कि ऐ बुज़ुर्ग! इस लड़ाई का अंजाम क्या होगा? बोला कि झील का पानी गँदला हो जाएगा। मैंने कहा कि वह तो हो चुका है। बोला कि और होगा। मैंने पूछा, कितना? कहा, इतना कि झील दलदल बन जाएगी और बस्ती में ख़ाक उड़ेगी।

मैं डर खाकर उस ढंढार बस्ती से निकला। चला आबाद बस्ती की खोज में। जंगल-जंगल फिरता-फिरा। ख़ुदा का करना ऐसा हुआ कि दूर आबादी का निशान नज़र आया! उसी राह पड़ लिया। क़रीब पहुँचा तो क्या देखा—एक नया देस। ख़ूबसूरत शहर, दिलकश फ़िज़ा। बाग़ों में फलों के लदे-फंदे पेड़। गुल-फूल रंग-रंग के, चहचहाते पंछी डाल-डाल, हवा-सी रफ़्तार वाले हिरन रविश-रविश।

1. आध्यात्मिक सम्पदा, 2. नश्वर संसार, 3. शाश्वत संसार, 4. उपदेशात्मक कथा।

ख़ुशबू कूचे, मुअंबर गलियाँ। बाज़ारों में खवे से खवा छिलता है, कटोरा बजता है। सक़्क़े सुर्ख़ लुंगियाँ बाँधे, मश्कें कंधों पर लादे छिड़काव करते चले जाते हैं। भिश्ती भर–भर कटोरे आबे–क़ौसर[1] पिलाते हैं। दुकानें साफ़–शफ़्फ़ाफ़, सर्राफ़ के सामने सर्राफ़। बालाख़ाने, आईनाख़ाने, कोई नाज़ुक पद्मिनी झूले में झूलती है, दरपन में अपना मुखड़ा देखती है। कहती है अल्लाह री मैं। कोई शहरेख़ूबी[2] आबे–खाँ[3] का पैराहन[4] पहने हुए कि साफ़ इधर से नज़र आता है उधर का पहलू। किसी गुलरू का आलम यह कि आँखों में काजल, होंठों पर मिस्सी, सीना छलका पड़ता है, दुपट्टा ढलक–ढलक जाता है, पेट सन्दल की तख़्ती, नाफ़ सोने की प्याली, पेड़ू, जैसे पेड़े। आगे परदादारी है, शर्म की अमलदारी है। क़यास कुन ज़े गुलिस्ताने मन बहार मुरा[5]। जिसकी क़िस्मत साथ दे और हिम्मत साथ दे, वह ग़ोता मारे और गंगा नहाए, हिम्मत को तैरना मुबारिक।

एक दफ़ा तो मैं अलिफ़–लैला का अबुलहसन बन गया। गली–कूचों में फिरता था और हैरान होता था। मगर धीरे–धीरे आँखें खुलीं, अजब मंज़र नज़र आया। हक़्–दक़् रह गया। जिस सिर पर नज़र गई उसे ग़ायब पाया। आदमी सही–सलामत, खोपड़ी ग़ायब। दिल में हैरान कि यह सपना है या जागरन! आँखें मलके देखा, फिर वही मंज़र। या इलाही! इन लोगों की खोपड़ियाँ कहाँ गईं? देर तक चुप रहा। आख़िर ज़ब्त का दामन हाथ से छूटा। एक राहगीर से, कि आदमी बड़ी उम्र का था और सूरत से समझदार और भला नज़र आता था, पूछा कि ऐ साहिब! क्या तुम्हारे शहर में आदमी के खोपड़ी नहीं होती? उस बुज़ुर्ग ने हैरत से मुझे सिर से पैर तक देखा और कहा कि ऐ शख़्स! लगता है, तू इस शहर में अजनबी है कि ऐसा सवाल करता है। सो तू अगर नहीं जानता तो भी चुप रह और जानता है तो भी चुप रह कि दीवारों के भी कान होते हैं। फिर वह बुज़ुर्ग मुझे अपने घर ले गया और ख़ूब तवाज़े की। फिर कहा कि ऐ अज़ीज़! सुन कि हमारी खोपड़ियाँ हमारे बादशाह के साँपों का ख़ाना बन गईं। यह सुनकर मैं बहुत हैरान हुआ। तब उस बुज़ुर्ग ने स्पष्ट किया कि, ऐ मेरे अज़ीज़! सुन कि हमारे बादशाह के कन्धों पर दाएँ–बाएँ दो साँप मुस्तक़िल फुंकारते रहते हैं। आदमी की खोपड़ी उनका ख़ाना है। रोज़ इस शहर में पर्ची निकाली जाती है, रोज़ दो आदमी पकड़े जाते हैं और उनकी खोपड़ियाँ तराशकर जलालतुल मुल्क[6] के साँपों को खिलाई जाती हैं। और अब इस शहर में गिनती के लोग रह गए हैं, जिनकी खोपड़ियाँ अभी बाक़ी हैं। मगर कब तक? जिसकी खोपड़ी कल नहीं तराशी गई थी, उसकी आज तराशी गई, जिसकी आज नहीं तराशी गई, उसकी कल तराशी जाएगी। और सुन कि कल गजर–दम नौबत बजेगी और उसके बाद पर्ची निकाली जाएगी।

---

1. अमृत, 2. सुन्दर युवक, 3. कपड़े की एक क़िस्म, 4. वस्त्र, 5. मेरी बहार का मेरे बाग़ से अनुमान लगा ले, 6. बादशाह का ख़िताब (मुल्क का श्रेष्ठ व्यक्ति)।

यह क़िस्सा-ए-होशरुबा सुन मैं हैरत में ग़र्क हुआ। जब रफ़्ता-रफ़्ता औसान ठीक हुए तो जानकारी का शौक जागा और गजर-दम मौक़ा-ए-वारदात पर जाने के लिए मुस्तैद हुआ। बड़ी उम्र वाले ने रोका-टोका कि ऐ नाआक़बत-अन्देश! अपनी जवानी पर रहम खा और इस फ़ैल से बाज़ आ। हम तो बादशाह की रइयत हुए कि यह खेल देखने पर मजबूर हैं। तू नाहक अपने को ख़तरे में डालता है। बादशाह के आदमी तुझे देखेंगे और तेरा नाम भी लिख लेंगे और लाटरी में शामिल करेंगे। रोकने से मेरा जानकारी का शौक़ और भड़का। बुजुर्ग की नसीहत पर मुतलक़ कान न धरा। बस यही पागलपन सिर में समाया कि चलकर देखें, आज क़ुदरत क्या गुल खिलाती है, क़ज़ा किसके सिर पर खेलती है!

महल के सामने पहुँचा तो क्या देखा कि भारी भीड़ जमा है, मजमा ख़ासो-आम है। अमीरो-ग़रीब, शरीफ़ो-वज़ी[1], मुहताजो-ग़नी[2], गदागरोतवंगर[3], बनिए-बक़्क़ाल, उमरा-ओ-वोज़रा[4] सब इकट्ठे हैं और क़ुर्ए[5] के नतीजे का इन्तज़ार करते हैं।

जब नाम निकले तो ख़ल्क़त दम-ब-ख़ुद हुई। सब एक-दूसरे का मुँह तकने लगे, अफ़सोस से हाथ मलने लगे, चीख़-पुकार करने लगे। मैंने बुज़ुर्ग से पूछा कि क़ज़ा ने किन बदनसीबों को मुंतख़िब किया है कि लोग इतना वावेला कर रहे हैं? तिस पर उसने एक ठंडी आह खींची और गोया यूँ हुआ कि ऐ अज़ीज़! आज जिन दो के नाम निकले हैं वह दरवारे-दुरवार के मुंतख़िब दानिशमन्द[6] हैं। आलीफ़िक्र[7], रोशन दिमाग़, ज़ेहने-रसा[8] पाया है। इल्मो-फ़ज़ल में यकता[9] हैं। बहरे-हिकमत के ग़व्वास[10] हैं। दानिश में उनकी धूम रूम से स्याम तक है। मुमलिकत के रमूज़[11] समझते हैं। बड़ी-से-बड़ी गुत्थी को नाख़ुने-तदबीर[12] से सुलझा देते हैं। अब जो वो अपनी खोपड़ियों से महरूम होंगे तो हिकमत का चिराग़ बुझ जाएगा, शहर बेदानिश हो जाएगा।

हाय-हाय बेसूद थी। क़ुर्आ का नतीजा क़िस्मत का लिखा था। उसे कौन टाल सकता था? दोनों दानिशमन्दों की खोपड़ियाँ तराशी गईं और साँपों के सामने तश्त में रखकर पेश की गईं। मगर साँप मुँह मारकर अलग हो गए और ग़ुस्से से फनफनाने लगे। बादशाह ने दरबारियों को ग़ुस्से से देखा और पूछा, नमकहरामो! तुमने इस ग़िज़ा-ए-लतीफ़[13] के साथ क्या मिला दिया कि साँप इसे नहीं खाते और ग़ुस्से में फुंकारते हैं! दरबारियों ने दस्ते-बस्ता अर्ज़ किया कि जहाँपनाह! हमारी क्या मजाल कि आली-मुक़ाम साँपों की ग़िज़ा में कोई मिलावट करें। मगर यह कि वहाँ है क्या जिसे साँप खाएँ? उन मुंतख़िबे-रोज़गार दानिशमन्दों की खोपड़ियाँ मग़ज़ से ख़ाली हैं।

---

1. शरीफ़ और बदमाश, 2. सम्पन्न और विपन्न, 3. फ़क़ीर और अमीर, 4. अमीर और वज़ीर, 5. लॉटरी, 6. वैभव-सम्पन्न दरबार के चुने हुए बुद्धिमान व्यक्ति, 7. श्रेष्ठ चिन्तन, 8. पाण्डित्य, 9. ज्ञान के क्षेत्र में अद्वितीय, 10. ज्ञान सागर के तैराक, 11. राज्य के रहस्य, 12. ज्ञान की अटकल, 13. शुद्ध भोजन।

उस ख़ाली-ढंढार नगर से ज़्यादा इस आबाद शहर से मैंने ख़ौफ़ खाया। जैसे-तैसे लुप-छुपकर वहाँ से निकला। खोपड़ी को सलामत ले आने पर पाक परवरदिगार का शुक्र अदा किया। बस फिर क़स्बों, शहरों, बस्तियों का ख़याल छोड़ा, वीरानों में फिरता फिरा। फिरता फिर रहा हूँ—कभी निर्जन रेगिस्तानों में, कभी घने जंगलों में। बस्तियाँ, कुत्तों की आवाज़ों की राह, पीछा किए जा रही हैं। जंगल में मैंने कोई कुत्ता नहीं देखा। कुत्ते बस्तियों में होते हैं। बस्तियों और उनके आस-पास भौंकते कुत्तों की आवाज़ें रात को जंगल में इस तरह आती हैं जैसे सब बस्तियों के सब कुत्ते जंगल की तरफ़ मुँह करके भौंक रहे हैं। मैं घिरा हुआ हूँ। जंगल के चारों तरफ़ बस्तियाँ फैली मालूम होती हैं। चारों तरफ़ से कुत्तों की आवाज़ें आ रही हैं, जैसे बड़ा-सा दायरा बनाकर मेरी तरफ़ मुँह करके भौंक रहे हैं। जंगल की रात कितनी लम्बी होती है! मैं अपनी गुफ़ा से कितनी दूर हूँ—सायरन की आवाज़, सीटियाँ, सन्नाटा...।

"बेटे! लालटेन बुझा दो, कहीं रोशनी बाहर न जा रही हो!" अम्मीजान डरी आवाज़ में कहती हैं कि कहीं उनकी आवाज़ उपग्रहों तक न पहुँच जाए।

"जी अच्छा।"

मैं लालटेन बुझाने लगा हूँ। गुफ़ा में पूरा अँधेरा होना चाहिए।

12 दिसम्बर

दिन की सब बातें दिन के साथ बिसर गईं, अब रात है और मैं हूँ। जंग की रात कितनी लम्बी होती है कि ओर-छोर ही नहीं मिलता! जैसे जंगल में चल रहे हैं और सदियों से सफ़र कर रहे हैं। जंगल का सन्नाटा और सदियों का सुकूत। सोई बस्तियों में कुत्ते, जंगलों में गीदड़। उनकी आवाज़ें कायनात की नींद को तोड़ती नहीं, गहरा करती हैं। सोई बस्तियाँ, सोई सदियाँ, सोए जंगल—किसी वक़्त भी सब जाग सकते हैं। जैसे मेरे अन्दर जागने लगे हैं—लम्बे सफ़र से मैं थक गया था। चलते-चलते ठिठका। उस वृक्ष तले चीते की खाल पर अपनी लम्बी उज्ज्वल जटाओं के संग आँखें मूँदे, दम रोके वह ऐसा बैठा था जैसे बन के बीच जटाओं वाला बूढ़ा बरगद। आगे नादिया बैल धरा था, जटाओं के बीच फ़ाख़ता ने घोंसला बनाया था और अंडे सेह रही थी कि राजा को आते देखकर फड़फड़ाई और उड़ गई। उसने उज्ज्वल पलकों को उठाया और देखकर बोला, "हे राजा! लेगा या देगा?"

"युद्ध करूँगा। ले सका तो लूँगा, देना पड़ा तो दूँगा।"

"कैसे युद्ध करेगा?"

"जैसे वीर किया करते हैं। धनुष में बाण जोड़ूँगा और धावा बोलूँगा।"

"कौन-सा धनुष और कौन-से बाण?"

"बुद्धि का धनुष और प्रश्नों के बाण।"

"फिर धनुष सीधा कर और बाण चला।"

"बोल कि किसका किससे पेट नहीं भरता?"

"हे राजा! नौ चीज़ों का नौ चीज़ों से पेट नहीं भरता।"

"किन नौ चीज़ों का किन नौ चीज़ों से पेट नहीं भरता?"

"सागर का नदियों के पानी से, अग्नि का ईंधन से, नारी का भोग से, राजा का राज-पाट से, धनवान का धन-दौलत से, विद्वान का विद्या से, मूर्ख का मूढ़ता से, अत्याचारी का अत्याचार से।"

यह सुन राजा ने उसके चरण छुए। "धन्य हो मुनि महाराज! मैंने तुम्हें सौ गऊएँ दान दीं।"

"स्वीकार किया। और पूछ।"

"हे मुनि महाराज! मैं कैसे चलूँ?"

"सूर्य के उजाले में चल।"

"सूर्य जब डूब जाए, फिर?"

"फिर तू चन्द्रमा के उजाले में चल।"

"चन्द्रमा डूब जाए, फिर?"

"फिर तू दीया जला, उसके उजाले में चल।"

"दीया बुझ जाए, फिर?"

"फिर तू आत्मा का दीया जला, उसके उजाले में चल।"

राजा ने फिर चरण छुए। "धन्य हो मुनि महाराज! मैंने तुम्हें सौ गऊएँ और दान में दीं।"

राजा ने फिर धनुष सीधा किया। बाण जोड़ने लगा था कि मुनि बोला, "राजा, बस कर।"

"किस कारण बस करूँ?"

"इस कारण कि संसार में गऊएँ थोड़ी हैं, पूछने की बातें बहुत हैं।"

मैंने उसे, उसने मुझे देखा। "क्या माँगता है?"

"शान्ति।"

"शान्ति?" अचरज से मुझे देखा—"भव सागर में शान्ति?" देखे गया।

फ़ाख़्ता का घोंसला ख़ाली था। सिर को झटका कि अंडे गिरे और टूट गए।

सायरन...। फिर कुत्ते जाग उठेंगे...।

13 दिसम्बर

"यह ख़बर है या अफ़वाह?"

''साहिब! पक्की ख़बर है। सातवाँ बेड़ा (सेवेन्थ फ़्लीट) चल पड़ा है।''

''वाक़ई ?''

''वाक़ई, अब तो बंगाल की खाड़ी में दाख़िल होने वाला है। बस अब जंग का पासा पलटने वाला है।''

शीराज़ में, नज़ीरा की दुकान पर, हमारे घर में जहाँ ख़्वाजा साहिब पल-पल की ख़बरें लेकर अब्बाजान के पास पहुँचते हैं—सब जगह अमरीका के सातवें बहरी बेड़े की चर्चा है। सूखे धानों पर जैसे पानी पड़ गया हो। मुझे याद आता है कि इसी बाबत इश्तिहार मैंने कहीं लगा देखा है। कहाँ ? किस दीवार पर ? मैं शहर की दीवारें ध्यान में लाता हूँ। कौन-सी दीवार थी वह ? दीवार-दीवार देखता फिरता हूँ। अच्छा! यह थी वह दीवार। शाहजहानी मसजिद की दीवार, एक बड़ा-सा इश्तिहार लगा है जिस पर ढाल और तलवार की तसवीर बनी है। ख़बर छपी है कि ईरानी लशकर चल पड़ा है। जहानाबाद पहुँचा चाहता है। ख़ल्क़त इकट्ठी है, जैसे पूरा जहानाबाद सिमट आया हो।

''अमाँ, कैसा अख़बार है ? क्या लिखा है इसमें ?''

''ऐ साहिब! साफ़ लिखा है, ईरान का लशकर मारामार करता चला आ रहा है। बस उसे पहुँचा समझो, फ़िरंगी के दिन आ गए हैं।''

''अमाँ, नहीं ?''

''तो फिर क़िबला आप ख़ुद पढ़ लें।''

''अच्छा ? फिर तो बहुत बैराखेरी होगी।''

''ऐ साहिब! वह तो होगी।''

''मगर मेरे अज़ीज़! फ़िरंगी कुछ मुँह का निवाला नहीं है। उसके पैरों तले गंगा बहती है।''

''ऐ हज़त! फिर ईरान भी कुछ पतला नहीं मूतता। फ़िरंगी को छटी का दूध याद आ जावेगा।''

जहाँआबाद में ख़ुशी की लहर दौड़ गई, सूखे धानों पर पानी पड़ गया। यार ख़ुशी से फूले नहीं समाते, अकड़-अकड़कर चलते हैं।

''अबे ओ नांगलू, आज तू बहुत इतरा रिया ए। साले अपची बना हुआ है, कहीं आग पड़ गई तो ?''

''ढड्डो के, तुझे बसन्त की भी ख़बर है ?''

''ख़बर नहीं तो तू बता दे। क्या फिर तूने कोई सीगूफा छोड़ा है।''

''अबे मुख़ंचू, ईरान आ रिया ए।''

''नहीं बे।''

''नहीं मानता तो जामा मसजिद पे जा, वाँ पे पर्चा लगा हुआ है।''

''ईरान क्या लेने आरिया ए बे ?''

"बच्चू, तेरी अक्कल पे तो ख़त्तल पड़ गए। अबे वह फ़िरंगी से दो-दो हाथ करने आ रिया ए।"

"खा मेरे सिर की क़सम।"

"तेरे सिर की क़सम। बस अब, साले फ़िरंगी का सारा रुआब-शुआब ख़त्म हो जावेगा।"

"फिर तो पौबारे हैं।"

"पौबारे ही पौबारे।"

"अबे ओ ऊदबिलाऊ, तेरी बनोट किस दिन काम आवेगी?"

"मौक़ा तो आने दे, बस ग्वालियरी पैसा तैयार रख। साले सब फ़िरंगियों की कलाइयाँ उतार दूँगा।"

मगर मैं यहाँ ज़्यादा देर नहीं ठहर सकता था। करफ़्यू का वक़्त जो क़रीब था। मैंने एक स्कूटर-रिक्शा वाले को रोका।

बोला, "बाऊ, ब्लैकआउट में वापिस आना पड़ेगा।"

"यार, मीटर से रुपया ज़्यादा ले लेना।"

"अच्छा, बैठ जाओ।"

रिक्शा स्टार्ट करते ही वह शुरू हो गया, "बाऊजी, जंग की केह ख़बराँ हैं?"

"कोई नई ख़बर नहीं।"

'फिर मेरे से सुनो! चीन दी फ़ौजाँ आ गई हैं।"

"कौन कहता है?"

"एक बाऊ मेरी रिक्शा में बैठा, उसने बताया। पक्की ख़बर है जी। रात को जितनी लड़ाई होती है चीनी फ़ौजाँ लड़ती हैं।"

"रात में क्या ख़ास बात है?"

"दिन को तो पहचाने जावेंगे। रात को भेस बदल के लड़ते हैं।"

"अमाँ, यह सब्ज़पोश बीबी कौन है?"

"सब्ज़पोश बीबी! सुना तो है। ईं गुले दीगर शगुफ़्त[1]।"

"अमाँ, आप सुनने की बात करते हैं। देखने वालों ने देखा है। बस एक ग़ैबी गोले की तरह दुश्मन पे गिरती है। फ़ौजियों को मूली-गाजर की तरह काटती चली जाती हैं। जब पौ फटती है तो ग़ायब हो जाती है। मजाल है फिर उसका आँचल भी नज़र आ जाए।"

"ऐ साहिब! यह तो अजब माज़रा है।"

"ऐ हज़त! आप सब्ज़ बीबी की बात कर रहे हैं। फिर मुझ से सुनो। बन्दा-ए-दरगाह ने अपनी आँख से उसे देखा है।"

1. यह कोई दूसरा ही गुल खिला।

"अमाँ, नहीं ?"

"हज़त! झूट बोले सो काफ़िर। काबुली दरवाज़े वाले मोरचे पे जब रन पड़ा है तो ऐ हज़त! मैं भी सिर पे कफ़न बाँध कूद पड़ा। क़सम अली मुर्तज़ा-शेरे-ख़ुदा की, विन साले फ़ौजियों के छक्के छुड़ा दिए। लड़ते-लड़ते क्या देखूँ हूँ कि एक बीबी सिर से पैर तक सब्ज़, मुँह पे नक़ाब पड़ी हुई, हाथ में तलवार, घोड़े पे सवार फ़ौजियों के दल में घुसी हुई है। मैं हरियान की यह बीबी कौन है! त्रिस ने जे कमाल किया। ऐसी तलवार मारे कि सिर भुट्टे की तरयों उड़ जावे। विन सालों के तूस बिखेर दिए। फ़ौजी-दुम दबाके भागे। जदूँ लड़ाई ख़त्म हुई तो मैंने मुड़के देखा, लो जी वो ग़ायब। बहुत इधर-उधर नज़रें दौड़ाईं, विस की तो फिर पैंछल नई दिखाई दी।"

14 दिसम्बर

आज मैं शहर में घूमता-फिरता रहा। आसार अच्छे नहीं। नक़शा शहर का देखा। मोरचों को ठंडा पाया। सिपाही मोरचों पर कम और बाज़ारों में ज़्यादा नज़र आते हैं, मेरठ से जो पुरबिए भड़कते शोले की सूरत उठे थे, अब सर्द दिखाई देते हैं। लड्डू-पेड़े खाते हैं, भंग घोटते हैं, जलेबियों से उन्हें ख़ास लगाव है। हर हलवाई से पूरी-कचौड़ी के साथ जलेबियों का तक़ाज़ा है। शहर के हलवाई पुरबियों से तंग हैं। बाक़ी बचे बख़्त खाँ के सिपाही...तो मैदाने-जंग में जौहर दिखाने का मौक़ा उनके हाथ से निकल चुका है। दरबार जो कभी दुरबार[1] था अब इदबार[2] के साए में है। साज़िशों का वहाँ जाल बिछा है, मोतबर ग़ैर-मोतबर हो चुके हैं। दरबार की शोभा हैं, मगर दुश्मनों से निगाहबाज़ी करते हैं। बख़्त खाँ मैदानेजंग का आदमी, दरबार में आकर मात खा गया। सिपहसालारी के हिस्सेबख़रे हो चुके हैं। अब मिर्ज़ा मुग़ल भी उसमें हिस्सेदार हैं। दो मुल्लाओं में मुर्ग़ी हराम। हाँ, मिर्ज़ा ग़ौस भी बीच में कूद पड़े हैं। तैमूरी ख़ून बस शेख़ी बघारने की हद तक गर्म है। कुछ उन मेमों की हद तक गर्म है, जो उनके हत्थे चढ़ गई हैं। मिर्ज़ा ग़ौस जंग की बातें ज़्यादा करते हैं, जंग कम लड़ते हैं मगर उनकी बातों से ज़्यादा हुज़ूर बादशाह सलामत का यह शेर फ़िज़ा में गूँज रहा है :

दमदमों में दम नहीं अब ख़ैर माँगो जान की,
ऐ ज़फ़र! बस हो चुकी शमशीर हिन्दुस्तान की।

ख़ुदा इस शहर पर अपना रहम करे। मैंने लाल क़िला की दीवारों पर ज़र्दी पुती देखी है।

सादा-दिल दिल्ली के बासी ईरान के लश्कर के अभी भी मुंतज़र हैं।

---

1. वैभव से परिपूर्ण, 2. विपन्नता।

15 दिसम्बर

ड्योढ़ी से क़दम निकाला ही था कि ऐसा धमाका हुआ कि सब दरो-दीवार हिल गए। लगता था कि इसी कूचे में किसी ने गोला मारा है। आगे चला, चावड़ी बाज़ार में एक हलवाई की दुकान पर पूरबियों का भीड़-भड़क्का देखा। कोई शोर मचाता है, 'हमो को पूरी दो', कोई ग़ुल मचाता है, 'जलेबी, जलेबी'। मैंने उनसे पूछा कि यह धमाका कैसा हुआ था?

"क्या कहवत है रे?" एक ने मुट्ठी-भर क़लाक़ंद मुँह में ठूँसते हुए पूछा।

"अभी-अभी धमाका हुआ था, जैसे पास ही तोप दग़ी हो।"

"मारी होगी किसू सास के जवाई ने गिराब[1]।" दूसरा लापरवाही से बोला।

"देख मियाँ!" तीसरे ने ग़ुस्से से कहा, "लड़ाई-भिड़ाई जावे भाड़ में। तू हमो को पेट पूजा कर लेने दे। जा, लम्बा बन।"

मैं अपना-सा मुँह ले कर आगे बढ़ लिया। ये हैं वो जो दिल्ली के तख़्त की हिफ़ाज़त करेंगे?

हरे-भरे शाह के मज़ार और शाहजहानी मस्जिद के बीच खड़ा हूँ और आसमान की तरफ़ देखता हूँ। या मेरे मौला! हुज़ूर ज़िल्ले-सुबहानी के होते यह कैसा साया मसजिद के मीनारों और क़िले की बूर्जियों पर काँपता देखता हूँ!

एक नंग-धड़ंग फ़क़ीर, करबड़ी दाढ़ी, मैली-लम्बी-उलझी ज़ुल्फ़े, सुर्ख़ अंगारा आँखें, वहशत से चिल्लाया, "परे हट, देखता नहीं, लाशें पड़ी हैं।"

"लाशें? कैसी लाशें? कहाँ हैं?" मैंने इर्दगिर्द नज़र डाली।

फ़क़ीर चुप हुआ। बड़बड़ाया जैसे अपने-आपसे कह रहा हो, "ज़बान बन्द रखो। तुम्हें असरारे-इलाही फ़ाश करने[2] को किसने कहा है?" फिर हरे-भरे शाह के मज़ार की तरफ़ चला। मज़ार के पास पहुँचते-पहुँचते नज़रों से ओझल हो गया है।

16 दिसम्बर

आज सितम्बर की चौदह है। क़यामत का दिन। सत्तावन सन की सबसे सितम-भरी घड़ी। घर से बाहर आया तो शहर को दरहमो-बरहम देखा। यह देखकर हैरान हो रहा था कि एक ज़बरदस्त धमाका हुआ, जैसे बन्दूक़ों के सौ फ़ायर एक साथ हुए हों। दिमाग़ बिखर-सा गया। समझ में न आया, किधर जाऊँ? पाँव ख़ुद-ब-ख़ुद क़िले की तरफ़ उठ गए।

क़िले के दरवाज़े पर पहुँचा तो क्या देखा कि फाटक बन्द है, ताला लगा है। न दरबान, न पहरेदार। फाटक के एक तरफ़ एक तोप है, मगर चलाने वाला कोई

---

1. तोप का गोला, 2. ईश्वर के रहस्य स्पष्ट करने।

नहीं। अक़्ल हैरान, अजब-सुम्मुल-अजब[1]। शाहजहानी क़िले के दरवाज़े में ताला? बारे एक सूरत नज़र आई। मैंने उसे पहचाना। यह दरबारे-दुरबार का दरवान है। कहाँ भागा जाता है? मैंने उसे टोका। उसने भागते-भागते कहा कि ख़ैर चाहता है तो यहाँ से चला जा। ख़ाकियों की पलटन आ रही है।

"और हुज़ूर ज़िल्ले-सुबहानी?"

"हुज़ूर ज़िल्ले-सुबहानी मक़बरा-ए-हुमायूँ में हैं। शहज़ादे-शहज़ादियाँ तितर-बितर हैं। जिसके जहाँ सींग समाए निकल गया! क़िला ख़ाली है, भायँ-भायँ करता है।"

मैं पलट लिया। रास्ते हू-हक़ कर रहे थे, मगर दूर से तोपों के दग़ने की आवाज़ें आ रही थीं। कभी इस राह, कभी उस राह। कभी किसी छत्ते में, कभी खुली सड़क पर। कहीं रास्ता यहाँ से वहाँ तक ख़ाली। कहीं लोग खुले में बग़लों में पोटलियाँ दबाए, टब्बर को पीछे लगाए चले जाते हैं। चावड़ी में और नक़शा देखा। लोग लट्ठ-पोंगे लिये खड़े हैं। एक चारपाई की पट्टी लिये घर से निकला और सफ़र में आ शामिल हुआ। दूसरा फुकनी उठाए घर से प्रकट हुआ और बाज़ू तोलता बीच सड़क पर आ डटा।

मैंने क़रीब जाकर राज़-भरे स्वर में पूछा, "अज़ीज़, क्या नीयत है?"

फुकनी वाले ने कड़ककर कहा, "लड़ेंगे।"

मैंने फुकनी वाले, फिर चारपाई की पट्टी वाले को हैरत से देखा और आगे बढ़ लिया। फिर ख़ुद ही हैरत ग़ायब हो गई। ठीक है, लड़ने वाले फुकनी-चिमटे और चारपाइयों की पट्टियों से भी लड़ लेते हैं। जिन्हें नहीं लड़ना होता वे तैयार तोपों और भरी बन्दूक़ों को छोड़कर भाग खड़े होते हैं।

जामा मसजिद के सामने से गुज़रते-गुज़रते ठिठका। सकते में आ गया। लाशों का फ़र्श बिछा था। हरे-भरे शाह की तरफ़ से ग़ज़बनाक आवाज़ आई, "तुझे किसने कहा कि याँ ठहरे। चला जा!" उधर नज़र गई। वही नंग-धड़ंग फ़क़ीर। बदन में कँपकँपी आ गई। तेज़ क़दम उठाता आगे बढ़ा। फिर बिलकुल इधर-उधर नहीं देखा। बस घर की तरफ़ दौड़ा चला जा रहा था।

घर में अम्मीजान बैठी धारोंधार रो रही थीं। मुझे देखकर उनकी हालत और ग़ैर हो गई। "बेटे! बतूल का क्या बनेगा?"

अब्बाजान इत्मीनान से बैठे थे। मुझे देखा, देखते रहे और बोले, "यह ख़बर सही है?"

मैं क्या जवाब देता, जितना सबको मालूम था, उतना ही मुझे मालूम था। सोचकर मैंने कहा कि "इरफ़ान के दफ़्तर जाता हूँ। वहाँ से पता चलेगा कि सही ख़बर क्या है?"

"फिर जाओ और मालूम करके आओ।"

---

1. विचित्रताओं में विचित्रता।

रास्ते में जो भी मिला, जिससे भी पूछा, वह उतना ही बाख़बर और उतना ही बेख़बर था, जितना मैं था। साफ़ ख़बर किसी के पास नहीं थी। और सबको पता था कि यह कुछ हो गया है, और किसी को एतिबार नहीं आ रहा था।

एतिबार और बेएतिबारी के बीच डाँवाडोल मैंने घर से शीराज़ तक के रास्ते में कितनी बार इस ख़बर को अफ़वाह जाना और कितनी बार इस अफ़वाह को ख़बर समझा।

मेरा अनुमान था कि इरफ़ान इस वक़्त शीराज़ में होगा। यह वहाँ मौजूद था।

''इरफ़ान! दफ़्तर से आ रहे हो?''

''हाँ! ख़बर पूछोगे?''

''हाँ!''

''मत पूछो। सही सूरते-हाल का किसी को पता नहीं है। हमने ढाका कान्टैक्ट करने की बहुत कोशिश की, कान्टैक्ट नहीं हुआ।''

''पता नहीं, जब्बार ग़रीब का क्या हाल होगा?''

''ये लोग गवर्नर-हाउस से इंटरकाम से जुड़े हुए हैं।''

''और मेरी अम्मी अपनी बहन के लिए परेशान हैं।''

''परेशान होना चाहिए, मगर क्या हो सकता है?''

''ठीक कहते हो।'' मैं चुप हो गया।

शीराज़ इस वक़्त भरा हुआ था। मगर कोई चाय नहीं पी रहा था। सब एक-दूसरे से पूछ रहे थे। वह पूछ रहे थे, जो वह जानते थे। मान चुके थे, मानने से इनकार कर रहे थे।

8

इस वक़्त वह सारा अपनी टाँगों में था। वह चलते-चलते कितना कुछ सोचता था और सोचते-सोचते कहाँ-कहाँ निकल जाता था! इस वक़्त वह सिर्फ़ और महज़ चल रहा था। तेज़-तेज़ उठते क़दम, क़दमों के शोर में कान पड़ी आवाज़ सुनाई नहीं दे रही थी, या शायद और कोई आवाज़ ही नहीं थी। वह ख़ाली शहर में अकेला चल रहा था और दो क़दमों की आहट से पूरी फ़िज़ा गूँज रही थी। उन दो क़दमों के शोर में रिक्शा का शोर भी दब गया था कि जब बिलकुल बराबर आ गई और बराबर आकर आहिस्ता-आहिस्ता चलने लगी, तब उसे पता चला कि रिक्शा ख़ाली थी और रिक्शा वाला उसकी तरफ़ देख रहा था।

''नहीं,'' उसने कहा और रिक्शा वाले ने रिक्शा की रफ़्तार तेज़ की और आगे बढ़ गया। जब मुझे वाक़ई कहीं जाना होता है तो रिक्शा वाले हवा के घोड़े पर सवार

होते हैं, कोई नहीं रुकता। और आज जब मुझे कहीं नहीं जाना तो क़दम-क़दम पर ख़ाली रिक्शा नज़र आ रही है। और मुझे दावत दे रही है, जैसे आज शहर में मैं अकेली सवारी हूँ। उसने नज़र उठाकर आस-पास देखा, फिर सामने दूर तक नज़र डाली। उसे लगा कि आस-पास और दूर तक कोई नहीं है। लोग कहाँ गए? उसने फिर एक बार क़रीब-दूर का जायज़ा लिया। जहाँ-तहाँ कोई टोली खड़ी हुई या आहिस्ता-आहिस्ता चलती हुई नज़र आई, कुछ आपस में बातें करते हुए, और चेहरे सुते-सुते। ये सब चेहरे सुते-सुते क्यों हैं? डर से?

चलते-चलते नज़र दीवार पर गई, जहाँ एक बड़ा-सा इश्तिहार लगा था—घोड़े पर सवार, हाथ में तलवार, सूरत खूँख़्वार, ये ग़ाज़ी, ये तेरे पुरअसरार बन्दे। उस पर कोई असर नहीं हुआ कि अब वह तसवीर भी मुरदा थी और वे शब्द भी। अगले नुक्कड़ पर फिर वही इश्तिहार, वही तसवीर, वही शब्द। मुरदा तसवीर, मुरदा शब्द। उसके तसव्वुर में एक जलसाग़ाह की तसवीर उभरी।

जगह-जगह झंडियाँ लगी हुईं, झंडियों की सूरत में बड़े-बड़े इश्तिहार हवा में लहराते हुए। उस वक़्त उसके शब्द, उसके नक़्श कितने ज़िन्दा नज़र आते हैं! जलसा तितर-बितर हो जाता है। जलसागाह ख़ाली पड़ी है, मगर इश्तिहार उसी तरह हवा में फड़फड़ा रहे हैं। उस पर लिखे लफ़्ज़ बने नक़्श कितने मुरदा नज़र आते हैं! दिनों तक इन इश्तिहारों को कोई नहीं उतारता। बराबर से मोटर गुज़री। पीछे लिखा था—"क्रश इंडिया!" शायद कार वाला यह नारा लिखकर भूल गया है। नहीं तो क्या... ? उसकी समझ में कुछ नहीं आया।

असल में इस वक़्त उसका दिमाग़ ख़ाली-ख़ाली था। दिमाग़ भी और दिल भी। सुबह से वह सोचने और महसूस करने की ज़रूरत किस शिद्दत से महसूस कर रहा था। अभी तक वह समझ नहीं पाया था कि किसी बड़ी घटना को किस तरह महसूस किया जाता है। सुबह देर तक वह कमरे में बन्द बैठा रहा और महसूस करने की कोशिश करता रहा। जितना उसने महसूस करने की कोशिश की उतनी ही उस पर बेहिसी छाती चली गई। फिर ख़्वाजा साहिब आ गए और उनके बुलाने पर उसे ड्राइंग-रूम में जाकर बैठना पड़ा। ख़्वाजा साहिब को यह गुमान रहता था कि उसे दूसरों से ज़्यादा मालूम है। आज भी इसी गुमान में उन्होंने उसे बुलाया था। मगर उसे क्या मालूम था? बस उतना ही जितना दूसरों को मालूम था। ख़्वाजा साहिब ने भी आज उससे ज़्यादा सवाल नहीं किए। उनके पास आज तो एक ही सवाल था।

"मौलाना साहिब! यह क्या हो गया?"

अब्बाजान ने ख़्वाजा साहिब के रुआँसे सवाल का जवाब ख़ुश्क-से लहजे में दिया, "ख़्वाजा साहिब! यह दुनिया दार-उल-हिसाब है।[1] इन्सान जो बोता है, वही काटता है।" फिर ख़ामोशी से हुक़्क़ा पीने लगे।

---

1. संसार में कर्म और फल की व्यवस्था है।

ख़्वाजा साहिब चुप बैठे रहे। फिर बोले, ''मौलाना साहिब! जब मैं रेडियो सुन रहा था तो जी चाह रहा था कि धाड़ें मार-मार कर रोऊँ। मगर मैं बूढ़ा आदमी, जवान औलाद के सामने रोता क्या अच्छा लगता था? ज़ब्त किए बैठा रहा। आख़िर उठके कमरे से निकल गया और सहन में दरख़्त के नीचे कुरसी डाल के बैठ गया। उस वक़्त आस-पास कोई नहीं था। सब कमरे में बैठे रेडियो सुन रहे थे। बस बन्द टूट गया।'' ख़्वाजा साहिब की आँखें फिर भर आई थीं, मगर जब्त कर गए। चुप बैठे रहे। फिर एक ठंडी साँस के साथ उठे, रुके, बोले, ''मौलाना साहिब! मेरे बड़े के लिए दुआ करो। उसकी माँ रात से लगातार रो रही है।''

''ख़्वाजा साहिब! घर में कहो कि सब्र करें। अल्लाह-तआला सब्र करने वालों को सब्र का सिला देता है। इन्नल्लाहा मअस्साबिरीन[1]।'' फिर आँखें बन्द कर लीं और मुँह-ही-मुँह में कुछ पढ़ने लगे। हुक़्क़ा अलग रखा था। आँखें बन्द थीं, होंठ हिल रहे थे। और वह उन्हें तके जा रहा था। चाहा कि उठकर आहिस्ता से निकल जाए, मगर लग रहा था कि टाँगों में दम नहीं है।

अब सारा दम जैसे टाँगों में आ गया था। उठते हुए तेज़-तेज़ क़दम। उस घड़ी वह यहाँ कुछ था। एक सड़क से दूसरी सड़क पर, दूसरी सड़क से तीसरी सड़क पर। दीवारों पर लगे इश्तिहार पढ़ता हुआ। लगता था कि सारा शहर ख़ूँद डालेगा और शहर की दीवारों पर जितना कुछ लिखा हुआ है, बड़े-बड़े पोस्टरों की सूरत में और चाक और कोयले से लिखे हुए नारों और गालियों की सूरत में-वह सब पढ़ डालेगा। मगर बग़ैर कुछ महसूस किए। कितने ऐसे इश्तिहारों को जिन पर एक ही मज़मून लिखा था और कितनी ऐसी कारों को जिनकी पुश्त पर, शीशे पर एक ही नारा अँग्रेज़ी के दो लफ़्ज़ों में लिखा हुआ था, वह बग़ैर किसी उकताहट के पढ़ता चला गया। कितने लफ़्ज़ मरे पड़े थे! उसे लगा कि नारे नहीं पढ़ रहा, मरी हुई मक्खियों पर चल रहा है। तबीयत उचाट होने लगी। दीवारों से नज़रें हटाकर आस-पास चलते लोगों को देखने लगा। सबके चेहरे सुत-सुताकर एक-से हो गए थे। अहसास से ख़ाली। बस, ख़ून की एक परछाईं उन पर काँप रही थी। ख़ुद भी परछाईं लग रहे थे, जैसे उनमें वज़न ही न हो।

मुझ में वज़न है? अचानक उसे ख़याल आया और वह शक में पड़ गया। तेज़ चलते-चलते अचानक आहिस्ता-आहिस्ता चलने लगा और क़दम नाप-तोलकर रखने लगा। वह अपने-आपमें वज़न महसूस करने की कोशिश कर रहा था। वज़न मुझमें है कि नहीं है? कब ऐसा होता है कि आदमी बेवज़न हो जाते हैं और कब होता है कि जिस्म आदमी के लिए बोझ और सिर-व-बाल दोष बन जाते हैं। फिर एक रिक्शा उसके क़रीब आकर कछुवे की चाल चलने लगा था। रिक्शा को ख़ाली पाकर बेध्यानी में बैठने लगा था कि ख़याल आया, मुझे जाना कहाँ है?

1. अल्लाह सब्र करने वालों के साथ है।

कहीं भी नहीं। जब कहीं जाना होता है तो हर रिक्शा भरी नज़र आती है। और हर ख़ाली रिक्शा परे-परे दौड़ती हुई। और अब जब कहीं नहीं जाना तो सिर पर सवार है।

''नहीं जाना।'' रिक्शा की रफ़्तार तेज़ हुई और वह आगे निकले गई।

उसने तो क़दमों को कोई हिदायत नहीं दी थी। बस चल रहा था। लम्बे-लम्बे डग भरता हुआ। मगर मुल्ला की दौड़ मसजिद तक। हिरफिरकर यहीं आना था। इरफ़ान पहले से मौजूद था, सामने चाय की प्याली रखे हुए और मुँह में सिगरेट दबाए हुए।

''चाय?''

''आज बहुत चला हूँ।''

''क्यों?''

''बस वैसे ही।''

''थक गए हो?''

''नहीं।''

''फिर?''

''चाय तो बहरहाल पीनी है।''

इरफ़ान ने तुरन्त आर्डर दिया। अब्दुल ने जल्द ही चाय लाकर रख दी और बग़ैर कोई बात किए वापिस चला गया।

वह और इरफ़ान दोनों आमने-सामने बैठे चाय पी रहे थे जैसे एक-दूसरे से बिलकुल अनजान हों। चाय पीते-पीते उसकी नज़र यूँ ही सामने पड़े मुड़े-तुड़े अख़बार पर जा पड़ी और वहीं जम गई। सब वही ख़बरें थीं और वही सुरख़ियाँ, जो सुबह उसने घर बैठकर पढ़ी थीं। उस वक़्त यही सुर्ख़ियाँ उस पर दुश्मन की तरह हमलावर हुई थीं। मगर अब ये सब इतनी भारी सनसनी पैदा करने वाली सुरख़ियाँ मुरदा लफ़्ज़ों का एक ढेर नज़र आ रही थीं। मगर किसी-न-किसी तरह तो अपने-आपको मसरूफ़ करना ही था। बेदिली से जहाँ-तहाँ सुरख़ियों पर नज़र दौड़ाई। एक ख़बर को यूँ ही पढ़ना शुरू कर दिया। पढ़ता चला गया। बग़ैर यह सोचे कि क्या ख़बर है। नज़र टिकी थी, दिमाग़ बेताल्लुक़। आख़िर बेज़ार हो गया। अख़बार परे करके इरफ़ान को एक नज़र देखा, जिस ने प्याली ख़त्म करके सिगरेट सुलगा ली थी। उसने भी मेज़ पर पड़े पैकिट में से एक सिगरेट निकाली और होंठों से लगाकर सुलगा ली।

''यार, कोई बात करो।''

''बात करना बहुत ज़रूरी है?''

''ज़रूरी तो नहीं, फिर भी।'' यह कहते-कहते उसने इर्द-गिर्द नज़र डाली। मेज़ें जहाँ-तहाँ भरी हुई थीं। एक मेज़ पर एक शख़्स अकेला चाय पी रहा था और

साथ में बहुत ध्यान से अख़बार पढ़ रहा था। क़रीब की दूसरी मेज़ पर एक और शख़्स चाय पी चुका था और शून्य में घूर रहा था। किचन के क़रीब एक मेज़ के गिर्द एक टोली बैठी थी। बातें कर रही थी, मगर दबी-दबी आवाज़ों में और रुक-रुककर। शीराज़ चाय पीने वालों के बावजूद आज कितना ख़ामोश था!

सफ़ेद सिर वाला आदमी रोज़ की तरह दाख़िल हुआ। उनकी मेज़ के क़रीब आया, मगर फिर आते-आते रास्ता बदला और काउंटर के क़रीब वाली अपनी पुरानी मेज़ पर जा बैठा। अब्दुल क़रीब आया, "चाय?"

"हाँ, चाय।"

"और कुछ?"

"और कुछ नहीं।"

अब्दुल ने जल्दी ही चाय लाकर लगा दी। अब्दुल आज जल्दी-जल्दी सर्व कर रहा था। चाय पीने वालों से बातें जो नहीं कर रहा था।

सामने रखी चाय ठंडी हो रही थी और सफ़ेद सिर वाला आदमी सामने दीवार को तके जा रहा था। अचानक सिर झुका कर मुँह पर रूमाल लिया और सिसकियाँ लेके रोने लगा।

जो-जो जिस-जिस मेज़ पर बैठा था, उसी तरह अपनी जगह पर बैठा सफ़ेद सिर वाले आदमी को ख़ामोशी से तकता रहा।

"अब हमें यहाँ से निकल चलना चाहिए," इरफ़ान बोला।

"क्यों?"

"शिकस्त बरदाश्त की जा सकती है। जज़्बातियत[1] मुझसे बरदाश्त नहीं होती।"

मगर उधर सफ़ेद सिर वाला आदमी सिसकियाँ लेते-लेते एकदम से चुप हो गया।

शीराज़ जज़्बातियत के एक ज़रा-से मुज़ाहिरे के बाद फिर ख़ामोश था। जो शख़्स चाय पीने के साथ अख़बार पढ़ रहा था, अब फिर चाय पीने और अख़बार पढ़ने में मसरूफ़ था। शून्य में तकने वाले आदमी ने नई चाय का आर्डर दिया और उठकर क़रीब की मेज़ पर पड़ा अख़बार उठाया और अपनी जगह पर बैठकर उसे उलट-पुलट करने लगा। किचन के क़रीब की मेज़ पर बातें करती हुई टोली, जो दम-भर के लिए बिलकुल ख़ामोश हो गई थी, फिर दबी-दबी आवाज़ों में बातें कर रही थी।

सलामत और अजमल दाख़िल हुए और उनके दाख़िल होते ही शीराज़ की ख़ामोश फ़िज़ा में एक चेतना-सी आ गई। घूरकर उसे और इरफ़ान को देखा और ज़ोर से कुरसियाँ घसीटकर बैठते हुए तुंदो-तेज़ लहजे में कहा, "चाय मँगाओ!"

सलामत ने पहले उसे और फिर इरफ़ान को घूरकर देखा, "तुम लोग हो इस हार के ज़िम्मेदार!"

दोनों ने कोई प्रतिक्रिया नहीं दिखाई।

---

1. भावुकता।

''इरफ़ान! मैं तुमसे कह रहा हूँ। तुम हो इस हार के ज़िम्मेदार! और ज़ाकिर तुम।''

''कैसे?'' उसने सादगी से पूछा।

सलामत ने लाल-पीले होकर कहा, ''तुम सामराज के पिट्ठू, तुम भोले बनकर पूछते हो, कैसे? सोचो कि तुम लड़कों को क्या पढ़ाते हो? बादशाहों की तारीख़, अफ़ीम की गोलियाँ। हाँ, और तुम्हारा बाप ज़िम्मेदार है, जो मेरे बाप को रोज़ मज़हब की अफ़ीम की एक गोली खिला देता है। आज भी एक गोली खिलाई है। मेरा बाप आज तेरे मज़हबपरस्त बाप से सब्र का सबक़ लेके आया है। कहता है, 'इन्नलाहा मअस्साबिरीन।' मैंने कहा, ''बुड्ढे, ये टोटके अब तुम्हें नहीं बचा सकते। हिसाब का वक़्त आ पहुँचा है।' ''

इरफ़ान ने लाल-पीले होते सलामत को सुकून के साथ देखा और कहा, ''तो गोया आज तुमने अपने बाप को अपना बाप मान लिया है!''

सलामत ने घूरकर इरफ़ान को देखा, ''तुम मुझ पर व्यंग्य कर रहे हो?''

''नहीं, इत्मीनान का इज़हार कर रहा हूँ।''

किचन के क़रीब की मेज़ से एक नौजवान उठकर आया। सलामत के क़रीब आकर खड़ा हो गया और ज़हरीले लहजे में बोला, ''सलामत साब! मैंने आपकी पार्टी के जलसे में आपकी तक़रीर सुनी थी, जो आपने बँगला देश की हिमायत में की थी। आप आज किस बात पर अफ़सोस कर रहे हैं?''

''अफ़सोस!'' सलामत ने ग़ुस्से से कहा, ''अफ़सोस कैसा? मैं सामराजी दल्लों को ख़बरदार कर रहा हूँ कि तुम बाज़ी हार चुके हो।''

''यानी पाकिस्तान बाज़ी हार चुका है, यही कहना चाहते हो?'' नौजवान की आँखों में ख़ून उतर आया था।

मैनेजर ने दूर से बिगड़ती सूरते-हाल को भाँपा, लपककर आया और नौजवान को समझाने लगा, ''आप अपनी मेज़ पर चलें और चाय पी लें।''

''नहीं, मुझे ज़रा पूछ लेने दें कि यह भाई साहब चाहते क्या हैं?''

मैनेजर ने नौजवान को पकड़-धकड़ कर उसकी जगह पर पहुँचाया। फिर आकर कहा, ''सलामत साहिब! आज आप ऐसी बातें न करें। लोगों के दिल आज बहुत दुखे हुए हैं।''

''किन लोगों के दिल?'' सलामत ने दाँत किचकिचाकर कहा।

''देखिए, मैं आपसे बहस नहीं करूँगा।'' मैनेजर ने चलते-चलते अब्दुल को पुकारा, ''अब्दुल! तुम सलामत साहिब के लिए चाय लाओ।''

अब्दुल की तरफ़ से कोई जवाब नहीं आया। वह चाय की ट्रे लेकर उस मेज़ पर पहुँच चुका था।

''अब्दुल!'' इरफ़ान ने खड़े होते हुए कहा, ''यह चाय मेरे हिसाब में जाएगी।''

और सलामत के कुछ कहने से पहले इरफ़ान और वह दोनों शीराज़ से बाहर निकल आए थे।

शीराज़ के बाहर फ़ुटपाथ पर एक टोली खड़ी थी। आपस में कोई बहुत गरम बहस हो रही थी और लोग इकट्ठे होते जा रहे थे। क्या बहस थी? यह वह नहीं सुन सका। बस बार-बार एक लफ़्ज़ सुनाई देता था—ग़द्दार। और फिर अचानक दो नौजवान एक-दूसरे पर पिल पड़े।

वह और इरफ़ान बग़ैर रुके, बग़ैर उस तरफ़ ध्यान दिए आगे बढ़ लिये और देर तक चुप चलते रहे। फिर वह बोला, "सलामत ठीक कहता था।"

"क्या ठीक कहता था?" इरफ़ान ने बेरहमी से उसे देखा।

"वह ठीक कहता था, इस हार का ज़िम्मेदार मैं हूँ।"

इरफ़ान ने उसे घूरकर देखा। फिर बोला, "ज़ाकिर! कहीं तुम जमाल अब्दुल नासिर बनने की कोशिश तो नहीं कर रहे हो?"

"नहीं, वह कैसे बन सकता हूँ? एक ग़रीब बुज़दिल, डरपोक लेक्चरर जमाल अब्दुल नासिर कैसे बन सकता है?"

"फिर?"

"बात यह है इरफ़ान, कि हार भी एक अमानत होती है। मगर इस मुल्क में आज सब एक-दूसरे को इलज़ाम दे रहे हैं और आगे चलकर और देंगे। हर आदमी अपने-आप को महान लीडर साबित कर रहा है और करेगा। मैंने सोचा कि किसी-न-किसी को तो यह अमानत उठानी चाहिए।"

"यहाँ तक तुमने सही सोचा, मगर इससे आगे भी सोचने की बात है।"

"क्या?"

"यह कि इस अमानत का बोझ उठाने के लिए आदमी को कम-से-कम जमाल अब्दुल नासिर होना चाहिए।"

वह सोच में पड़ गया। फिर बोला, "ठीक कहते हो। अमानत बड़ी है। उठाने वाला छोटा है।"

इसके बाद एक लम्बी ख़ामोशी। देर तक चलते रहे साथ-साथ, मगर एक-दूसरे से एकदम कटे हुए। फिर इरफ़ान अचानक रुका, अच्छा यार! मैं चला।"

"कहाँ? ड्यूटी तो तुम्हारी रात की है।"

"बस, अब कल मिलेंगे।" और फ़ौरन ही दूसरी सड़क पर मुड़ गया।

अकेला रह जाने के बाद उसने इत्मीनान की साँस ली। इरफ़ान ही की नहीं, शायद उसकी भी इस वक़्त की ज़रूरत यही थी। शायद दोनों अपनी-अपनी जगह दूसरे को बोझ समझ रहे थे और अकेला हो जाना चाहते थे। इतनी लम्बी दोस्ती में वे पहली बार एक-दूसरे के लिए बोझ बने थे।

चलता चला गया, यह सोचे बिना कि कहाँ जा रहा है। एक सिगरेट वाले की

दुकान पर रुका। दुकानदार से आँखें मिलाए बग़ैर सिगरेट का पैकेट ख़रीदा और आगे बढ़ लिया। उसूलन उसे घर से निकालकर नज़ीरा की दुकान पर रुकना चाहिए था और वहाँ से सिगरेट ख़रीदना चाहिए था क्योंकि यही नियम चला आ रहा था, मगर आज तो वह उस रास्ते से नज़ीरा से ऐसे आँख बचाकर निकला, जैसे वह उसका क़र्ज़दार हो।

मुँह में सिगरेट दबाए चला जा रहा था कि जिन्ना गार्डन के क़रीब से गुज़रते-गुज़रते ठिठका। मैं क्यों बिलावजह अपनी टाँगें तोड़ रहा हूँ? बस, इस ख़याल के आते ही वह सड़क से बाग़ में मुड़ गया। रविश-रविश गुज़रता उस फैले हुए हरे मैदान में पहुँचा, जहाँ जगह-जगह फूलों की क्यारियाँ थीं और पत्थर की बेंचें। मगर बेंच पर बैठने की बजाय उसने हरी घास पर टाँगें फैलाकर बैठना पसन्द किया। फिर उसने इर्द-गिर्द नज़र डाली। दूर-दूर तक कोई नज़र नहीं आया। आज तो बाग़ बिलकुल ख़ाली है।

और यह सोचते हुए अहसास हुआ कि वह बेमक़सद नहीं घूम रहा, था। उसे किसी एकान्त कोने की तलाश थी। मगर किस लिए? जिस लिए ख़्वाज़ा साहिब को तलाश थी? इस ख़याल ने उसे चौंका दिया तो जैसे मैं सुबह से इसलिए मारा-मारा फिर रहा हूँ कि एकान्त कोना मिले और मैं...नहीं, इरफ़ान ठीक कहता है—हार बरदाश्त की जा सकती है, जज़्बातियत नहीं।

मगर फिर एक दूसरी रौ आई और उसे अपने साथ बहा ले गई। थोथी भावुकता दिखाना बड़ी हलकी हरकत है। तन्हाई में जज़्बात की निकासी इंसानी आदत है। इसमें हरज भी क्या है? आदमी उसके बाद हलका हो जाता है। और एक दफ़ा फिर उसने इस घटना के बारे में शिद्दत से महसूस करने की कोशिश की। देर तक बैठा रहा और अपने ऊपर कैफ़ियत तारी करने की कोशिश करता रहा। फिर लेट गया और आँखें मूँद लीं। मगर इस सारी कोशिश के बावजूद वह एक बेरंगी की कैफ़ियत के सिवा कोई कैफ़ियत अपने पर तारी न कर सका।

"काके! तू यहाँ क्या कर रहा है? सो रहा है?"

"नहीं।" वह हड़बड़ाकर उठ बैठा। सामने अफ़ज़ाल खड़ा था।

"फिर क्या कर रहा है?" अफ़ज़ाल घास पर बैठते हुए बोला।

"यार, समझ में नहीं आ रहा था कि क्या करूँ, कुछ समझ में न आया तो यहाँ आ गया। यहाँ कम-से-कम तनहाई तो है और तुम किस चक्कर में आए?"

"मैं यहाँ फूलों से कभी-कभी मुलाक़ात करने आया करता हूँ। फूलों से और दरख़्तों से। अच्छे लोग हैं, सब अपने यार हैं।"

"फूलों से मुलाक़ात? आज के दिन?"

"हाँ, आज के दिन।" अफ़ज़ाल चुप हुआ, फिर बोला, "यार, आज मुँह-अँधेरे मेरी आँख खुल गई। मैंने सोचा कि देखना चाहिए, हार की सुबह कैसे चढ़ती

है? मैंने अपने कमरे की खिड़की खोली और बाहर देखने लगा। बहुत देर तक देखता रहा। बाहर कुछ भी तो नहीं था। मैंने खिड़की बन्द कर ली और चादर मुँह पर लेके सो गया। दोपहर तक सोता रहा। आख़िर मेरी नानी ने मुझे झंझोड़ के उठाया। यार! मैंने तुझसे कभी अपनी नानी का ज़िक्र किया था?''

''नहीं।''

''जब हम चले थे तो बरसात का मौसम था, बाढ़ आई हुई थी। इधर फ़िसादात, उधर बाढ़। मगर हमारी नानी ज़मीन नहीं छोड़ती थी। मेरी माँ ने उसे समझाया कि अम्माँ, हम तो बाढ़ की वजह से जा रहे हैं, जब उतरेगी तो वापिस आ जाएँगे। मेरी भोली-भाली नानी चक्कर में आ गई। मगर वह बात उसके दिमाग़ में फँसी हुई है। थोड़े-थोड़े दिनों के बाद तक़ाज़ा करती है कि काकी! बाढ़ उतर गई होगी, मैनूँ वापिस ले चल।''

''वाक़ई?'' वह हँस पड़ा।

''बिलकुल। अब तक यही समझ रही है कि बाढ़ उतरेगी तो हम वापिस चले जाएँगे। तो आज उसने मुझे झंझोड़के उठाया। मैं आँखें मलता उठा। उसने मुझे बहुत प्यार से ख़ाना खिलाया। फिर कहने लगी कि काके! बाढ़ तो उतर गई होगी। तू मैनूँ वापिस ले चल। मैं उसकी सूरत तकने लगा। जी में आया कि कहूँ कि नानी, मेरी काकी! बाढ़ उधर उतरी तो इधर चढ़ गई। जाने का रास्ता कहाँ है? दिल ने कहा, मत कह। नानी आगे से कुछ और पूछ बैठेगी। बस, यहाँ से निकल ही चल। तो मैं निकल खड़ा हुआ। निकलकर मैंने सोचा कि आज के दिन गन्दे लोगों के मिलने से यह अच्छा है कि चलकर दरख़्तों और फूलों से मुलाक़ात की जाए।''

चुप हुआ, इर्दगिर्द नज़र डाली। फिर कहने लगा, ''धूप इस वक़्त अच्छी है, मगर जा रही है।'' लहजे में अफ़सुर्दगी आ गई।

''दिसम्बर की धूप अच्छी होती है, मगर जल्दी ढल जाती है।''

अफ़ज़ाल ठीक कहता है, उसने सोचा। जब दिलोदिमाग़ ख़ाली हो और सोचने और महसूस करने की ताक़त ख़त्म हो जाए तो आदमी को चाहिए कि दरख़्तों की संगत में अदब से जा बैठे और फूलों से हँसे, बोले। बेशक दरख़्त समझदार होते हैं और फूल अच्छी बातें करते हैं। उसने अफ़ज़ाल को देखा जो उसकी तरफ़ से बेपरवाह होकर दूर के दरख़्तों को तक रहा है। अफ़ज़ाल की नज़रों के साथ-साथ उसकी नज़रें भी सफ़र करने लगीं और दूर के दरख़्तों पर जाकर टिक गईं। जिस्म दोनों के यहाँ, नज़रें दूर दरख़्तों पर। दिल और दिमाग़ भी वहीं पहुँचे हुए थे।

''काके! सुन,'' अफ़ज़ाल राज़दाराना लहजे में उससे कहने लगा।

वह मुश्किल से दरख़्तों की दुनिया से वापिस आया, मगर इस वापिसी पर वह ख़ुश नज़र नहीं आता था, ''हाँ, कहो।''

''यार! पाकिस्तान का इन्तज़ाम मैं अपने हाथ में न ले लूँ?''

"क्या ?" उसने अजीब नज़रों से अफ़ज़ाल को देखा।

"यार! मैंने अब यही सोचा है। अगर दो समझदार आदमी मुझे मिल जाएँ और मेरे बाज़ू बन जाएँ तो यह ज़िम्मेदारी सँभाल लूँ। एक तो तुम हो। एक इरफ़ान को मिलाया जा सकता है। कभी-कभी गन्दी बातें करता है, फिर भी अच्छा आदमी है। तुम दोनों मेरा साथ दो तो मैं पाकिस्तान को फिर से ख़ूबसूरत बना सकता हूँ। यार! इन बदसूरतों ने पाकिस्तान की सूरत बिगाड़ दी है, बहुत गन्दे लोग हैं।"

वह कड़वी-सी हँसी हँसा। बोला कुछ नहीं।

"काके! तुझे मुझ पे एतिबार नहीं है?" अफ़ज़ाल बेदिमाग़ हो गया।

"तुझ पे तो एतिबार है, अपने पे एतिबार नहीं है।"

"क्यों एतिबार नहीं है? यार, उन बदसूरत लोगों के बीच हम ही तो दो ख़ूबसूरत आदमी हैं।" रुका, फिर बोला, "तुझे पता है, मुझे कुछ ज़मीन अलाट होने वाली है।"

"वह तो मैं बहुत दिनों से सुन रहा हूँ।"

"बस, मैंने ही ध्यान नहीं दिया था। अब ध्यान दे रहा हूँ। अलाटमेंट होने वाला है, मैंने नक़्शा तैयार कर लिया है। एक खेत में गुलाब की क्यारियाँ होंगी।"

"एक खेत में? किस ख़ुशी में?"

"यार, पाकिस्तान में फूल बहुत कम हो गए हैं, जब ही तो लोग बदसूरत होते चले जा रहे हैं और नफ़रत फैलती चली जा रही है। मैंने सोचा है कि बदबख़्तों की सूरतों को ख़राब होने से बचाया जाए। तो इरादा यह है कि एक खेत में गुलाब की क्यारियाँ हों, दो टुकड़ों में आमों का बाग़ होगा। यार, बात यह है बदसूरत आवाज़ें सुन-सुनके मेरी सुनने की ताक़त ख़राब हो गई है। आमों का बाग़ होगा तो कोयल की आवाज़ तो सुनाई देगी। क्यों, क्या ख़याल है?"

"अच्छा ख़याल है।"

"बस फिर तैयार हो जा, पाकिस्तान को ख़ूबसूरत बनाना है।"

बस, उसी वक़्त आसमान पर एक खड़खड़ाहट हुई। ऐसी कि कानों के परदे फट जाएँ। उसकी और अफ़ज़ाल की दोनों की नज़रें आसमान की तरफ़ उठ गईं।

"हवाई हमला!"

अफ़ज़ाल हैरत से बोला, "सायरन तो बोला नहीं।"

"हमारे सायरन आज सुबह से ख़ामोश हैं।"

अफ़ज़ाल आसमान को तकता रहा। धीरे-धीरे फ़िज़ा ख़ामोश हो गई। अफ़ज़ाल ने इत्मीनान का साँस लिया।

"यार, मैं तो डर रहा था कि कहीं यहीं गोला न गिर पड़े और ये सब फूल... ।" वह चुप हो गया।

"और तुम कहते हो कि पाकिस्तान को ख़ूबसूरत बनाना है!"

"यार! जंगों को हम रोक नहीं सकते?"

अफ़ज़ाल ने इतनी मासूमियत से पूछा कि वह हँस पड़ा।

"ज़ाकिर, तू हँस रहा है! मैंने संजीदगी से यह सवाल किया है। क्या हम जंगों को रोक नहीं सकते?"

"नहीं।"

"काके, फिर तू मुझे जानता नहीं। मगर मुझे दो बड़े समझदार आदमियों की ज़रूरत है, ज़ाकिर।"

"हूँ।"

"तू मेरा बाज़ू बनेगा?"

आसमान पर फिर घूँ-घूँ होने लगी। आवाज़ तेज़, होते-होते कानों के परदे फाड़ देने वाली खड़खड़ाहट बन गई। आज तीसरे पहर से हमला करने वाले हवाई जहाज़ बहुत नीचे उड़ रहे थे। तेज़ी से आते थे और गुज़रे चले जाते थे, बग़ैर गोला गिराए। उसने सामने रखी टिक-टिक करती घड़ी पर नज़र डाली। साढ़े सात बजने वाले थे। तो जैसे यह आख़िरी हवाई हमला है।

और उसे याद है कि सन् पैंसठ में जंगबन्दी की रात को भी ऐसा ही हुआ था। सोते-सोते मैं एकदम से जाग पड़ा था। कमरे की दीवारें हिल रही थीं, खिड़कियाँ और दरवाज़े झनझना रहे थे। मैंने घड़ी पर नज़र की। बारह बज रहे थे। मैं हैरान हुआ और डरा। इस घड़ी तो तोपों को ख़ामोश हो जाना चाहिए था। क्या जंगबन्दी का समझौता नाकाम हो गया और जंग दोबारा शुरू हो गई है? तोपें इस शोर से गरज रही थीं कि पिछली सोलह रातों की गरज और धमक इसके मुक़ाबले में हलकी पड़ गई।

मगर एकदम से गरज और धमक रुक गई। स्थायी शान्ति, अथाह सन्नाटा। अभी वह गरज और धमक थी कि ज़मीन हिल रही थी और दीवारें लरज़ रहीं थीं और अब एकदम से इतनी शान्ति, इतना सन्नाटा! मैं दहल गया। शायद जंग से ज़्यादा जंगबन्दी दहशतनाक होती है! मैं एक दहशत से निकलकर दूसरी दहशत में साँस ले रहा था—ज़्यादा गहरी दहशत में। फिर मैं सुबह तक न सो सका।

घड़ी की सुई उनत्तीसवें मिनट से एक लम्बा दहशत-भरा सफ़र करके तीसवें मिनट पर जा टिकी है। आसमान ख़ामोश है। तो हिन्दुस्तान के हवाई जहाज़ आख़िरी बार अपना तनतना दिखाकर वापिस जा चुके हैं! जैसे जंगबन्दी हो चुकी है। मैं उठकर खिड़की खोलता हूँ, बाहर झाँककर आसमान को देखता हूँ, फ़िज़ा में दूर तक नज़र दौड़ाता हूँ। कुछ नज़र नहीं आता। फ़िज़ा ख़ामोश, पूरा शहर अँधेरे में ग़र्क़ है। अफ़ज़ाल ठीक कहता था। बाहर कुछ भी नहीं हैं।

मैं खिड़की बन्द करता हूँ और अँधेरे कमरे में टटोलते-टटोलते अपने पलँग पर आ लेटता हूँ। बाहर कुछ भी नहीं है। अफ़ज़ाल ठीक कहता था। बाहर सब उसी तरह है। फिर ये सब-कुछ कहाँ हुआ है ? फिर यह धुआँ-सा कहाँ से उठता है ? कहाँ से ? मेरे अन्दर से ? मगर मैं ख़ुद कहाँ हूँ ? यहाँ या वहाँ ? वहाँ गिरे हुए शहर में ? और गिरा हुआ शहर ?

मगर गिरा हुआ शहर तो मैं ख़ुद हूँ। दिल हमारा गोया दिल्ली शहर है। शहर जब गिरता है और आदमी जब ढहता है, जब कड़ियल जवान कुबड़े हो जाते हैं और घर के रखवाले थरथराने लगते हैं। और जब हमने तुमसे यह वचन लिया था कि आपस में ख़ूरेज़ी मत करना और अपनों को अपने मुल्क से मत निकालना, फिर तुमने इसका इक़रार किया था और तुम इसके गवाह हो। फिर वही तुम हो कि अपनों को क़त्ल करते हो और अपनों में से एक गिरोह को मुल्क से निकालते हो। क़त्ल किया, फिर क़त्ल हुए। निकाला, फिर निकले। और फिर जब दहशतें राहों में ख़ेमे डाले थीं और तब गलियों के किवाड़ बन्द हो गए और घरों से चक्की की आवाज़ आनी बन्द हो गई और चूल्हे ठंडे हो गए।

और जब मैं क़स्रे-सौसन[1] में था तो ऐसा हुआ कि हिनाई[2] जो मेरे भाइयों में से एक है, वह आया और मैंने उससे उनका जो असीरों[3] में से बाक़ी रहे और बच रहे, हाल पूछा, व नीज़ येरोशलम[4] का। उसने कहा कि बाक़ी बच जाने वाले ज़िल्लत उठाते हैं। और येरोशलम की दीवार ढही हुई है और उसके फाटक आग से जले हैं। जहानाबाद ख़राबा[5] बन चुका है। मुबालग़ा[6] न जानना, अमीर-ग़रीब सब निकल गए। जो रह गए थे वो निकाले गए। जागीरदार, पेंशनदार, दौलतमन्द, अहले-हिर्फ़ा[7]— कोई भी नहीं। मुफ़स्सिल[8] हालात लिखते हुए डरता हूँ। मुलाज़िमाने-क़िला[9] पर शिद्दत[10] है और बाज़पुर्स[11] और दारोगीर[12] में मुब्तिला हैं। अपने मकान में बैठा हूँ, दरवाज़े से बाहर नहीं निकल सकता। रहा यह कि कोई मेरे पास आवे, शहर में है कौन ? घर-के-घर बेचिराग़ पड़े हैं। है मोजज़न इक क़ुलज़ुमे-ख़ूँ[13]। काश यही हो।

वह एक बेकली के साथ उठकर बैठ गया। अँधेरे में आँखें फाड़कर इर्द-गिर्द देखा। मैं कहाँ हूँ ? कहाँ-कहाँ, किस-किसकी कही हुई बातें, कब-कब के क़िस्से— मेरा दिमाग़ हँडिया की तरह पक रहा है। फिर सोचा कि इससे बेहतर तो यही है कि डायरी लिखने बैठ जाऊँ। आख़िर महज़ जंग तक की डायरी लिखने की तो क़सम नहीं खाई थी। और आज की डायरी तो ज़रूर लिखनी चाहिए। आज के दिन को महफ़ूज कर लेना चाहिए। उसने लालटेन की लौ ऊँची की और लिखना शुरू कर दिया।

---

1. सौसन के महल, 2. व्यक्तिवाचक नाम, 3. बन्दी, 4. और यरुशलम, 5. वीराना, 6. अतिरंजना, 7. व्यापारी, 8. विस्तार से, 9. क़िले के कर्मचारी, 10. मुसीबत में है, 11. पूछताछ, 12. पकड़-धकड़, 13. ख़ून की नदी बह रही है।

18 दिसम्बर

लालक़िला भायँ-भायँ कर रहा था। मैं हरे-भरे शाह के मज़ार पर गया। वह फ़क़ीर वहाँ नहीं था। बहुत तलाश किया, नहीं मिला।

दिल्ली अब एक ध्वस्त शहर है। चित्रकार के पन्नों जैसे कूचे बिखरे पड़े हैं। कितने सफ़े उड़ गए, कितनों के निशान मिट गए! घर कितने बेचिराग़ हैं, कितने ढहे पड़े हैं!

मैं इस ख़राबे से निकला और लखनऊ की राह चला। जब उस शहर में पहुँचा तो सुना कि लखनऊ की बिसात उलट चुकी है और बेग़म हज़रत महल अपने जाँनिसारों के साथ शहर छोड़ नेपाल के जंगलों में निकल गई हैं। फ़िरंगी की फ़ौज उनका पीछा कर रही है। शिकारी कुत्तों की तरह उन्हें नगर-नगर, जंगल-जंगल सूंघती फिरती है। मैं हैरान हुआ। मलिका ने क्या सोचा कि हथियार नहीं डाले! मैंने मलिका की नादूरअन्देशी पर अफ़सोस किया और आगे बढ़ लिया।

झाँसी के इलाक़े से गुज़रते-गुज़रते एक राहगीर से पूछा कि भाई! झाँसी की कुछ ख़बर-वबर है? अफ़सोस से बोला, महारानी ने लड़कर जान दे दी। झाँसी का तख़्ता पलट हो गया।

मैं आगे बढ़ लिया। कितने शहरों, इलाक़ों से गुज़रा। हर शहर को बिखरा पाया। हर मोरचे को ठंडा देखा। नर्मदा में पानी थोड़ा था, मैंने आसानी से नदी पार कर ली। पार करके आगे चला तो घना जंगल नज़र आया।

ताँतिया टोपे से मुलाक़ात

जंगल से गुज़रते-गुज़रते ताँतिया टोपे से मुठभेड़ हो गई। वह उस घने-डरावने जंगल में ऐसे नज़र आता था, जैसे कछार में शेर। मैंने बड़े अदब से झुककर उसे शहरों का हाल सुनाया।

"दिल्ली का पतन हो चुका।"

"फिर क्या हुआ?" उसने लापरवाही से जवाब दिया।

"लखनऊ की भी बिसात उलट चुकी है।"

"फिर क्या हुआ?"

"झाँसी की रानी मारी गई। झाँसी का 'बोलो राम' हो गया।"

"फिर क्या हुआ?"

"हिन्दुस्तान जंग हार चुका है।"

"फिर क्या हुआ?"

"अब लड़ना बेकार है। सूझ-बूझ का तक़ाज़ा यह है कि हथियार डाल दिए जाएँ। वैसे भी बरसात गुज़र चुकी है। नर्मदा में पानी आ चुका है। फ़िरंगी फ़ौज के रास्ते में अब कोई रुकावट नहीं है।"

ताँतिया टोपे ने मुझे घूरकर देखा।

बोला, "मेरे मित्र! पहले मैं हिन्दुस्तान का तख़्त बचाने के लिए लड़ रहा था, अब हिन्दुस्तान की आत्मा बचाने के लिए लड़ रहा हूँ। वह लड़ाई हार गया, यह लड़ाई नहीं हारूँगा।" चुप हुआ। मुझे ग़ौर से देखा। बोला, "तुम मुसलमान हो?"

"अलहम्दो-लिल्लाह कि मैं हल्क़ा-ब-गोशे-इस्लाम[1] हूँ।"

"तभी।"

"इसका मतलब?"

"मित्र! मतलब इसका ज़ाहिर है। तुम मुसलमान लोग अब सिर्फ़ तख़्त के लिए लड़ते हो। लड़ते भी कहाँ हो? मुझे पता है कि दिल्ली के क़िले में क्या होता रहा है।"

दिल्ली के क़िले में क्या होता रहा है? अब से पहले...भाइयों के हाथों भाइयों...मुग़लों की ज़ंग-लगी तलवारें। मगर शहज़ादा फ़ीरोज़ शाह...और बख़्त ख़ाँ। वह किस जंगल में है? क्या वह भी नेपाल के जंगलों में भटक रहा है? कितने लोग ढाका से निकलकर मरते-गिरते नेपाल पहुँच चुके हैं। नेपाल के जंगलों की गोद ख़ूब खुली है। वे जो सिर न झुकाने का ख़न्नास लेकर यहाँ पहुँचते हैं, वे जो जान बचाकर भागते हैं और यहाँ आते हैं। कुत्तों ने भौंकना शुरू कर दिया है। मेरा मन उदास होने लगा। फ़िक़रे अलग-अलग होते जा रहे हैं। कुत्ते बिलकुल उसी तरह भौंक रहे हैं, जैसे कल रात भौंक रहे थे। उनके लिए कोई फ़र्क़ नहीं पड़ा।

लिखते-लिखते वह उठा। खिड़की खोलकर बाहर नज़र डाली। सामने वाली दोमंज़िला इमारत में रोशनी हो रही थी। सब कमरों में बिजली जल रही थी। उसे यह रोशनी अजीब लगी। वह तो यह देखना चाहता था कि आज की रात कितनी गहरी और काली है।

वापिस आया, बिस्तर पर लेटते-लेटते घड़ी पर नज़र डाली, हैरान हुआ। अभी सिर्फ़ दस बजे हैं? अच्छा! और लग रहा है कि आधी रात गुज़र गई। या अल्लाह! यह रात तो जंग की रातों से भी लम्बी हो गई।

9

ख़्वाजा साहिब अभी-अभी आकर बैठे थे। अब्बाजान ने हुक़्क़े की नै उनकी तरफ़ मोड़ते हुए पूछा, "कुछ पता चला?"

1. अल्लाह का शुक्र है कि मैं इस्लाम का अनुयायी हूँ।

"हाँ, कुछ पता चला तो है।" आज ख़्वाजा साहिब के लहजे में उम्मीद की चाँस थी।

"अच्छा! क्या पता चला?"

"उधर से एक शख़्स आया है। कहता है कि उसने करामत को बैंकाक में देखा है।"

"बैंकाक में?"

"शाह साहिब! इसमें हैरानी की क्या बात है? इस क़यामत में तो जिसके जिधर सींग समाए, उधर निकल गया। कितने तो हिन्दुस्तान में छुपे-छुपे फिर रहे हैं। कितने हिन्दुस्तान की राह नेपाल पहुँच गए। उधर पूरबी सरहद पार करके बहुत-से बर्मा में निकल गए। कोई रंगून गया, कोई बैंकाक पहुँचा। तो यह शख़्स बताता है कि वह बैंकाक होता हुआ आया है। वहाँ उसकी मुलाक़ात करामत से हुई है।"

"कौन शख़्स है यह?"

"अजी, वह अपने अमृतसर का मुहम्मददीन है न, उसका जानने वाला है। उससे मैंने उस शख़्स का पता लिया है। वह सियालकोट में है। तो आज मैं सियालकोट जा रहा हूँ।"

"जाओ, अल्लाह मदद करेगा।"

"शाह साहिब! आपका क्या ख़याल है? मुझे तो यक़ीन है कि करामत ज़िंदा है और वापिस आएगा।"

अब्बाजान कुछ देर सोचते रहे और फिर बोले, "उसकी रहमत से कुछ दूर नहीं। ऐसा भी हुआ है कि आदमी के लिए फाँसी का हुक्म ज़ारी हो गया और फिर वह बच गया। बस ईमान पुख़्ता रहना चाहिए।"

"शाह साहिब! अल्लाह के फ़ज़ल से मेरा ईमान तो बहुत पुख़्ता है। हाँ, मैं पीरों-फ़क़ीरों को ज़्यादा नहीं मानता था। मगर एक फ़क़ीर का मैं क़ायल हो गया। मुहम्मददीन ही मुझे उसके पास ले गया था। उसने मेरी सूरत देखी। बोले कि तू परेशान है। मैंने कहा कि परेशान तो हूँ। बोले, परेशान मत हो, दुआ कर। वह ज़िंदा है, मगर मुश्किल में है। फिर जी उसने मुझे एक दुआ बताई। रोज़ मग़रिब की नमाज़ के बाद चालीस दफ़ा पढ़ने के लिए। शाह साहिब! आप यक़ीन करें कि उसे पढ़ते हुए मुझे एक हफ़्ता हुआ है कि सियालकोट वाले आदमी की ख़बर मुझे मिल गई।"

"उसके कलाम में बहुत तासीर है।"

"बस जी! मैं आज सियालकोट जा रहा हूँ।"

वह ख़्वाजा साहिब को तके जा रहा था। उसे पिछले महीने की बात याद आ गई थी। पिछले महीने भी ख़्वाजा साहिब एक सुबह इसी तरह पुरउम्मीद आए थे। उस वार उन्हें कराची पहुँचने वाले एक शख़्स का पता मिला था, जिसने उस आग

से निकलते हुए बर्मा की सरहद पर करामत को देखा था। और उस शख़्स की तलाश में उन्होंने कराची का चक्कर लगाया था।

"शाह साहिब!" ख़्वाजा साहिब कुछ सोचते हुए बोले, "हूँ मैं नसीब का खोटा। देखो जी, दो बेटे थे। एक बिगड़ गया, एक गुम गया। जो कहने में था, उसे अब रब ही लाए तो वह आए। जो नालायक़ था वह मेरे सीने पे मूँग दल रहा है। वह बदबख़्त सलामत, पता है क्या कहता है? कहता है कि बंगालियों को आज़ादी मिल गई। मैंने कहा कि हराम दे पुत्तर! निकल जा मेरे घर से। कहने लगा, अमरीका जा रहा हूँ। मैंने कहा, जा, दफ़े हो।"

सलामत का ज़िक्र निकल आया था और हमेशा की तरह उसे लम्बा ही खिंचना था। मगर ख़्वाजा साहिब को जल्दी ख़याल आ गया कि उन्हें सियालकोट जाना है, और वह उठ खड़े हुए।

उनके निकलते ही अम्मी दाख़िल हुईं।

"अजी! यह ख़्वाजा साहिब क्या कह रहे थे? करामत का कुछ पता चला?"

अब्बाजान ने थोड़ी देर सोचते हुए जवाब दिया, "कहते हैं कि कोई शख़्स उधर से आया है। उसने करामत को बैंकाक में देखा है।"

"आगे क्या बताता है?"

"अब आगे की बात का तो मिलकर ही पता चलेगा। वह शख़्स सियालकोट में हैं। आज सियालकोट जा रहे हैं। देखो।"

"अजी! वह ग़ैर आदमी। वह झूठ क्यों बोलेगा? उसने करामत को देखा होगा, तभी उसने यह बात कही है।"

"हाँ! मगर क्या कहा जा सकता है?" अब्बाजान चुप हुए। फिर बोले, "बहरहाल आदमी को हर हाल में ख़ैर ही की उम्मीद रखनी चाहिए।"

"हाँ! हमारी तो दुआ यही है कि बिचारा जिस तरह भी हो वापिस आ जाए। नहीं तो विचारे ख़्वाजा साहिब जीते-जी मर जाएँगे।" अम्मी ने कहते-कहते ठंडी साँस भरी।

"अरे, कोई हमारे दिल से पूछे। हमारे दिल पे क्या गुज़र रही है! ख़्वाजा साहिब अपने एक के लिए इतने परेशान हैं। हमारे यहाँ तो एक पूरा ख़ानदान लापता है।"

रुकीं, फिर बोलीं, "अजी! मैंने रात क्या ख़्वाब देखा कि जैसे बतूल है। फटे हालों, सिर मैला-चीकट। मैं उसके सिर में कंघी कर रही हूँ और कह रही हूँ कि अरी! तेरे सिर में तो जूएँ भरी पड़ी हैं।"

यह कहते-कहते वह चुप हुईं, फिर आँचल मुँह पर रख लिया। उनकी आँख भर आई थी।

अब्बाजान का सिर झुक गया। फिर उन्होंने ठंडी साँस भरी, बोले, "अब हमें मर जाना चाहिए।"

''जी?'' उसने चौंककर उनकी तरफ़ देखा।

''हाँ बेटे! अब हमें मर जाना चाहिए। बहुत ज़माना देख लिया। जो न देखना था, वह भी देख लिया। आगे देखने की ताब नहीं है।''

''हालात बेहतर हो रहे हैं। आगे और बेहतर हो जाएँगे।''

''मगर कितने दिन के लिए?'' अब्बाजान रुके। फिर बोले, ''बेटे! हालात के बेहतर होने से कुछ नहीं होता। आमाल बेहतर होने चाहिए।''

अम्मी ने जैसे कुछ नहीं सुना। उनका दिमाग़ कहीं काम कर रहा था।

''अरे बेटे! तू उस रोज़ क्या बता रहा था कि साबिरा ने रेडियो में नौकरी कर ली है?''

''साबिरा ने? जी। मुझे पता नहीं, सुरेन्द्र ने लिखा था।''

साबिरा के अचानक ज़िक्र पर वह कुछ सटपटा गया था।

''तो बेटा! उसे ही ख़त लिख।''

''ख़त! साबिरा को?'' उसकी समझ में कुछ न आया कि अम्मी क्या कह रही हैं!

''अरे! सुना यह है कि जिनके अज़ीज़-रिश्तेदार हिन्दुस्तान में हैं। वो लुप-छुप के उनके पास पहुँच गए हैं।''

''कैसी बातें करती हो, ज़ाकिर की माँ!'' अब्बाजान ने थोड़ा विचलित होते हुए कहा।

''ऐहै, मुझे क्या ख़बर? मैंने तो सुना है।''

''जैसी तुम सुनने वाली हो, वैसे ही सुनाने वाले हैं।''

''ऐहै, आख़िर घर उजाड़के वो कहीं तो जाएँगे। जब आदमी पे ज़मीन तंग होती है तो वह बस निकल खड़ा होता है। यह थोड़ा ही देखता है कि कहाँ जा रहा है?''

''मगर वह ज़मीन तो उस पे पहले ही तंग हो चुकी थी।''

''हाँ, पहले वह ज़मीन तंग हुई थी, अब यह ज़मीन तंग हो गई।''

अब्बाजान यह सुनकर सोच में पड़ गए। फिर बोले, ''अल्लाहतआला ने ज़मीन को कुशादा (खुला) बनाया था, मगर आदमियों के हाथों वह तंग होती चली जा रही है।''

''ख़ैर, मैं तो यह कह रही थी,'' अम्मी फिर अपने विषय पर वापिस आईं, ''कि साबिरा को कुछ तो ख़बर होगी। अरे, हम तो बिलकुल बेख़बर बैठे हैं। हमसे ज़्यादा तो हिन्दुस्तान में लोगों को ख़बर है। तू साबिरा को ज़रा ख़त तो लिख।''

साबिरा को ख़त लिखूँ? अब इतने ज़माने के बाद? वह पसोपेश में पड़ गया। मगर उसे जल्द ही ख़याल आया कि मैं ख़त लिख कैसे सकता हूँ?

''अम्मी! हिन्दुस्तान के साथ डाक तो बन्द है। ख़त लिखा कैसे जा सकता है?''

''ऐ हाँ, मुझे यह तो ख़याल ही नहीं रहा था।''

रुकीं। फिर बोली, ''अरे बेटा! ख़त लिखने वाले लिख ही रहे हैं। कहते हैं कि लन्दन वालों के ज़रिए हिन्दुस्तान से ख़तोकिताबत हो रही है। ऐ बेटा! लन्दन में तेरा कोई दोस्त नहीं है? ख़त उसे भेज दे। वह वहाँ से हिन्दुस्तान भेज देगा।''

वह फिर पसोपेश में पड़ गया।

''यार! मैं ख़त लिखना चाहता हूँ।''

''किसे?''

''साबिरा को।''

''साबिरा को?'' इरफ़ान ने ग़ौर से उसे देखा।

''हाँ, साबिरा को।''

''अब उम्र गुज़ारने के बाद?''

''यार! अम्मी के दिमाग़ में यह बात आ गई है कि हिन्दुस्तान में साबिरा को ख़ाला बी का अता-पता होना चाहिए। तो अब वह तक़ाज़ा कर रही हैं कि साबिरा को ख़त लिखो।''

''और यह तक़ाज़ा तुम्हारी ख़्वाहिश के ऐन मुताबिक़ है!'' इरफ़ान मुसकराया!

मेरी ख़्वाहिश के मुताबिक़? वह सोच में पड़ गया। मेरी अब क्या ख़्वाहिश है? अब जबकि इतना ज़माना गुज़र चुका है और इतना फ़ासला पैदा हो चुका है! मेरे और उसके बीच ज़माना और ज़मीन दोनों आ गए हैं। दोनों हमारे ख़िलाफ़ इकट्ठे हो गए हैं। कितना ज़माना हो गया, जब हम एक ही ज़मीन पर चलते-फिरते थे। हमारे दोनों सिरों पर एक ही आसमान फैला हुआ था।

दिन गुज़रते चले जा रहे थे—दिन, महीने, साल। लगता था कि वापिसी के दरवाज़े हमेशा के लिए बन्द हो चुके हैं। गुम हो जाने वाले सदा गुम रहेंगे। बीच-बीच में बस कोई अचानक आ निकलता और लोग हैरान होकर उसे देखते कि अच्छा वहाँ से कोई बचकर भी निकल सकता है? फिर पूछते कि वहाँ से कैसे निकले और यहाँ तक कैसे पहुँचे? और वह सुनाता कि किस तरह तीन दिन तक वह एक जले-फुँके घर में मलबे के अन्दर भूखा-प्यासा दम साधे बैठ रहा। फिर कैसे छुपता-छुपाता सरहद पार करके कलकत्ता पहुँचा।

''बस साहिब! वहाँ से मैं हावड़ा मेल में बैठ लिया। ख़याल था कि अलीगढ़ जब आएगा तो प्लेटफ़ार्म पे कोई-न-कोई पुराना जानकार मिल ही जाएगा। मैं किसी को पहचान लूँगा या कोई मुझे पहचान लेगा। यार! जब अलीगढ़ आया तो चाय के स्टाल के बिलकुल सामने मेरा डब्बा रुका और वही अपना ख़ान वहाँ बैठा हुआ था।''

''तुम वहाँ उतर गए?''

''नहीं यार! कहाँ उतरा? बस, मैं डर गया कि कोई मुझे पहचान न ले। दम साधे,

मुँह छुपाए बैठा रहा। जब गाड़ी चली और स्टेशन से निकल गई और अलीगढ़ आँखों से ओझल हो गया, फिर जान में जान आई। बस साहिब! फिर मैंने दिल्ली ही में जाके दम लिया। गाड़ी से उतर सीधा जामा मसजिद। बस, जब मैं वहाँ पहुँचा हूँ तो बिलकुल फाँक था। मैंने कहा कि प्यारे, अब तो किसी-न-किसी से कहना ही पड़ेगा। मसजिद में मैं कई के क़रीब गया, मगर फिर रुक गया। आख़िर एक बड़े मियाँ नज़र आए। सूरत से बहुत दर्दमन्द और हमदर्द नज़र आते थे। बस, मैं उनके क़रीब जा बैठा। चुपके से उन्हें बताया कि कहाँ से आ रहा हूँ और बस रो पड़ा। उन्होंने मेरे सिर पे हाथ फेरा और घर ले गए। मैंने सोचा कि एक रात उनके घर रहूँगा और किराया लेके अगले दिन सुबह को चल पड़ूँगा। मगर यार, फिर नीयत बिगड़ गई।''

''वह क्यों? कहीं आँख लड़ गई?''

''नहीं यार! असल में उन दिनों वहाँ 'पाकीज़ा' चल रही थी। मैंने दिल में कहा कि प्यारे! दिल्ली आए हो तो मीना कुमारी को देखके चलो। तो मैं एक दिन 'पाकीज़ा' देखने के लिए रुक गया।''

''कैसी फ़िल्म है?''

''एकदम से फ़र्स्ट क्लास।''

''बस एक ही फ़िल्म देखी?''

''दिल्ली में जितने दिन रहा और किया क्या, फ़िल्में ही देखीं। आख़िर बड़े मियाँ ने कहा कि साहिबज़ादे! पुलिस को कहीं सुन-गुन मिल गई तो हमारे ग़रीबख़ाने पे दौड़ आ जाएगी। तुम पकड़े जाओगे और साथ में हम भी खिंचे-खिंचे फिरेंगे। बस, अब तुम यहाँ से लम्बे बनो। बस, मैं अगले ही दिन फ्रंटियर में बैठ सीधा अमृतसर। तिकड़म लड़ा-लुड़ू के सरहद पार की और पाकिस्तान में।''

सो कोई हिन्दुस्तान की राह बस्ती-बस्ती ख़ाक छानता, छुपता-छुपाता पहुँचा। किसी ने उस संकट से निकल नेपाल की राह ली और वहाँ से यहाँ आने का डौल निकाला। कोई बर्मा में निकल गया और वहाँ से कष्ट झेलता वापिस हुआ। बहुत-से हिन्दुस्तान में क़ैद भुगत कर वापिस हुए। बस फिर ताँता लग गया। क़ैदी और लापता लोग वापिस आते चले गए। लगता था कि सब ही वापिस आ गए या शायद जैसे न कोई गया, न गुम हुआ, न कम हुआ। ज़ख्म कितनी जल्दी ठीक हो जाते हैं और खाँचे कितनी तेज़ी से भर जाते हैं! शहर में चलते-फिरते कौन सोच सकता था कि यहाँ से कुछ लोग चले गए हैं कि वापिस नहीं आए और कुछ ड्योढ़ियाँ हैं कि अभी भी वापिस आने वालों का रास्ता देख रही हैं। ख़्वाजा साहिब अभी भी आस-निरास के धुँधलके में भटक रहे हैं। वह अब भी रोज़ अब्बाजान से मिलने आते। एक-दूसरे से वही एक सवाल कि कुछ पता चला? जैसे यह सवाल अज़ल में हो रहा है और अन्त तक होता रहेगा।

''शाह साहिब! आपके अज़ीज़ों का कुछ पता चला?''

"नहीं; भाई।"

"आने वालों में से किसी ने कुछ नहीं बताया?"

"नहीं, भाई।"

"किसी तरफ़ से कोई ख़त?"

"नहीं, भाई।"

"ताज्जुब है! इतने लोग आए हैं, किसी ने कुछ नहीं बताया!"

"तुम्हारे बेटे का कुछ पता चला?"

"हाँ जी, शाह साहिब! आपकी दुआ से कुछ पता चला तो है।"

"क्या पता चला?"

"शाह साहिब! मैंने मौलाना सनाउल्लाह से फ़ाल निकलवाई[1] थी। बहुत अच्छी फ़ाल निकालते हैं। फ़ाल में निकला है कि करामत ख़ैरियत से है, वापिस आएगा। और जी नजूमी[2] भी यही कहते हैं। नजूमी नूरदीन है न, मैं उसके पास गया था। उसने बाक़ायदा ज़ायचा[3] बनाके मुझे दिखाया कि ख़्वाजा जी! अपनी आँख से देख लो। इस वक़्त तुम्हारे बेटे का सितारा ख़ाना-ए-जुहल[4] में है। बस निकलने वाला है। बस, देखते रह जाओगे। किसी रोज़ अचानक से आ जाएगा।"

"अल्लाह बहुत मुसब्बिल-अस्बाब[5] है। ऐसा भी हो सकता है।"

"मुझे तो यक़ीन है कि ऐसा ही होगा। वैसे आज मैं लायलपुर जा रहा हूँ।"

"वह क्यों?"

"अजी, वहाँ मेरे साडूँ दा प्राह[6] है। उसका जँवाई उधर से निकलके आया है। मेरे साडूँ ने बताया कि वह करामत से मिला है। बल्कि वह तो यह कहता है कि करामत ने उसे कोई चिट्ठी भी दी है। तो आज मैं लायलपुर जा रहा हूँ। देखता हूँ, चिट्ठी में क्या लिखा है?" उठ खड़े हुए।

ख़्वाजा साहिब गए और अम्मी दाख़िल हुईं, "अजी! मैंने कहा कि यह ख़्वाजा साहिब फ़ाल की जो बात कर रहे थे तो मुझे ख़याल आया कि हम भी क्यों न फ़ाल निकलवाएँ?"

"ज़ाकिर की माँ! अल्लाह-तआला का हुक्म होगा तब कुछ होगा। बस उस पे भरोसा रखो।"

"पता नहीं उसका हुक्म कब होगा?" अम्मी ने बेचैनी से कहा।

"उसकी करनी वही जाने। हम तो ख़ुद उसके हुक्म के मुंतज़िर बैठे हैं। हुक्म मिले तो कूच करें।" रुके, ठंडी साँस भरी, "बस, अब हमें मर जाना चाहिए।"

"ऐहै, तुम क्या हर वक़्त मरने की रट लगाए रखते हो! यह नया पागलपन सवार हुआ है?"

---

1. सगुन निकलवाना, 2. ज्योतिषी, 3. कुंडली, 4. शनि की राशि, 5. कारण और साधन उत्पन्न करने वाला, 6. भाई।

"ज़ाकिर की माँ! जनाबे अमीर का क़ौल याद करो कि तुम और तुम्हारी आर्ज़ुएँ इस दुनिया में मेहमान हैं। ज़ाकिर की माँ! मेहमानों को याद करते रहना चाहिए—उन्हें यहाँ हमेशा नहीं रहना।"

अम्मी ने बेज़ारी से अब्बाजान की बात सुनी और उससे कहने लगी, "अरे ज़ाकिर! दिल्ली से ख़त का जवाब नहीं आया?"

"अम्मी, आएगा। डाक वहाँ देर से पहुँचती है और देर ही से वहाँ से आती है।"

"ऐ बेटे! आख़िर कितने दिनों में ख़त पहुँचता है और आता है? तुझे तो लिखे हुए ख़ासे दिन हो गए।"

"अम्मी! हिन्दुस्तान-पाकिस्तान की डाक में बहुत गड़बड़ है। कोई ख़त पहुँचता है, कोई नहीं पहुँचता।"

"अरे बेटा, तू अपने दोस्त को दूसरा ख़त लिख।"

"लिखा है अम्मी, मेरा ख़याल है उस ख़त का जवाब जल्दी आएगा।"

"यार, मैं दो ख़त लिख चुका हूँ। सुरेन्द्र ने जवाब नहीं दिया। पता नहीं, क्या बात है?"

"फिर उसे दूसरे रास्ते से ख़त लिखो।"

"उसे?" वह सोच में पड़ गया।

शीराज़ का दरवाज़ा खुला और अफ़ज़ाल दाख़िल हुआ।

"यार! मैंने सुना है कि वह चूहा भी आ गया है।"

"कौन?"

"जब्बार।"

"तुमने अब सुना है? ज़माना हुआ उसे आए हुए। पोस्टिंग भी हुई और तरक़्क़ी के साथ।" इरफ़ान के लहजे में थोड़ा व्यंग्य था।

"यार! तू उसे माफ़ कर दे। वह हममें सबसे ज़्यादा क़ाबिलेरहम आदमी है।"

"क़ाबिलेरहम?" इरफ़ान ने अफ़ज़ाल को ग़ुस्सैली नज़रों से देखा।

"हाँ यार! मुझे उस पे बहुत तरस आता है। वह रहम के लायक़ है।"

"किस वजह से?"

"इस वजह से कि वह सी.एस.पी. हो गया है और तरक़्क़ी करता चला जा रहा है।"

"वाक़ई वह बहुत क़ाबिलेरहम है।" इरफ़ान ने कड़वे लहजे में कहा।

"यार, तुम मुझे शराब नहीं पिला सकते? बहुत प्यासा हूँ।"

"हम सिर्फ़ चाय पिला सकते हैं।"

"चाय? चाय तो बेकार चीज़ है। मन की गन्दगी शराब से धुलती हैं।" यह कहते-कहते उसने जेब से नोट निकाले, गिने।

"यार! सिर्फ़ दस रुपए की कसर है। इरफ़ान! पाँच तू निकाल।" उसकी तरफ़ देखते हुए बोला, "पाँच अपना काका देगा।"

उसने और इरफ़ान ने पाँच-पाँच का नोट जेब से निकाल अफ़ज़ाल के हवाले किया। अफ़ज़ाल फ़ौरन उठ खड़ा हुआ। मगर फिर उसे कुछ याद आया। बैठते हुए बोला, "यार! वो दो चूहे जो दुम पे खड़े हो जाया करते थे, मैं उनके लिए दुआ करना चाहता हूँ।"

"कि वो अमरीका ही में रहें!"

"नहीं यार! मुझसे बद्दुआ मत कराओ। सलामत और अजमल इतने बुरे नहीं थे। शराब पीकर अच्छी बातें करते थे। यार! वो अमरीका क्यों चले गए? मैं उनके लिए यहाँ बन्दोबस्त कर रहा था। मुझे ज़मीन बस अलाट होने वाली है। एक खेत में तो सिर्फ़ गुलाब की क्यारियाँ होगीं, एक खेत में मैं चाहता हूँ, कि बस बीरबहूटियाँ हों।"

"बीरबहूटियाँ?" इरफ़ान ने व्यंग्य-भरी नज़रों से उसे देखा।

"काके! चुप रह। तुझे यह बात समझ नहीं आएगी। सावन में मैं बहुत परेशान फिरता हूँ। यहाँ कहीं बीरबहूटी दिखाई नहीं देती। बीरबहूटियाँ होनी चाहिए। पाकिस्तान को ख़ूबसूरत बनाना है।" फिर लहजा बदलकर कहने लगा, "सुनो! तुम दोनों मेरे साथ रहोगे। यह मेरा हुक्म है। मैं और तुम दोनों।"

'और बीरबहूटियाँ!"

इरफ़ान ने टुकड़ा लगाया।

"हाँ, और बीरबहूटियाँ। ख़ूबसूरत पाकिस्तान में सिर्फ़ ख़ूबसूरत लोग रहेंगे।"

10

उसने गरजते नारों और बरसती ईंटों में सड़कों को पार किया और शीराज़ के बन्द परदापोश दरवाज़े पर दस्तक दी—एक दस्तक, दूसरी दस्तक, तीसरी दस्तक। अब्दुल ने थोड़ा-सा परदा सरकाकर अन्दर झाँका, फिर दरवाज़े का एक पट ज़रा-सा खोला। "ज़ाकिर जी, जल्दी आ जाओ।"

अन्दर नीम-तारीकी में ख़ाली मेज़-कुरसियों का जायज़ा लेते हुए उसने उस कोने को ताड़ा जहाँ इरफ़ान अकेला बैठा चाय पी रहा था।

"यार, यह तो वही ज़माना आ गया।"

"उससे बुरा ज़माना, इसलिए कि वही ज़माना वापिस आता है तो ज़्यादा बुरा होकर आता है। मगर तुम कैसे आ गए? मुझे तो यक़ीन नहीं था कि आज तुम आ सकोगे।"

"बस, आ गया। दिल्ली के वज़ादारों में एक वज़ादार बुज़ुर्ग[1] थे। रोज़ शाम ठीक वक़्त पर दोस्त के घर दस्तक दिया करते थे और बैठक करते थे। ग़दर जब पड़ा तो आने-जाने के सारे रास्ते बन्द हो गए। वह वज़ादार घर से निकले और खाइयों, नालियों में से रेंग-रेंगकर लश्तम-पश्तम मुक़र्रर वक़्त पर दोस्त के घर पहुँचे।"

"हाँ, हम भी ग़दर के वज़ादारों में से हैं।"

"अगरचे वह वक़्त अभी नहीं आया है।"

"हाँ, अभी तो नहीं आया है।"

दरवाज़े पर फिर दस्तक हुई और फिर अब्दुल ने दौड़कर थोड़ा-सा परदा सरकाकर शीशे से झाँका। फिर पहले की तरह एक पट ज़रा-सा खोला। "अफ़ज़ाल जी, जल्दी करो।" अफ़ज़ाल को दाख़िल करने के बाद फिर दरवाज़ा बन्द कर लिया।

नीम-तारीक फ़िज़ा में ख़ाली मेज़-कुरसियों पर एक नज़र डालने के बाद उस मेज़ पर निगाहें जमा दीं, जहाँ वो दोनों बैठे थे।

"ऐ लोगो! तुम देखते हो कि झगड़ों के हालात फिर नज़र आने लगे हैं।"

"हाँ, हमने सुना और हमने देखा और हमने तसदीक़ की।" इरफ़ान ने एक हलके से व्यंग्य-भरे लहजे में कहा।

अफ़ज़ाल ने ख़ुश होकर उसकी पीठ थपकी। "तू अच्छा आदमी है। बस जब तू मुझसे इनकार करता है उस वक़्त बदसूरत हो जाता है।"

"यार! क्या फिर कुछ होने वाला है?" उसने सोचते हुए कहा।

"हाँ, सलामत वापिस आ गया है।" इरफ़ान ने उसके सवाल को नज़र-अन्दाज़ करके सूचना दी।

"क्या कहा? वह चूहा फिर आ गया?" अफ़ज़ाल चौंका, "और दूसरा चूहा?"

"दोनों आ गए हैं और मुसलमान हो गए हैं।"

"नहीं?"

"बिल्कुल, दोनों इंक़िलाबी दो पल्लू टोपी सिर पर मँढ़कर मसजिद में नमाज़ पढ़ने जाते हैं।"

"वाक़ई?" वह हैरतज़दा रह गया, "यह वाक़ई चिन्ता की बात है।"

अब्दुल ने चाय लाकर रखी, फिर खड़ा हो गया। "ये जी, सब क्या हो रहा है?"

"जो तुम देख रहे हो," इरफ़ान बोला।

"बस जी, अचानक ही शुरू हो गया! सान-गुमान भी नहीं था कि फिर ऐसा होगा।"

"अब्दुल!" अफ़ज़ाल ने उसे घूर के देखा, "तू भी चूहा हो गया।"

---

1. सम्भ्रांत।

अब्दुल ने अफ़ज़ाल से सीधा सवाल कर डाला, ''अफ़ज़ाल साहिबजी, आप बताएँ, आख़िर आगे क्या होने वाला है?''

अफ़ज़ाल ने होंठों पर उँगली रखी, ''अब्दुल, चुप रह। मुझे बयान करने का हुक्म नहीं है।''

फ़ायर ब्रिगेड की दूर से आवाज़ आई।

''कहीं आग लगी है।''

ख़ामोशी। सबके कान फ़ायर ब्रिगेड की आवाज़ पर थे।

''दोस्तो! मैं तुमसे एक इजाज़त लेना चाहता हूँ।'' अफ़ज़ाल ने इतनी संजीदगी से कहा कि वह, इरफ़ान और अब्दुल एकदम चुप हो गए।

''जानते हो कि बाबा फ़रीद ने कलियर वाले ख़्वाजा से क्या फ़रमाया था? नहीं जानते हो तो सुनो! ख़्वाजा ने बाबा को शहर के बदसूरत लोगों का हाल लिखकर भेजा। बाबा ने कहला भेजा कि साबिर, कलियर तेरी बकरी है। हमने इजाज़त दी। चाहे तू उसका दूध पी, चाहे उसका गोश्त खा। तब ख़्वाजा ने मसजिद के सामने खड़े होके कहा कि ऐ मसजिद सजदा कर। मसजिद हुक्म बजा लाई और ऐसा सजदा किया कि सैकड़ों मलबे के नीचे दबके मर गए। फिर हवा फैली। एक-एक घर से एक-एक वक़्त कई-कई जनाज़े निकले।''

अफ़ज़ाल सुनाकर चुप हो गया। फिर तीनों चेहरों को घूर कर देखा। फिर गम्भीर लहजे में बोला, ''दोस्तो! क्या कहते हो? इस बकरी का क्या करूँ? दूध पियूँ या गोश्त खाऊँ?''

इरफ़ान ने अफ़ज़ाल की पूरी बात को नज़र-अन्दाज़ किया और उससे कहने लगा, ''ज़ाकिर, अब तुम्हारे वालिद का क्या हाल है?''

''सँभल गए हैं, मगर बातें अजीब-सी करते हैं जैसे ज़िन्दगी से बिलकुल मायूस हो चुके हों।''

''कोई बात नहीं, बुढ़ापे में आदमी ऐसी ही बातें करता है।''

शज़रा, पुराने हाथ से लिखे काग़ज़-पत्तर, दीमक लगी पीले पन्नों वाली किताबें, पुराने रुक्के-परचे, कब-कब के लिखे हुए नुस्ख़े, दुआएँ, तावीज़—अब्बाजान ऐनक लगाए एक-एक काग़ज़ को ग़ौर से पढ़ते जाते थे और उसके सुपुर्द करते जाते थे।

''ऐहै, आज यह तुम क्या दफ़्तर खोलके बैठ गए हो! ज़रा तबीयत तो सँभल जाने दी होती। यह समझ लो कि बुढ़ापे में आदमी एक दफ़ा गिर जाए तो मुश्किल से खड़ा होता है।''

''ज़ाकिर की माँ! दामन झाड़ रहा हूँ! आदमी जब उठे तो दामन झाड़के उठे!'' रुककर बोले, ''अल्लाह का शुक्र है कि दामन ज़्यादा गर्द से अँटा नहीं! न जायदाद, न रुपया-पैसा! अगर था तो उधर ही रह गया। बस यही थोड़े पुराने काग़ज़ हैं।''

''अजी, तुम्हें तो वहम हो गया है। हर वक़्त मरने का ज़िक्र अच्छा नहीं होता।''

''ज़ाकिर की माँ! अब अच्छा ज़िक्र कौन-सा करने के लिए रह गया है? देख नहीं रही हो, पाकिस्तान में क्या हो रहा है!''

यह कहते-कहते उन्होंने एक फफूँदी लगी जिल्द वाली किताब उठाई। खोलकर देखा और उसकी तरफ़ बढ़ाते हुए कहा, ''हज़रत सज्जाद की दुआओं का मजमूआ है। एहतियात से रखो।''

रुके, कुछ सोचा, फिर कहने लगे, ''एक सवाल करने वाले ने सवाल किया कि सैयद-उस-साजिदीन[1], आपने सुबह किस आलम में की? आपने फ़रमाया पालने वाले की क़सम, हमने बनी उम्मैया[2] के जुल्म में सुबह की।''

अब्बाजान यह कह कर उदास हो गए, कहने लगे, ''बेटे! तब से अब तक वही सुबह चल रही है।'' चुप हो गए, फिर बोले, ''और ज़हूर[3] तक चलेगी।''

फिर चुप हो गए, और लम्हा-भर बाद ख़ुद ही कहने लगे, ''जब ही तो हज़रत राबेआ बसरी[4] ने ऐसा जवाब दिया था। किसी ने पूछा कि आपने दुनिया में आकर क्या किया? फ़रमाया, अफ़सोस! हाँ, उस नेक बीबी ने तो अफ़सोस करने का हक़ अदा किया कि हर वक़्त कलपती रहती थीं। हमने क्या हक़ अदा किया? बस चन्द ठंडी आहें भरीं और चुप हो रहे। शायद हमारे हिस्से में इतना ही अफ़सोस आया था। आगे जो ज़िंदा रहेगा वह अपना हक़ अदा करेगा।''

ठंडी साँस भरी और फिर काग़ज़ात कुरेदने लगे, ''यह लो, यह दर्देक़ूलंज का नुस्ख़ा है, हकीम नाबीना का लिखा हुआ। एक पुड़िया तुम्हारे सौ इंजेक्शनों पे भारी है। एहतियात से रखो।'' और वह खस्ता पर्ची उसे देकर फिर चीज़ें उलट-पुलट करने लगे।

बुग़चे के अन्दर के ख़ाने से एक सजदागाह[5], एक तस्वीह निकली।

''ज़ाकिर की माँ, ये तुम रख लो। सजदागाह ख़ाके-शिफ़ा[6] की है और तस्वीह ख़ाके-करबला[7] की है।'' दोनों चीज़ों को आँखों से लगाया, बोसा दिया और अम्मीजान के हवाले कर दिया।

बुग़चे के कहीं बहुत अन्दर से काग़ज़ों के नीचे से चाबियों का एक गुच्छा निकला। उसे ग़ौर से देखा। बोले, ''तुम उस रोज़ हवेली की चाबियों को याद कर रही थीं, ये मिल गईं।''

अम्मी का मुरझाया चेहरा खिल उठा, ''सच?''

चाबियों के गुच्छे को उमंग-भरी नज़रों से देखा।

''अजी, तुम्हें यक़ीन नहीं आवेगा, उस रोज़ जब तुमने कहा कि ख़बर नहीं कहाँ

---

1. इमाम हुसैन का विशेषण, 2. एक अत्याचारी शाही परिवार, 3. अन्त, 4. एक बली (महात्मा), 5. शियाओं के सजदा करने की टिकिया, 6. कर्बला के एक क़ब्रिस्तान की मिट्टी, 7. कर्बला की मिट्टी।

रखी हैं तो मेरा दिल धक से रह गया। लगता था कि जैसे जिस्म से रूह निकल गई हो।" रुककर बोलीं, "अजी, ज़ंग तो नहीं लगा है?"

अब्बाजान ने एक मरतबा फिर चाबियों का जायज़ा लिया। "नहीं, हमने तो इन्हें ज़ंग लगने नहीं दिया, आगे ज़ाकिर मियाँ जानें।"

फिर उससे कहने लगे, "बेटे, ये उस घर की चाबियाँ हैं, जिस पर अब हमारा कोई हक़ नहीं है। और हक़ पहले भी कहाँ था? दुनिया, जैसा कि जनाबे अमीर ने फ़रमाया, मेहमानख़ाना है। हम और हमारी आरज़ूएँ इसमें मेहमान हैं। मेहमानों का हक़ नहीं हुआ करता। ज़मीन जितना मेहमानों को नवाज़ दे उसका एहसान है और ज़मीन के हम पे बहुत एहसान हैं। ये चाबियाँ अमानत हैं। इस अमानत की हिफ़ाज़त करना और छोड़ी हुई ज़मीन के अहसानों को याद रखना कि यह तुम्हारी सबसे बड़ी सआदतमन्दी होगी।" यह कहते-कहते एक दम से साँस उखड़ गई। जैसे दर्द-सा उठा हो, उन्होंने आँखें बन्द कीं और सीने पर हाथ रखा। अम्मी घबराकर फ़ौरन खड़ी हो गईं।

"अरे, यह क्या हो गया!"

सहारा देकर लिटाया। "बेटे, डॉक्टर को बुलाओ।"

अब्बाजान ने आँखें खोलीं। इशारे से मना किया। आहिस्ता से कष्ट के साथ कहा, "जनाबे अमीर तशरीफ़ लाए हैं।"

वह जैसे सकते में आ गया हो, बुत बना देखता रहा। अब्बाजान ने एक बार फिर आँखें खोलीं, उसकी तरफ़ देखा, आहिस्ता से जैसे सरगोशी में कह रहे हों, "बेटे, सुबह हो रही है, दुरूद[1] पढ़ो।" साथ ही हिचकी ली कि सिर तकिए पर ढलक गया। अम्मी कहाँ इतनी घबराई हुई थीं, कहाँ एकदम से स्तब्ध हो गईं। फिर उन्होंने बहुत आहिस्ता से चादर से उस ठंडे जिस्म को ढाँपा। साथ ही ज़मीन पर ढेर हो गईं और पट्टी पर सिर टिकाकर सिसकियाँ लेने लगीं।

"काके! तेरा बाप तैयब[2] आदमी था।" अफ़ज़ाल ने उसे गले लगाते हुए जज़्बाती लहजे में कहा, "मैं उसे देखता तो सोचता कि पालने में लेटे-लेटे उसकी दाढ़ी निकल आई है। बिलकुल बच्चा था, एक दम से मासूम।"

"वाक़ई, बहुत नेक और शरीफ़ आदमी थे।" इरफ़ान जो देर से चुप बैठा था, गम्भीरता से बोला।

अफ़ज़ाल ने इरफ़ान को ग़ौर से देखा। शुक्र है, तूने मेरी ताईद की। दुनिया में कम-से-कम एक आदमी के बारे में तो तेरी राय अच्छी है।"

फिर ख़ामोशी छा गई। फिर अफ़ज़ाल कुछ सोचते हुए बोला, "ज़ाकिर, मेरी नानी थी न। वो जब से आई थी यही कह रही थी कि काका बाढ़ उतर गई होगी, घर चल।"

1. पैग़म्बर की तारीफ़ में दुआ-सलाम पढ़ना, 2. पवित्र आत्मा।

"हाँ हाँ, क्या हुआ उन्हें?"

"वह मर गई।"

"अच्छा?...बहुत अफ़सोस हुआ...मगर कैसे?"

"बस, जैसे तेरा बाप मर गया। इसमें कैसे और क्यों नहीं होता। बस, आदमी मर जाता है।"

"एक दिन बहुत दयनीयता से उसने मुझसे कहा कि काका, इतनी देर हो गई। अब तो बाढ़ उतर गई होगी, मुझे तू घर ले चल। मैंने कहा कि मेरी नानी बाढ़ उधर उतर गई, मगर इस तरफ़ चढ़ गई है। उसने मुझे फटी-फटी आँखों से देखा, बस एक लफ़्ज़ कहा, 'अच्छा' और मर गई।"

"पुत्तर! रात मौलाना साहिब ख़्वाब में आए थे। कुछ परेशान थे। मुझे फ़िक्र हुई कि क्या बात है। सुबह ही क़ब्रिस्तान गया। क़ब्र पर फ़ातेहा[1] पढ़ी। क़ब्र बैठ गई है, उसका बन्दोबस्त करो।"

"जी, बहुत अच्छा।"

"मैंने गोरकन[2] से कहा है कि चालीस दिन तक रोज़ शाम को चिराग़ जलना है। मोमबत्तियों का एक पैकेट भी दे आया हूँ। ज़रा तुम भी ताक़ीद करना।"

"जी, बहुत अच्छा।"

"मौलाना साहिब जन्नती आदमी थे, कभी किसी का दिल नहीं दुखाया। मुझे उनसे बड़ी ढारस थी। करामत की जुदाई में दिल बेचैन होता था तो उनके पास आ जाता था। ऐसी आयतें-हदीसें सुनाते थे कि दिल को क़रार आ जाता था।"

"ख़्वाजा साहिब, सलामत तो आ गया।"

"उस सुअर के बच्चे को किसने बुलाया था? जिसका इन्तज़ार है वह आता नहीं। जिसके जाने पे ख़ुदा का शुक्र अदा किया था, वह फिर आके सीने पे मूँग दलने लगा। पुत्तर, उसके वहीं लच्छन हैं।"

"मगर मैंने तो सुना है कि वह अब नमाज़ पढ़ने लगा है।"

"हाँ पुत्तर," ख़्वाजा साहिब ने ठंडी साँस भरी, "पहले वह हमें सोशलिज्म सिखाता था, अब इस्लाम पढ़ा रहा है। अपनी माँ को आज इस्लाम पे लेक्चर दे रहा था। वह बोलने लगी थी। मैंने उसे रोका कि नसीबाँ वाली, इस वेले तेरा पुत्तर नशे में है। जब होश में आ जावे उस वक़्त इससे बात कीजो। बोली, वह होश में कब होता है? मैंने कहा कि नेकबख़्त, होश में इस वेले है कौन? लोगों ने आधा मुल्क खो दिया और होश में नहीं आए। उसने तो एक भाई ही खोया है। पुत्तर, मैंने ठीक कहा न?"

"जी, आपने दुरुस्त फ़रमाया।"

---

1. अन्तिम समय की प्रार्थना, 2. क़ब्र खोदने वाला।

"पुत्तर! लोगों को क्या हो गया है?" ख़्वाजा साहिब का लहजा एकदम से बदल गया।

"क्या हुआ?"

"जो हो रहा है, वह तुम देख रहे हो। आगे क्या होगा, यह पता नहीं। लोगों पे ख़ून सवार है, पता नहीं क्या करेंगे! सुना है कि घरों पे निशान लगने शुरू हो गए हैं।"

"निशान? कैसे निशान?"

"पुत्तर, तू किस दुनिया में रहता है? लड़ाई की तैयारियाँ हैं। दोनों तरफ़ इतना गोला-बारूद जमा है कि बस, फ़लीता लगने की देर है। यह शहर ऐसा भड़केगा, जैसे सूखा ईंधन दियासलाई लगने पे भड़कता है। अल्लाह रहम ही करे।" फिर सरककर क़रीब आए और सरगोशी के लहजे में कहा, "पुत्तर, एक बात बता।"

"जी।"

"वैसे तो पाकिस्तान पे वलियों का साया है, पर कभी-कभी डर लगता है। पाकिस्तान पे कोई आँच तो नहीं आएगी?"

वह इस सवाल पर बौखला-सा गया। ख़्वाजा साहिब ने उसकी परेशानी देखी। बोले, "काका! यही सवाल मैंने मौलाना साहिब से किया था। हर सवाल का जवाब वह आयत-हदीस से देते थे। इस सवाल पे चुप हो गए। ऐसे चुप हुए कि फिर हमेशा ही के लिए चुप हो गए।"

ताज़ा ख़तों के बीच हिन्दुस्तान से आया हुआ एक ख़त। अरे यह तो सुरेन्द्र का ख़त है। उसने तेज़ी से लिफ़ाफ़ा चाक किया।

"यार ज़ाकिर! मैंने अगर तुम्हारे पत्रों का जवाब नहीं दिया तो उसका कारण यह है कि मैं देश में नहीं था। लम्बे समय से यूरोप के देशों में घूम-फिर रहा था। लौटकर आया तो तुम्हारे पत्र मिले।

तुम्हारी माता साबिरा की फ़ैमिली की ख़ैरियत मालूम करने के लिए बेचैन होंगी। मगर साबिरा को भी उन लोगों के बारे में कोई ख़ैर-ख़बर नहीं मिल सकी। मैंने उससे तुम्हारे पत्रों का ज़िक्र किया। बोली कुछ नहीं, रो पड़ी। मैं चकरा गया। उन दिनों में भी जब ढाका से बुरी-बुरी ख़बरें आ रही थीं, मैंने उसे हमेशा शान्त पाया। मगर आज वह रो पड़ी। मेरी समझ में कुछ न आया। मगर मैं उसे देखकर दुखी हुआ। मित्र! एक बात कहूँ, बुरा मत मानना। तुम ज़ालिम आदमी हो, या शायद पाकिस्तान जाकर हो गए हो।"

तुम्हारा,
सुरेन्द्र

नई दिल्ली

रो पड़ी? वह सोच में पड़ गया। माँ और बहन की याद आने पर रो पड़ना अजीब बात तो नहीं है और ख़ास तौर पर ऐसी हालत में कि उनका अता-पता ही नहीं है। ज़िंदा हैं या मर गईं! यह वजह उसे बहुत सही नज़र आई, मगर फ़ौरन ही उसे बेचैनी-सी होने लगी जैसे यह वजह पूरी न हो। मेरे ख़तों को सुनकर रो पड़ी! क्यों? मैं ज़ालिम? वह कैसे?

बाहर दरवाज़े पर दस्तक हुई। उसने जाकर देखा। अफ़ज़ाल खड़ा था।

''दोस्त, बेवक़्त आने के लिए मुझे माफ़ करो।''

''कमाल है, तुम भी वक़्त और बेवक़्त के क़ायल हो गए!''

''मैं तो नहीं हूँ, मेरे लिए सब वक़्त एक वक़्त हैं, मगर तेरी तो औक़ात है।''

''मजबूरी है, बन्दगी बेचारी में औक़ात का कुछ-न-कुछ तो लिहाज़ रखना ही पड़ता है। ख़ैर, छोड़ो इस जिक्र को।''

''पूछना चाहते हो, मैं इस वक़्त क्यों आया? यार, अकेले में मुझे डर-सा महसूस होने लगा तो मैं निकल खड़ा हुआ। आज मैं बहुत डरा हुआ हूँ।''

''डरे हुए? क्यों?''

''यार! मुझे आवाज़ें सुनाई देती हैं।''

''आवाज़ें? कैसी आवाज़ें?''

''यही तो मेरी समझ में नहीं आता। अचानक मैं डरा कि कहीं आँधी न चल पड़े और कोई चीख़ मुझे न आ ले!''

''क्या? क्या कह रहे हो? बहक गए हो तुम?'' उसने अफ़ज़ाल को ग़ौर से देखा जो बहुत दहशतज़दा नज़र आ रहा था।

अफ़ज़ाल ने उसकी बात सुनी-अनसुनी की। कहने लगा, ''सुबह जब मैं उठा तो मैं घबराकर आईने के पास गया और अपनी सूरत देखी कि कहीं मैं... !''

''अफ़ज़ाल!'' उसने बात काटते हुए कहा, ''तुम्हें तो दूसरे बदसूरत नज़र आते हैं।''

''यार, ऐसा भी होता है कि आदमी दूसरों को बदसूरत समझते-समझते...बस किसी सुबह उसे पता चलता कि ख़ुद उसकी शक्ल बदल गई है। मुझे कल-परसों से शक-सा हो रहा है कि कहीं मैं भी...कहीं मेरी शक्ल...?''

''अच्छा, बकबास बन्द करो। यह पलँग है, इस पर लेटो और सो जाओ।''

''हाँ यार।'' वह फ़ौरन ही पलँग पर जा लेटा। ''मैं सोना चाहता हूँ,'' यह कहते-कहते इर्द-गिर्द देखा, ताज्जुब से बोला, ''यार, तेरा कमरा मुझे ग़ार लगता है।''

रुका, सोचा, आहिस्ता से कहा, ''ठीक है, मैं भी बहुत जागा हुआ हूँ। सात सौ साल तक सोऊँगा।'' और उसकी आँखें मुँदती चली गईं।

आवाज़ें, कैसी आवाज़ें? वह बड़बड़ाया। अफ़ज़ाल के तो कान बजते हैं। चुप हो गया, मगर अन्दर-ही-अन्दर बोल रहा था। यह शख़्स वहमों में ज़िन्दा है। रोज़

एक नया वहम। यह शख़्स अभी तक बालिग़ नहीं हुआ है। समझत है कि वह बच्चा है और अपनी नानी के साथ अपने उसी पुराने क़स्बे की फ़िज़ा में साँस ले रहा है, जहाँ ऐसे ही पेड़ होंगे, जैसे हमारे रूपनगर में थे। रूपनगर, वहाँ दरख़्त ही ऐसे थे जिन्हें देखकर ऐसे भ्रम ख़्वाहमख़्वाह पैदा होते थे। और वह अपनी कल्पना में रूपनगर में जा पहुँचा।

टीकाटीक दोपहरी, काले मन्दिर से गुज़रकर, करबला की तरफ़ से होकर वो क़िले के पास पहुँचे। फिर और आगे चले और चलते चले गए। रावण-बन में जा पहुँचे। चलते-चलते ठिठके। दूर फ़ासले पर बड़ का पेड़ दिखाई दे रहा था। रावण-बन के बीच खड़ा हुआ इकलौता पेड़, जैसे रावण खड़ा हो। पेड़ में जैसे उन्हें कुछ दिखाई दे रहा हो। फिर हबीब डरी आवाज़ में बोला, "यार! यह आवाज़ कैसी थी?"

"आवाज़!" बुंदू ने हैरत से हबीब की तरफ़ देखा।

"अभी जो आई थी। ज़ाकिर! तुझे सुनाई दी थी?"

"नहीं।"

"सुनो!" हबीब ने ऐसे कहा जैसे वह फिर आवाज़ सुन रहा हो।

तीनों के कान खड़े हो गए। चिलचिलाती धूप में गुमसुम खड़े, कान लगाए किसी दूर की अनजानी भेद-भरी आवाज़ पर। उसे ख़ुद कुछ सुनाई नहीं दिया। मगर हबीब और बुंदू के चेहरों पर फैलती हैरत और दहशत बता रही थी कि उन्होंने कोई आवाज़ सुनी है और उन्हें देखकर वह भी हैरत और दहशत के असर में आ गया।

"भागो," हबीब ने ऐसे कहा जैसे आवाज़ चलकर उनके क़रीब आ रही हो और दबोच लेना चाहती हो। और वह उनके साथ-साथ भाग खड़ा हुआ। भागता चला गया, भागता रहा। रावण-बन से वापिसी काले कोसों का सफ़र बन गई। आवाज़ जैसे पीछे-पीछे चली आ रही हो और बस्ती, अपना घर मीलों दूर हो। अभी तो काला मन्दिर भी दिखाई नहीं दिया था। दिखाई दिया तो इस तरह कि जैसे आसमान के उस पार हो। हबीब और बुंदू आगे निकल गए थे। वह अकेला पीछे रह गया था और दौड़े जा रहा था। जैसे ज़माना गुज़र गया हो और दौड़े जा रहा हो। कब तक दौड़ता रहूँगा? मेरी साँस फूलने लगी है और टाँगें थक चुकी हैं। थकी टाँगों और फूलती साँस के साथ मैं इस निर्जन बन में अकेला दौड़ रहा हूँ। मगर कब तक? घर कितनी दूर है? दूर तक कोई आदमी नज़र नहीं आता। दौड़ते-दौड़ते उसकी टीले पर नज़र गई। आदमी, यह आदमी है? उसके जिस्म में कँपकँपी दौड़ गई और पाँव सौ-सौ मन के हो गए। यह आदमी है?

अफ़ज़ाल के एक ऊँचे ख़र्राटे ने उसे जगा दिया था। चौंका दिया। वह सोया कहाँ था, उसने अफ़ज़ाल पर एक नज़र डाली, जो बेसुध सो रहा था और ऊँचे ख़र्राटे ले रहा था। यह शख़्स वाक़ई सात सौ साल तक सोएगा। उसने कुरसी पर बैठे-बैठे

जम्हाई ली और बड़बड़ाया। फिर सोच में डूब गया। अफ़ज़ाल ने ठीक किया। हाँ वाक़ई, यह वक़्त लम्बी नींद लेने का है। आदमी सबसे अलग किसी ग़ार में जाकर सो रहे। सोता रहे, सात सौ साल तक। जब उठे और ग़ार से बाहर निकल कर देखे तो पता चले कि ज़माना बदल चुका है और वह नहीं बदला है। अच्छा है, इससे अच्छा है कि रोज़ सुबह उठकर इस अन्देशे के साथ आईना देखे कि उसकी सूरत तो नहीं बदल गई है! और दिन-भर यह ख़ौफ़ सताता रहे कि शायद वह बदल रहा है। इर्द-गिर्द लोगों को बदलते देखकर ऐसा ही ख़ौफ़ पैदा होता है। ऐसा भी होता हैं कि कोई वहम पैदा नहीं होता और फिर आदमी बदल जाता है। कैसे ? कैसे वे बदलते चले गए ? वे जिनमें से हर शख़्स यह समझ रहा था कि दूसरे बदल रहे हैं, उसकी शक्ल ज्यों-की-त्यों है। हर एक ने हर दूसरे को देखा और भौंचक्का रह गया।

''अज़ीज़, तुम्हें क्या हो गया ?''

''मुझे ? मुझे तो कुछ नहीं हुआ। मगर मैं देख रहा हूँ कि तुम्हें कुछ हो गया है।''

''अज़ीज़, मुझे कुछ नहीं हुआ है। मगर मैं देखता हूँ कि तुम्हारी शक्ल...''

एक दूसरे के साथ, दूसरा तीसरे के साथ उलझता चला गया। एक ने दूसरे को भंभोड़ा, दूसरे ने तीसरे को भंभोड़ा। सब एक-दूसरे को भंभोड़ रहे थे और घायल और बदसूरत होते चले जा रहे थे। मैं डरा कि कहीं मैं भी...मैं निकल खड़ा हुआ। मुझे अपनी कंदरा में जाकर सो जाना चाहिए। सोते रहना चाहिए, यहाँ तक कि ज़माना बदल जाए। मैं जंगल में हूँ। जंगल घना होता जा रहा है। कितना घना, कितना गहरा और यह नगरी ? शान्ति के शब्द न श्रद्धा की वर्षा। बाँसुरी की मधुर तान टूट चुकी थी। भक्ति रस कहीं नहीं था। जल-थल, उथल-पुथल। नर-नारी व्याकुल। जनता घरों से निकली हुई। जैसे कोई भूचाल में घर छोड़ कर भागे। सदाचारियों पर अन्याय हो रहा था। सावित्री जैसी स्त्रियों की साड़ियाँ लीर-लीर थीं। सिन्दूर से भरी माँगें उजड़ रही थीं। भरी गोदें ख़ाली हो रही थीं। बालकों के मनके ढले थे, पुतली फिरी थी। मैं भौंचक कि इस नगरी का रक्षक कहाँ है ? एक जटाधारी मुझ पर गरजा। बोला, मूर्ख! इस नगरी का रक्षक जगत का तारनहार था। पर उसने यहाँ से डेरा उठाया और जंगल में जा बिराजा।''

''कारण ?''

''कारण मत पूछ। देख ले और जान ले। और ऐसा हुआ कि घोड़े अपनी बागें तुड़ाकर हिनहिनाते हुए बन में निकल गए। यह देख वह निराश हुआ। रथ से उतर कर बाँसुरी को घोड़े पर रख कर तोड़ा, घड़े को फोड़ा और बंधु को ढूँढ़ता-ढूँढ़ता बनों में निकल गया।''

यह बिपदा सुन मैं उस नगरी से निकला। चलते-चलते एक बन आया। निर्जन बन। अथाह सन्नाटा। देखा कि वृक्ष के तले उसका बंधु अंगों में भभूत मले, मृग-छाल पर बैठा है। जटाएँ उलझी हुईं, आँखें मूँदी हुईं, मुँह खुला हुआ कि भीतर से

उसके एक सफ़ेद साँप ने सिर निकाला। फनफनाता हुआ निकला, लम्बा होने लगा, होता गया, होता गया। इतना हुआ कि उसके फन ने दूर उमड़ते सागर की लहरों को जा छुआ। मैंने एक भय के साथ देखा कि वह लम्बा सफ़ेद साँप मुँह से उस ज्ञानी को निगलता जा रहा था और सागर में उतरता जा रहा था। फिर मैंने देखा कि उस साँप की दुम उसके मुँह से निकल आई है और उस ज्ञानी का दम निकल चुका है।

यह देख मैंने अचरज किया कि हे राम, इसमें क्या भेद है ? इसी चिंता में उलटे पाँव फिरा कि जाकर बताऊँ कि द्वारका-वासियो ! तुम याँ पे कट-मर रहे हो, वाँ पे साँप सागर में उतर गया। पर मेरे पहुँचने से पहले सागर की लहरें वाँ पे पहुँच चुकी थीं। वह नगरी इस भवसागर में शान्ति का दीप थी, अब सागर की उमड़-घुमड़ लहरों में बुलबुले-समान दिखाई पड़ती थी। सो भीष्म ने कुरुक्षेत्र के बीच प्राण छोड़ते समय युधिष्ठिर से कहा कि हे युधिष्ठिर, पहले जल था कि जल से ही सब-कुछ बना है। और मैंने जाना कि अन्त में भी जल ही है। आदि जल, अन्त जल। ओम शान्ति शान्ति, शान्ति... !

उसने झुरझुरी ली और सोते हुए साथी को देखा जो मानो जन्म-जन्म से सो रहा था, पूरी सृष्टि समेत संसार से बेख़बर, लम्बे-ऊँचे ख़र्राटों के साथ। कंदरा से बाहर झाँका और फ़ौरन ही सिर अन्दर कर लिया कि बाहर बहुत अँधेरा था और आँधी भी चलने लगी थी। बड़बड़ाया, अभी तो बहुत रात बाक़ी है। बलवे की रात कितनी लम्बी होती है! सोते हुए साथी को देखा। किस आराम से सो रहा है जबकि बाहर आँधी चल रही है! और कब से सो रहा है, हालाँकि उसने सिर्फ़ सात सौ बरस सोने के लिए नियत किए थे। मगर अब उसके पपोटे भी भारी होने लगे थे। लम्बी जम्हाई लेते हुए बड़बड़ाया, "अब सोना चाहिए।"

11

"**बेटे,** यह चाबियों का गुच्छा इसी तरह पड़ा है।"

उसने चाबियों का गुच्छा मेज़ पर पड़ा देखा और शरमिन्दा हुआ। अब्बाजान ने आख़िरी वक़्त में किस एहतियात से यह गुच्छा उसके सुपुर्द किया था!

"अम्मी, आज ज़रूर इसे अन्दर रख दूँगा।"

"हाँ बेटे, यह बाप-दादा की अमानत है। इसे हिफ़ाज़त से रखना है," अम्मीजान कहते-कहते कमरे से बाहर से निकल गईं। आख़िर घर में और काम भी तो थे।

‘बाप-दादा की अमानत!’ वह बड़बड़ाया, ‘बेटे, ये उस घर की चाबियाँ हैं जिस पर अब तुम्हारा कोई हक़ नहीं है।’ उस घर की और उस ज़मीन की। रूपनगर की चाबियाँ। चाबियाँ यहाँ मेरे पास हैं और वहाँ एक पूरा ज़माना बन्द है, गुज़रा ज़माना। मगर ज़माना गुज़रता कहाँ है? गुज़र जाता है, पर नहीं गुज़रता। आस-पास मँडलाता रहता है। और घर कभी ख़ाली नहीं रहते। मकीन[1] चले जाते हैं तो ज़माना उनमें बसा नज़र आता है। रूपनगर के कितने ख़ाली पुराने मकान उसके तसव्वुर में फिर गए। वह बेरी वाला घर, वह जो मसजिद वाली गली में था और जिसके सदर दरवाज़े में बड़ा-सा ताला पड़ा था। पता नहीं, उस घर में कौन लोग रहते थे और कब ताला लगाकर चले गए? अब तो एक ज़माने से उसमें ताला पड़ा हुआ था, जिस पर ज़ंग लग गया था और अन्दर कई कोठरियों की छतें गिर पड़ी थीं, बस दीवारें खड़ी रह गई थीं। और जब एक दोपहर को वह एक पतंग का पीछा करते-करते उसकी दीवार पर चढ़ा था तो अन्दर उसने देखा जैसे बिलकुल जंगल हो। कितनी लम्बी-लम्बी घास खड़ी हो गई थी और झाड़ इतना बड़ा हो गया था कि आम का छोटा-सा पेड़ नज़र आता था। ख़ाली मकान ख़ाली पड़े-पड़े किस तरह जंगल बन जाते हैं? और ज़माना? ज़माना भी अन्दर बन्द रह-रहकर जंगल बन जाता है। मेरी याद—मेरी दुश्मन, मेरी दोस्त—मुझे ले जाकर जंगल में छोड़ देती है।

पलँग है लचकदार सजन आइयो कि जाइयो,
रतिया है मज़ेदार सजन आइयो कि जाइयो।

मेह बरसे चले जा रहा है। कहाँ-कहाँ से किस-किस घर से इस मेह बरसती रात में ढोलक की आवाज़ आती चली जा रही है।

‘ज़ाकिर, हमारे लिए भी क़ब्र बना दे।’

‘मैं क्यों बनाऊँ, ख़ुद बना ले।’

साबिरा ख़ुद वह गीली मिट्टी खुरचकर अपने गोरे पैर पर जमाती है और पैर जब उसके अन्दर से निकालती है तो लोंदा अपनी खुखल के साथ क़ायम रहता है।

‘ज़ाकिर! मेरी क़ब्र तेरी क़ब्र से अच्छी है।’

‘अजी हाँ?’

‘अपना पाँव इसमें डाल के देख ले।’

साबिरा के गोरे-नरम पैर के साँचे पर बनी हुई क़ब्र, उसमें मेरा पाँव। कितनी नरम, कितनी ख़ूनक!

“ज़ाकिर बेटे! अरे कुछ सुना, तन्दूर वाली के पूत के गोली लग गई।”

“गोली लग गई..कैसे?” उसने चौंककर अम्मी को देखा, जो सख़्त घबराई हुई उसके कमरे में दाख़िल हुई थीं।

1. मकान में रहने वाले।

"अरे, मोहल्ले में तो क़यामत आई हुई है। ग़रीब का एक ही पूत था।"

"किसने मारी?"

"किसने? कोई एक हो तो किसी का नाम ले। मोहल्ले वाले कह रहे हैं कि माल रोड पर गोलियों का मेह बरस रहा है। अरे, लोगों के सिर पर तो ख़ून सवार है। जुनूनी हो रहे हैं। भला बताओ कि तन्दुर वाली के पूत ने उनका क्या बिगाड़ा था?"

"गोलियों का मेह!" वह बड़बड़ाया। बाहर गोलियों का मेह बरस रहा था और अन्दर वह जंगलों में भटकता फिर रहा था। जंगल, फिर जंगल, और फिर जंगल। वह बढ़ता जा रहा था, और जंगल घने होते जा रहे थे। यह मैं कौन-से जंगल में हूँ? कितना घना, कितना गहरा! और यह नगर...।

"अरे ज़ाकिर, अरे कुछ सुना! आग लग गई," अम्मी ने कमरे में क़दम रखते हुए दहशत-भरी आवाज़ में कहा।

"आग?" उसने जंगलों में वापिस आते हुए अम्मी को देखा, "कहाँ आग लग गई?"

"वह है नहीं घोड़ों वालों की कोठी में उन नासपीटों का दफ़्तर। वह कौन-सी पारटी है? मेरी याद पे तो पत्थर पड़ गए। और आरटियों पारटियों के नाम तो बिलकुल याद नहीं रहे।"

"ठीक है। उनके नाम याद रखने की ज़रूरत भी नहीं है।"

"मोहल्ले वालियों ने तो मुझे बौखला दिया। कहती हैं, बाहर निकलके देखो, क्या हो रहा है?"

"अम्मी, बाहर कुछ नहीं हो रहा, आप इत्मीनान से बैठें।"

"बेटे, यही तो मैं तुमसे कहने आई थी। बाहर कुछ हुआ करे, हमें क्या? मैं तुझे आज बाहर नहीं निकलने दूँगी।" अम्मी ने कहा और फ़ौरन वापिस हो गईं।

'बिलकुल ठीक, बाहर कुछ हुआ करे!' वह बड़बड़ाया। बाहर कुछ नहीं हो रहा। सब-कुछ मेरे अन्दर हो रहा है। वह सब-कुछ जो हो चुका है, हो रहा है कि सदर दरवाज़े में पड़ा ताला खुल चुका है। छोटी बज़रिया सुनसान-वीरान है। क़दमों की आहट सिर्फ़ उस वक़्त सुनी जाती है, जब किसी घर से कोई जनाज़ा निकलता है। उसके बाद फिर सन्नाटा, जो ज़्यादा गहरा हो जाता है। क्या रूपनगर आदमियों से ख़ाली हो जाएगा?

"बेटे नासिर अली! दानीवर से आई हुई बहली तुमने वापिस करा दी, अच्छा किया। मगर तुम्हें पता है कि सुबह से अब तक कितने घर ख़ाली हो चुके हैं और कितने जनाज़े निकल चुके हैं!"

और जब इमली वाली हवेली में आग लगी थी और रूपनगर के सारे सक़्क़े अपनी मश्क़ें ले-लेकर आ गए थे। मगर पानी में मिट्टी के तेल की तासीर थी कि मश्क उँडेले जाने के बाद आग की लपटें और तेज़ हो जाती थीं।

चेमेगोइयाँ करते लोगों को हकीम बन्देअली ने ग़ुस्से से देखा।

''मैं कहता हूँ कि किसी बाहर वाले को क्या पड़ी थी कि आकर आग लगाता!''

''फिर किसने लगाई है?''

''लोगो! मेरा मुँह मत खुलवाओ। जायदाद के झगड़े ने इस ख़ानदान का शीराज़ा बिखेर कर रख दिया है।''

'ज़ाकिर, मुझे डर लग रहा है, याँ से चलें।'

'सब्बो, तू बहुत डरपोक है, अभी चलते हैं।'

'मुझे डर लग रहा है, चलें याँ से।'

धमाका! गिरती हुई छत की कड़ियाँ ऐसे जल रही थीं जैसे बन की लकड़ी जलती है।

''आग बुझाने वाला इंजन आ गया है।''

''आग बुझाने वाला इंजन?'' उसने जंगलों से वापिस आते हुए किसी क़दर चौंककर पूछा।

''अरे, अगर थोड़ी देर इंजन और न आता तो आस-पास के घर भी लपेट में आ जाते। और हमारा घर भी कौन-सा अलग-थलग है?'' यह कहते-कहते उलटे पाँव वापिस हो लीं, जैसे बस इतनी ख़बर देने ही आई थीं। मगर फिर कुछ सोचकर रुकीं, ''ज़ाकिर, तुम्हारे लिए चाय बनाऊँ?''

''चाय!'' उसने चौंककर अम्मी को देखा।

''नहीं, अम्मी!'' और साथ ही उठ खड़ा हुआ।

अम्मी ने उसे शक-भरी नज़रों से देखा। ''ऐहै, मेरे आते ही उठ खड़ा हुआ।

''बस, मैं चल रहा हूँ।''

''क्या कहा!'' अम्मी तक़रीबन चीख़ पड़ीं, ''तेरी मत मारी गई है। आज कोई निकलने का दिन है!''

''अम्मी! ख़्वाजा साहिब ने बहुत ताकीद की थी। अब्बाजान की क़ब्र बैठ गई है। क़ब्रिस्तान जाकर कुछ उसका बन्दोबस्त करूँ।''

अम्मी यह सुनकर ढीली पड़ गईं, मगर फिर बोलीं, ''बेटे! यह काम कल भी हो सकता है।''

''कल! अम्मी आपको कल पे बड़ा एतिबार है।'' उसने माँ को घूरकर देखा। ''हो सकता है कि कल का दिन आज के दिन से भी ज़्यादा ख़राब चढ़े।''

अम्मी बिलकुल ही ढह गईं। कोई जवाब बन ही न पड़ा। और वह तेज़ी से जूता पहन, बाल दुरुस्त कर बाहर निकल गया।

दरवाज़े पर ही ख़्वाजा साहिब से मुठभेड़ हो गई।

"मैं तो तुम्हारे पास आ रहा था। तुम कहाँ जा रहे हो?"

"आपने कल कहा नहीं था, क़ब्रिस्तान जा रहा हूँ।"

"मगर," ख़्वाजा साहिब चिन्तातुर लहजे में बोले, "कैसे जाओगे?। उधर तो बहुत गड़बड़ है।"

"नहीं। चला जाऊँगा।"

ख़्वाजा साहिब रुके, फिर बोले, "हमारी मानो तो आज मत जाओ। कल चले जाते।"

"अच्छा! मैं तो अम्मी ही को ख़ुशफ़हम[1] समझ रहा था। ख़्वाजा साहिब, आप भी इस गुमान में हैं कि कल अच्छा चढ़ेगा!"

ख़्वाजा साहिब सटपटाकर चुप हो गए। फिर थमकर प्यार-भरे लहजे में बोले, "बेटे! पता नहीं, तुम्हें यह बात कैसी लगती है! मौलाना साहिब के उठ जाने के बाद मैं शायद तुम पर कुछ रोक-टोक करने लगा हूँ। या शायद करामत की जगह मैं अब तुम्हें..." ख़्वाजा साहिब की आवाज़ थोड़ी भर्रा गई, वाक्य पूरा करने से पहले ही चुप हो गए।

उसने ख़्वाजा साहिब को दिलासा देने की कोशिश की, "आप तो मायूस होना जानते ही नहीं थे। आप ये कैसी बातें कर रहे हैं! जहाँ इतना इन्तज़ार किया है, और थोड़े दिन इन्तज़ार कीजिए। क्या ख़बर कि...हाँ, और क्या? बरसों बाद भी लोग आते देखे हैं। एक साहिब को तो मैं भी जानता हूँ, जो कहाँ-कहाँ के धक्के खाते इन्हीं दिनों यहाँ पहुँचे हैं।"

"पुत्तर!" ख़्वाजा साहिब निराशा-भरे लहजे में बोले, "आने की वेला गुज़र गई। और अब कोई यहाँ पे आए भी तो क्या लेगा! देख नहीं रहे हो, क्या हो रहा है? मौलाना साहिब अच्छे रहे कि आराम से चले गए," रुके, सोचा, बोले, "जा पुत्तर, तुझे नहीं रोकता। मौलाना साहिब परेशान थे। पर जब वापिस आ जाए तो मुझे बता जाना ताकि इत्मीनान हो जाए।"

उस पतली सड़क से गुज़रते-गुज़रते वह ठिठका। अम्मी ठीक कहती थीं। उसे उस वक़्त यह अहसास ही नहीं हुआ था कि आग फैल भी सकती है। और जहाँ लगी थी, वह जगह उसके घर से ज़्यादा दूर नहीं है। आस-पास के कितने ही घर शोलों की लपेट में आकर काले पड़ गए थे। फ़ायर ब्रिगेड आया खड़ा था। उसका लम्बा-मोटा पाइप सड़क से गुज़रकर उस जली-फुँकी इमारत के अन्दर चला गय था, जो अपनी छत से महरूम होकर काले-काले सुलगते मलवे से भर गई थी। दूर-नज़दीक लोग इकट्ठे थे और तक रहे थे जली हुई इमारत को, पीतल के खोल सिरों पर मँढे फ़ायर ब्रिगेड वालों को।

---

1. आशावादी।

वह नज़ीर की दुकान के सामने से गुज़रता हुआ, जो बन्द पड़ी थी, सड़क पर आया जो दूर से ख़ाली नज़र आ रही थी। ख़ाली और ख़ामोश। बीच सड़क पर चिड़ियों का एक क़ाफ़िला उतरा हुआ था कि क़दमों की आहट पर चौंककर कुछ ताज्जुब से उसे देखा और भर्रा खाकर उड़ गया। आगे थोड़े फ़ासले पर एक चील बीच सड़क में पर फैलाए टहल रही थी। क़दमों की चाप पर ठिठकी, गोल-गाल हैरत-भरे दीदों से उसे देखा और चोंच में एक छीछड़ा दबाकर उड़ गई। फिर दूर तक सड़क बिलकुल ख़ाली। उस सन्नाटे में उसे अपने क़दमों की चाप कितनी ऊँची महसूस हो रही थी और कानों को कितनी भारी लग रही थी! आगे बन्द बाज़ार के बीच दूर तक ईंटें बिखरी हुई थीं। कारों के शीशे, मोटर का एक टायर जो आधा जलकर बुझ गया था। उसके क़दम जो तेज़-तेज़ उठ रहे थे, कुछ रुकने लगे। कुछ देर रुके। यहाँ कुछ हुआ है और यह ध्यान में लाते हुए कि क्या कुछ हुआ होगा उसे अचानक लगा कि उसे कोई देख रहा है। उसने दाएँ-बाएँ नज़र डाली। दुकानें सब बन्द थीं। मगर उनके किनारे-किनारे पुलिस के सिपाही लाठियाँ थामे क़तार-दर-क़तार खड़े थे, बिलकुल मूर्ति बने हुए। सिर्फ़ उनकी नज़रें हरकत में थीं कि आतों-जातों का पीछा कर रही थीं। मगर आते-जाते कौन थे? उस वक़्त तो वह अकेला ही चल रहा था।

आगे रास्ता डरावना होता जा रहा था। ख़ामोशी के दायरे से निकलकर वह शोर के दायरे में दाख़िल हो चुका था। कहीं क़रीब ही नारों का शोर सुनाई दे रहा था और धुआँ उठता दिखाई दे रहा था। क्या कहीं आग लगी है? नहीं, मेरे ख़याल में किसी ने टायर जलाया है। मगर ख़ैर, मुझे क्या। मुझे कुछ और सोचना चाहिए। क़ब्रिस्तान यहाँ से अब कितनी दूर है? सुरेन्द्र का ख़त। मैं ज़ालिम? बकवास करता है। मगर इससे आगे वह नहीं सोच सका। बग़ल की सड़क में एक सैलाब उमड़ता चला आ रहा था। दूसरे पल उसने अपने-आप को हुजूम के बीच पाया। तने हुए चेहरे, आँखों में ख़ून उतरा हुआ, गरदनों की रगें फूली हुईं, लबों पर नारे और गालियाँ। कौन लोग हैं ये? सब चेहरे उसके लिए अजनबी थे। देर बाद अजनबी चेहरों के सैलाब में एक पहचानी हुई सूरत उभरी और उसे देखकर ठिठकी।

''तुम भी जुलूस के साथ हो?''

''नहीं।''

''फिर तुम इनके साथ क्यों जा रहे हो?''

''मैं इनके साथ नहीं जा रहा। मैं क़ब्रिस्तान जा रहा हूँ। वालिद की क़ब्र पर।''

''वो भी क़ब्रिस्तान ही की तरफ़ जा रहे हैं।''

''क़ब्रिस्तान की तरफ़! वह क्यों?''

''क़ब्रिस्तान के क़रीब जो लाल बिल्डिंग है, वहाँ मोर्चा लगा हुआ है। ये उस पे हल्ला बोलेंगे।''

“यह तो बहुत मुश्किल आ पड़ी है, क्या किया जाए?”

“ज़रूरी है कि इसी रास्ते से जाओ? किसी दूसरे रास्ते से चले जाओ। यहाँ से अगर तुम चर्च वाली सड़क पे मुड़ जाओ तो वहाँ से गलियों में से होते हुए क़ब्रिस्तान तक पहुँच सकते हो।”

“हाँ, यह हो सकता है।”

मगर यह नहीं हो सका। इर्द-गिर्द हुजूम इस क़दर था कि वह बिलकुल फँसा हुआ था। ऐसे चल रहा था जैसे सैलाब में तिनका बहता चला जाता है। उसने बेचारगी के साथ इर्द-गिर्द के चेहरों को देखा। लगा कि खिंचकर लम्बे हो गए हैं। फिर चपटे होने लगे। खिंची गरदनें, चपटे चेहरे, मुँह सुर्ख़ और बदन, जैसे पूरे बदन पर बाल खड़े हों। वह डरा। कहीं गरदनें खिंचती-खिंचती और चेहरे चपटे होते-होते उनकी सूरतें बिलकुल ही न बदल जाएँ, या सूरत से बेसूरत हो जाएँ! क्या मैं इनमें से हूँ? इनके साथ उठाया जाऊँगा? नहीं! फिर मुझे ऐलान कर देना चाहिए। ऐलान इस हुजूम में? सुनेगा कौन? कान पड़ी आवाज़ तो सुनाई नहीं दे रही। कम-से-कम मुझे इनके साथ नहीं चलना चाहिए। वे क़ब्रिस्तान अपने रास्ते से जाएँ, मैं अपने रास्ते से। मुझे इस हुजूम से जल्दी निकल जाना चाहिए। नहीं तो मैं भी...मेरी भी गरदन लम्बी और चेहरा चपटा होता चला जाए और गले की रगें फूल जाएँ और मेरी सूरत...।

अचानक एक शोर उठा। गोली चलनी शुरू हो गई थी। भगदड़, नारे, गालियाँ, बरसती हुई ईंटें, चलती हुई गोलियाँ। एक ट्रक तेज़ी में उसके बराबर से गुज़रा, जिस पर खड़े हुए, खिंची हुई गरदनों और लम्बे-चपटे हुए चेहरे वाले जवानों के हाथों में पिस्तौलें थीं और उनका रुख़ सामने नज़र आती हुई लाल बिल्डिंग की तरफ़ था। उसे अजीब लगा कि उस बिल्डिंग की ऊँची छत पर खड़े और निचली मंज़िलों की खिड़कियों से झाँकते जवानों की गरदनें भी जैसे अचानक खिंच गई हों और चेहरे चपटे और लम्बे होते चले जा रहे हों। वे भी उसी तरह पिस्तौलों से लैस थे। गोलियों का मेह बरसने लगा। भगदड़, चीख़-पुकार, ग़ैर-इंसानी चीख़ों का एक तूफ़ान। वह तूफ़ानी लहरों पर बहता एक तिनका।

जाने कैसे और कितनी देर बाद किसी क़दर औसान दुरुस्त होने पर उसने देखा कि वह क़ब्रिस्तान के दरवाज़े पर गिरा पड़ा है। मुझे अन्दर चलना चाहिए कि क़ब्रों के बीच इस मारधाड़ से महफ़ूज़ रहूँगा। गिरता-पड़ता अन्दर दाख़िल हो गया और क़ब्रों के दरमियान भटकता फिरा। फिर रुका, “यह है अब्बाजान की क़ब्र।” वह क़ब्र के किनारे बैठ गया। यह सोचकर कि औसान बजा हों तो फ़ातेहा पढ़ी जाए। अभी तो उसकी यह हालत थी कि साँस धौंकनी की तरह चल रही थी और बदन काँप रहा था! गोलियों की आवाज़ यहाँ तक आ रही थी, नारों का शोर भी। मगर अब नारे कहाँ रहे थे! अब वह ग़ैरइंसानी वहशियाना चीख़ों का एक रेला था। और यह धुआँ कैसा है?

उसने चौंककर सामने इमारतों से ऊपर फ़िज़ा में नज़र दौड़ाई, जहाँ धुएँ के काले और भूरे बादल-से उमड़ रहे थे और फिर एक काली-सी मोटी-सी लकीर बनकर ऊँचाई की तरफ़ जा रहे थे।

"आग!" वह डरे-सहमे लहजे में बड़बड़ाया। अब धुआँ क़ब्रिस्तान की तरफ़ आ रहा था और फिर जैसे पूरा क़ब्रिस्तान धुएँ से भर गया हो। क़ब्रों के बीच बैठा हुआ वह धुएँ के बीच आ गया था। साँस से बढ़कर उसके हवास धुएँ की लपेट में थे। उसके तसव्वुर में पूरा शहर जल रहा था। उनकी दुमें मशालें बनी हुई थीं और झाड़ू की तरह शहर में फिर रही थीं। धड़-धड़ जलता शहर। कितना कुछ जल चुका, कितना कुछ जल रहा है। इमारतें कितनी ढह गईं, कितनी ढह पड़ने को हैं। उसने रेंग-रेंगकर मलबे के तले से निकलने की कोशिश की।

उसे लगा कि वह इकट्ठा नहीं है। यह मैं हूँ या मेरा मलवा? क्या इमारत ग़मों ने ढाई है? मैं बिखर गया हूँ! मेरे इर्द-गिर्द सब कुछ बिखर चुका है। वक़्त भी। उस एक वक़्त के गर्भ में इतने वक़्त थे! मैं टूट-फूटकर किन-किन वक़्तों में भटकता फिर रहा हूँ! नगर जल चुका परन्तु दुमें उसी तरह जल रही हैं। हम अपनी सुलगती पूँछों को कहाँ ले जाएँ? पुत्तर, इन्हें मुँह में रख लो। रख लिया। हमारी पूँछें हमारे दाँतों तले, जीभ और तालू के बीच ठंडी पड़ चुकी हैं पर हमारे मुख किस कारण काले पड़ गए हैं!

हर आग का अन्त कालिख है। तब मैंने उस रूसियाह[1] से पूछा कि ऐ सियाह-रू, सियाह बख़्त[2]! तेरी माँ तेरे सोग में बैठी है। क्या तू भी रुक़्क़ा लिखने वालों में था? सिर झुकाकर बोला, पहला मकतूब[3] मैंने ही लिखा था कि फ़स्ल तैयार है। बाग़ों में शुगूफे फूटे हुए हैं, अंगूर की बेलें अंगूरों के ख़ोशों से लदी हुई हैं। फिर मैंने सबसे पहले उसके एलची[4] के हाथ पर बैअत[5] की। फिर उसके बाद तुझे क्या हो गया? मुझे नहीं शहर को, और उसने सरगोशी में कहा कि ऐ अख़ी! आहिस्ता बोल, बल्कि मत बोल कि सिरों की फ़स्ल पक चुकी है और कूफ़े[6] में करफ़्यू लगा हुआ है। कूफ़े में करफ़्यू!

मैं हैरान हुआ और कूचा-कूचा फिरा। कूचे वीरान, गलियाँ सुनसान, खिड़कियाँ बन्द, दरवाज़े तालाबन्द, मसजिद हू-हक़ करती थी। वह जब इमारत[7] के लिए खड़ा हुआ था तो नमाज़ी सफ़-ब-सफ़[8] सहने-मसजिद[9] की आख़िरी हद तक खड़े थे। जब सलाम फेरने के बाद उसने मुड़कर देखा तो सफ़ें साफ़, मसजिद ख़ाली। वह मसजिद में नमाज़ियों के जिलौ[10] में दाख़िल हुआ था और अकेला मसजिद से रुख़्सत हुआ। ख़ाली गलियों और सुनसान कूचों में भटकता फिरा। बाग़ों में शुगूफें फूटे हुए थे। अंगूर की बेलें अंगूरों क़े खोशों के लदी हुई थीं और सिरों की फ़स्ल पक चुकी थी। मत बोलो, मुवादा[11] तुम पहचाने जाओ।

---

1. पापी, 2. अभागा, 3. चिट्ठी, 4. पत्रवाहक, 5. किसी पीर के हाथ पर मुरीद होना, 6. इराक का एक नगर, 7. नमाज़ पढ़ाने, 8. पंक्ति-दर-पंक्ति, 9. मस्जिद का आँगन, 10. साथ, 11. कहीं ऐसा न हो कि।

तब गौतम बुद्ध ने ज़बान खोली कि एक घनी बनी में एक शेर रहता था। रुत बसन्त की, रात पूरनमासी की। शेर अपने बालक के संग जंगल में मंगल मनाता था। एक बार ऐसा दहाड़ा कि सारा जंगल गूँज गया। उसकी दहाड़ को सुनकर गीदड़ों ने भी झुरझुरी ली। गला फाड़कर चीख़ो-पुकार करने लगे। देर तक वे चीख़ो-पुकार करते रहे। सारे बन को सिर पर उठा लिया, पर शेर चुप रहा। उसके बालक ने कहा कि हे मेरे पिता! तू इतने बड़े जंगल का राजा, पर अचम्भे की बात है कि गीदड़ इतना बोल रहे हैं और तू चुप है! शेर बोला कि हे मेरे पुत्र! अपने पिता की एक बात अंटी में बाँध रख कि जब गीदड़ बोलते हैं तो शेर चुप हो जाते हैं।

यह जातक कथा सुन एक भिक्षु बोला कि हे तथागत! यह किस समय की बात है? मुसकाए, कहा कि उस समय की जिस समय मैं सिंह के जन्म में आया था और बनारस से परे हिमालय की तलहटी में वास करता था, राहुल मेरे संग था।

यह कहकर बुद्धदेव जी चुप हो गए। लम्बे समय चुप रहे तो भिक्षु दुविधा में पड़ गए कि कहीं फिर चुप होने का समय तो नहीं आ गया! जब दाना चुप हो जाएँगे और जूते के तस्मे बातें करेंगे! यह जूते के तस्मों के बातें करने का वक़्त है। सो मत बोलो—कहीं ऐसा न हो कि तुम पहचाने जाओ। वे बोले और पहचाने गए और सिरों की फ़स्ल कटने लगी। जब मैं नहर के किनारे पहुँचा तो उस घने दरख़्त की शाख़ें सिरों से लदी हुई थीं। कटे हुए सिर मुझे देख खिलखिलाकर हँसे और पक्के फलों की तरह नहर में टप-टप गिरने लगे। मैं डरा, कहीं मेरा सिर भी तो नहीं पक चुका है! इसके पहले कि फल शाख़ से गिरे, मैं नहर में कूद पड़ा। ग़ोते खाता चला जाता था कि किनारा आ गया। मैं नहर से निकला और शहर की तरफ़ चलने की ठानी।

मगर वहाँ कोई सवारी ही नहीं थी। बस-स्टैंड वीरान पड़ा था। न रिक्शा, न टैक्सी। कोई प्राइवेट कार भी चलती नज़र नहीं आई। मैंने एक राहगीर से पूछा कि क्या मामला है, कोई सवारी नज़र नहीं आ रही! वह बोला कि आज शहर में हड़ताल है। कोई सवारी नहीं चल रही है और सब बाज़ार बन्द हैं। मैं पैदल चल पड़ा। चार क़दम चला था कि एक जुलूस आ रहा था। बहुत बड़ा जुलूस था। आदमी-ही-आदमी। सिरों का ठाठें मारता समुन्दर। मगर सिर हैं कहाँ? मैंने ग़ौर से देखा, किसी के सिर नहीं था। इनके सिर कहाँ गए? और मेरा सिर कहीं वहीं तो नहीं रह गया? नहर से निकलने के बाद यह तो ख़याल ही नहीं आया था कि देख तो लूँ कि सिर सलामत ले आया हूँ या खो आया हूँ! मैंने दोनों हाथों से सिर को छूकर देखा और उसे गरदन पर सलामत पाया। शुक्र ख़ुदा का बजा लाया। गरमी क़यामत की थी। रब्बना वक़िना अज़ाबन्नार[1]!

सूरज सिर के ऊपर आ चुका है और खोपड़ियाँ हँडियों की तरह पक रही हैं। सिर आज वबाले-दोश[2] है। अच्छे रहे, जिन्होंने इस वबाल से निजात पा ली। मैं भी

1. ऐ रब! हमको दोज़ख़ की आग की यंत्रणा से बचा!, 2. कंधे पर रखा।

अपना सिर वहीं छोड़ आता तो आफ़ियत[1] में रहता। जो सिर रखते हैं और सिर के अन्दर मग़ज़ रखते हैं, वो आज मुश्किल में हैं—वो जो सिर के अन्दर मग़ज़ और मुँह के अन्दर ज़ुबान रखते हैं। वलअस्त्रि इन्नल इंसान लफ़ी खुसरिन![2]

शाम का वक़्त है। चलता हुआ दरिया ठहरा, ख़ेमे जल चुके। आग बुझी हुई इधर, टूटी हुई तनाब[3] उधर। कोई-कोई क़नात जलती रह गई है। उसकी रोशनी में मैंने देखा कि लाशों के सिर नहीं हैं। सिर उनके कहाँ हैं? या अख़ी! वो नेज़ों पर चढ़ाए गए। अब तू उन्हें दमिश्क़ के दरबार में देखेगा—जूते के तस्मे बोलते हैं। बोलने वाले का सिर तश्त में है। ऐ अज़ीज़! अब शहर की क्या ख़बर है? या अख़ी! अब सिर काटने वालों के सिर काटकर दरबार में लाए जाते हैं। और एक कनखजूरा नाक के अन्दर दाख़िल हुआ और मुँह से बाहर आया और फिर नाक के अन्दर। तश्त में रखा हुआ यह सिर उस शक़्क़ी का है जिसने वह मुबारक सिर काटकर नेज़े पर चढ़ाया और तश्त में रखकर दरबार में पेश किया। इस दरबार में कितने सिर तश्त में रखकर पेश किए गए! कितने पेश किए जाएँगे! तब दाऊद के बेटे ने अपने बेटे से कहा कि मेरे बेटे! जो टेढ़ा है, उसे सीधा नहीं किया जा सकता। जो मर गए वो अच्छे रहे, जो ज़िंदा हैं वो बदनसीब हैं, सबसे बदनसीब वो हैं जो पैदा होंगे। ऐ आनेवाले, अगर तेरा गुज़र शहरे-मुबारक से हुआ है तो वहाँ का हाल बयान कर। नाक़ा-सवार[4] रोया। ऐ अख़ी! वहाँ का हाल मत पूछ। उस मर्दे-दिलेर की लाश तीन दिन तक शहरे-मुबारक के वस्त[5] में सूली पर टँगी रही। तब उसकी माँ घर से निकली। उस मुक़ाम पर आई, फ़रज़ंद[6] की टंगी लाश को देखा और बोली कि मेरे शहसवार! अभी तेरा सवारी से उतरने का वक़्त नहीं आया है। शहर में अब अमन है। दाना[7] चुप हैं। फ़स्लें कट चुकीं—सिरों की फ़स्ल, इस्मतों[8] की फ़स्ल। कितने बच्चे भूख से तड़पकर और प्यास से बिलबिलाकर मर गए! कितनी गोदें ख़ाली हो गईं! कितनी बीबियाँ, शहरे-मुबारक की बीबियाँ...जहानाबाद के कुएँ बीबियों की लाशों से पटे पड़े हैं! जिन्हें सूरज ने नंगे सिर नहीं देखा था वो मजमए-आम[9] में बेरिदा[10] हैं। ऐ शहर! क्योंकर तूने तक़दीस[11] हासिल की, क्योंकर तू बेहुरमत[12] हुआ? अफ़सोस है तेरे उजड़े कूचों पर और उन पर जिन्होंने तुझे उजाड़ा, हालाँकि वो तेरे ही फ़ैज़याफ़्ता[13] थे। शहर क्योंकर तक़दीस हासिल करते हैं, क्योंकर बेहुरमत होते हैं? उन्हीं के हाथों जो उनसे फ़ैज़ पाते हैं और उन्हें मुक़द्दस[14] जानते हैं। फिर इस पवित्र नगरी की पवित्रता कहाँ चली गई? इसका रक्षक बाँसुरी को तोड़, घड़े को फोड़ किन बनों में निकल गया? और सफ़ेद साँप उस ज्ञानी के मुँह से निकला और लहराता हुआ सागर की लहरों से जा मिला। आदि जल, अन्त जल। ओम

---

1. चैन, 2. कसम है ज़माने की, 3. तम्बू को बाँधकर खड़ा करने वाली रस्सी, 4. साँडनी-सवार (दूत), 5. बीच, 6. बेटा, 7. बुद्धिमान, 8. सतीत्व, 9. जनता की भीड़, 10. बिना चादर, 11. प्रतिष्ठा, 12. अप्रतिष्ठित, 13. लाभान्वित, 14. पवित्र।

शान्ति, शान्ति, शान्ति—वलअस्रि इन्नल इंसान लफ़ी खुसरिन! मिसाल उन लोगों की मकड़ी की-सी है, जिसने घर बनाया और बोदे घरों में सब से बोदा घर मकड़ी का होता है। सो अफ़सोस है उन बस्तियों पर जिन्हें चीख़ ने आ घेरा या पानी का रेला बहा ले गया, या हवा, या आग। कितनी हवेलियाँ अपनी छतों पर गिरी पड़ी हैं! कितने ठंडे-मीठे पानी वाले कुएँ ख़ाक से अँट गए, नेक बीबियों की लाशों से पट गए! जामा मसजिद से राजघाट दरवाज़े तक एक सहराए-लक़ो-दक़[1] है। ख़ास बाज़ार, उर्दू बाज़ार, ख़ानम का बाज़ार—सब बाज़ार कहाँ गए? न सक़्क़े दिखाई देते हैं, न कटोरा बजता है। औराक़े मुसव्वर ऐसे[2] कूचे बिखर गए।

अब ख़राबा हुआ जहानाबाद—लम्बी चुप के बाद शाक्य मुनि ने ज़बान खोली, 'भिक्षुओ! तनिक उस घर को ध्यान में लाओ, जो चारों ओर से जल रहा है। भीतर उसके कुछ बालक भटक रहे हैं और सहमे हुए हैं। हे भिक्षुओ! नर, नारी, बालक हैं कि धड़-धड़ जलते घर के भीतर भटक रहे हैं।' ज़माने की क़सम, आदमी घाटे में है।

'ऐ मेरे बेटे! तूने बस्तियों को कैसा पाया?'

'मेरे बाप! मैंने बस्तियों को बेआराम देखा। ख़ुशी और शान्ति की खोज में पूरब, पच्छिम, उत्तर, दक्षिण में—सब दिशाओं में गया। हर दिशा में मैंने आदम के बेटों को दुखी और परेशान पाया।'

'मेरे बेटे! तूने उस चीज़ को खोजा, जो इस नीले आसमान के नीचे नहीं पाई जाती!'

'फिर ऐ मेरे बाप! तू मुझसे क्या कहता है?'

'मैं तुझसे वही कहूँगा जो दाऊद[3] के बेटे ने अपने बेटे से कहा कि मेरे बेटे! बिखरी हुई बदलियाँ फिर से इकट्ठी नहीं हुआ करतीं। बरसे बादल फिर नहीं बरसते। सो इससे पहले कि चिड़िया चुप हो जाएँ और चक्की की आवाज़ थम जाए और इससे पहले कि झाँकने वालियाँ धुँधला जाएँ और गली के किवाड़ बन्द हो जाएँ और इससे पहले कि चाँदी की डोरी खोली जाए और सोने की कटोरी तोड़ी जाए और घड़ा चश्मे पे फोड़ा जाए और...।'

''काके! तू यहाँ क्या कर रहा है?''

उसने चौंककर अफ़ज़ाल को देखा, जो जाने कब यहाँ आया और उसके सिर पर आ खड़ा हुआ।

''यार! मैं वालिद की क़ब्र पे आया था। यहाँ आके फँस गया। आज सारा हंगामा क़ब्रिस्तान ही के आस-पास हुआ। मगर तुम किस चक्कर में यहाँ आए?''

''वही क़ब्र का चक्कर, जो तेरे साथ है, मेरे साथ भी है। मेरी नानी भी यहीं दफ़्न है।'' इशारा करते हुए कहा, ''वह उधर उसकी क़ब्र है।'' रुका, गिरी आवाज़ में बोला, ''यार ज़ाकिर, नानी की मौत ने मुझे कमज़ोर कर दिया है।'' चुप हो गया।

1. जलता हुआ रेगिस्तान, 2. चित्रित पन्नों-से, 3. एक पैग़म्बर।

देर तक चुप बैठा रहा, ख़यालों में खोया-खोया। फिर आहिस्ता से बोला, "यार ज़ाकिर, तुझे यह बात अजीब नहीं लगती?"

"क्या?"

"आज की उथल-पुथल में हमारी मुलाक़ात क़ब्रों के दरमियान!"

वह तो यह भूल ही गया था। चौंककर इर्द-गिर्द देखा—क़ब्रें-ही-क़ब्रें। और अब शाम हो रही थी।

"यार, शाम हो रही है, चलें।"

"यहाँ से कहाँ चलें?" अफ़ज़ाल ने मासूमियत से पूछा।

"कहीं भी चलें। यहाँ से चलें।" वह उठ खड़ा हुआ।

सड़क दूर तक ख़ाली थी और भरी हुई थी। यहाँ से वहाँ तक कितनी ईंटें बिखरी पड़ी थीं! टूटी-फूटी ईंटें, कारों के शीशों की किर्चियाँ, अधजले टायर। कितने ट्रैफ़िक सिगनल अपनी बत्तियों से महरूम अन्धे खड़े थे, कितने ही बीच में से झुक गए थे। ख़ामोशी से गुज़रे हुए शोर की गूँज। अजीब बात है, जितना बड़ा हंगामा होता है, उसके बाद उतनी ही गहरी ख़ामोशी आती है। चलना मुश्किल हो रहा था। ईंटें इतनी बिखरी पड़ी थीं और कारों के शीशों की किर्चियाँ और गिरी हुई हवेलियों का मलबा। सआदत ख़ाँ का कटरा, जरनैल की बीबी की हवेली, साहिब राम का बाग़ और हवेली—सब ढह गए, ख़ाक से अँट गए। शाहजहानी मसजिद से राजघाट तक एक रेगिस्तान है। ईंटों के ढेर जो पड़े हैं, वो अगर उठ जाएँ तो हू का मुक़ाम हो जाए। हरे-भरे शाह के मज़ार पर फिर वही पहुँचा हुआ फ़क़ीर बैठा नज़र आया। दिल धक से रह गया। डरा कि फिर मुझ पर गरजेगा। मगर आज उसकी गरजदार आवाज़ नहीं आई। तब मैं ख़ुद आगे बढ़ा। अदब से पूछा, 'शाह साहिब! आगे क्या देखते हो?'

'जो हो चुका है, फिर वही होगा।'

'वह तो हो रहा है।'

जलती हुई नज़रों से मुझे देखा। गरजकर कहा, 'चला जा। आगे बताने का हुक्म नहीं है।'

मैं चला आया।

"यार ज़ाकिर!" अफ़ज़ाल रुका, फिर बोला, "लगता है बहुत हंगामा हुआ है।" असल में वह सड़क पर पड़े ख़ून के धब्बे देखकर सहम गया था।

"हाँ, लगता यही है।"

"लोग ज़ालिम हो गए हैं," अफ़ज़ाल बड़बड़ाया।

ज़ालिम! अफ़ज़ाल की ज़बान से यह लफ़्ज़ सुनकर वह कुछ चौंका, पर ख़ामोश रहा।

दोनों ख़ामोश हो गए थे। बस चल रहे थे साथ-साथ, मगर एक दूसरे से बेताल्लुक़।

''शीराज़ भी,'' दोनों के मुँह से एक साथ निकला कि दोनों बग़ैर किसी इरादे के चलते-चलते शीराज़ की तरफ़ आ निकले थे और उसे देखकर ठिठक गए थे।

शीराज़ बन्द पड़ा था, मगर इस तरह कि उसके दरवाज़ों के सब शीशे चकनाचूर थे। दीवार और दरवाज़ों पर कलौंस पुती हुई नज़र आ रही थी। माथे पर लगा साइनबोर्ड जल-फुँककर ज़मीन पर ऐन दरवाज़े के सामने गिरा पड़ा था। ईंटें इतनी बिखरी पड़ी थीं कि बाहर से अन्दर तक बिखरी नज़र आ रही थीं। तो गोया यहाँ भी हल्ला बोला गया था और यहाँ भी आग लगाने की कोशिश की गई थी। बस, दोनों टिकटिकी बाँधे शीराज़ को देखते रहे। फिर वहीं फ़ुटपाथ पर बिखरी ईंटों और शीशों से बचकर बैठ गए।

चुप बैठे रहे और शाम का धुँधलका फैलता रहा। सामने की सड़क गहरी ख़ामोशी में थी। न क़दमों की आहट, न सवारी का शोर। फिर उस झुटपुटे में एक साया दिखाई दिया जो कि इसी तरफ़ आ रहा था। उसने ग़ौर से देखा कि कौन है?

'इरफ़ान!' उसने दिल-ही-दिल में कहा और उसकी आँखों में इम्पीरियल की सन्दली बिल्ली फिर गई, जब एक ख़ामोश शाम को उस राह से गुज़रते हुए उसने उसे इम्पीरियल के मलबे में भटकते देखा था।

इरफ़ान ने उसे और अफ़ज़ाल को बैठे हुए देखा, बग़ैर किसी ताज्जुब के। फिर बग़ैर बोले, बात किए बराबर में बैठ गया। तीनों बुत बने थे। गहरी होती शाम के झुटपुटे में तीन ठहरी हुई परछाइयाँ।

अचानक अफ़ज़ाल उठ खड़ा हुआ, जैसे ख़ामोश और बिना हिले-हुले बैठे-बैठे उसे घबराहट होने लगी हो। दोनों के सामने हाथ जोड़कर खड़ा हो गया।

''यार, तुम दो अच्छे आदमी हो। मुझे माफ़ कर दो। मैं शहर की हिफ़ाज़त नहीं कर सका।''

दोनों ने उसे ख़ामोश नज़रों से देखा, देखते रहे। इरफ़ान को अफ़ज़ाल के बोलने के इस अन्दाज़ पर आज कोई झुँझलाहट नहीं हुई।

अफ़ज़ाल खड़ा रहा। फिर बैठ गया, फिर आहिस्ता से बोला, ''यार, हम भी बेगुनाह नहीं हैं।'' चुप हुआ, दोनों को देखा, ''हम ज़ालिम हैं हम भी।''

उसने अफ़ज़ाल को ख़ामोश नज़रों से देखा, ''मैं ज़ालिम हूँ?'' वह अफ़ज़ाल के बयान को ठीक करना चाहता था या शायद अपने तौर पर ही बड़बड़ाया था।

अफ़ज़ाल ने जेब से नोटबुक निकाली, नामों की फ़ेहरिस्त पर नज़र डाली, क़लम से सारे नामों पर सियाही फेर दी।

''कोई बेगुनाह और पाक आदमी नहीं है।''

इरफ़ान ने न उसने—दोनों ने कोई जवाब नहीं दिया। देर तक तीनों चुप बैठे रहे। फिर वह कुछ बेचैन हुआ।

''यार,'' वह इरफ़ान से कहने लगा, ''मैं उसे ख़त लिखना चाहता हूँ।''

"अब?" इरफ़ान उसका मुँह तकने लगा।

"हाँ, अब।"

"अब जबकि...," इरफ़ान पता नहीं क्या कहना चाहता था, बोलते-बोलते चुप हो गया।

"हाँ, अब जबकि..." कुछ कहते-कहते रुका, फिर और तरफ़ निकल गया।

"इससे पहले कि...," उलझकर चुप हो गया।

इससे पहले कि...उसने अपने ज़हन में सुलझाने की कोशिश की।

इससे पहले...इससे पहले कि उसकी माँग में चाँदी-सी भर जाए और चिड़िया चुप हो जाएँ, और इससे पहले कि चाबियों को ज़ंग लग जाए और गली के किवाड़ बन्द हो जाएँ और इससे पहले कि चाँदी की डोरी खोली जाए और सोने की कटोरी तोड़ी जाए और घड़ा चश्मे पर फोड़ा जाए और चन्दन का पेड़ और सागर में साँप और...।

"चुप क्यों हो गए?" इरफ़ान उसे टकटकी बाँधे देख रहा था।

ख़ामोश अफ़ज़ाल ने उँगली होंठों पर रखकर इरफ़ान को ख़ामोश रहने का इशारा किया। "मुझे लगता है कि बशारत होगी।"

"बशारत? अब क्या बशारत होगी?" इरफ़ान ने कड़वे मायूस लहजे में कहा।

"काके, बशारत ऐसे ही वक़्त में हुआ करती है, जब चारों तरफ़...।" कहते-कहते रुका। फिर सरगोशी में बोला, "यह बशारत का वक़्त है...।"

✪✪✪